Die Handlung wurde frei erfunden und hat keinerlei Bezug zu den genannten Örtlichkeiten. Ähnlichkeiten mit lebenden und toten Personen sind, außer den Autoren selbst, nicht gewollt.

Sargfabric

Mörderisches Nachrodt-Wiblingwerde

Der Tote in der Lenne

Roman

von

Gabriele Beil

Axel Boshamer

Claudia Fehling

Susanne Fischer-Bolz

Rita Joergens

Christine Rubel

Ronny Sachse

Andreas Schlennstedt

Frank Stuwe

Birgit Tupat

Besuchen Sie uns im Internet unter:

www.sargfabric.de

Ungekürzte Ausgabe

1. Auflage August 2018

Kultur-Schock e. V., 58769 Nachrodt-Wiblingwerde

Umschlaggestaltung & Satz: Ronny Sachse, Andreas Schlennstedt

Titelabbildung: © Carmen Benitez, Antonio Benitez

Lektorat: Freie Lektoren Obst & Ohlerich, 10179 Berlin

Druck und Bindearbeiten: WIRmachenDRUCK GmbH, 71522 Backnang

ISBN-10: 3-9820143-0-1

ISBN-13: 978-3-9820143-0-2

Vorwort

"Alle Redakteure unserer Zeitung haben eine Sommerserie, nur ich nicht", jammerte ich Gaby an, als wir gemeinsam an der Lenneterrasse in Altena einen Kaffee tranken. Doch plötzlich, wie aus heiterem Himmel, hatten wir die Idee des Jahrhunderts: "Wir gründen eine Krimiwerkstatt und schreiben einen Krimi, der in Nachrodt-Wiblingwerde spielt."

Die Schnapsidee war geboren. Ich schrieb den Einstieg "Mord an Mark", veröffentlichte ihn im Altenaer Kreisblatt und lud die Leser zur Krimiwerkstatt ein. Zwölf Leute kamen in die Gemeindebücherei. Wir kannten uns nicht, aßen Pizza und überlegten uns ein Konzept, das aber später immer und immer wieder über den Haufen geworfen wurde. Jeder schrieb im stillen Kämmerlein, und wenn wir uns trafen, lasen wir die Episoden vor, diskutierten sie, verknüpften sie miteinander.

Aus dem Sommerprojekt wurde ein Roman. Aus der Krimiwerkstatt das Autorenteam "Sargfabric". Danke an alle fürs Durchhalten. Manchmal hatten wir nämlich durchaus Durchhänger.

Wir wünschen Ihnen viel Spaß mit dem ersten Nachrodt-Wiblingwerder Krimi, an dem Sie hoffentlich so viel Freude haben wie wir.

Susanne Fischer-Bolz

Prolog

Was soll das? Glaubt sie wirklich, ich lasse mich verarschen?

Mark rannte im Schlafzimmer hin und her. Irgendwo musste doch die dicke Jacke sein. Klar, die hatte sie wieder weggeräumt. Ihm gehörte die linke Seite des Schrankes. Fein säuberlich lagen die T-Shirts übereinander. Nach Farben sortiert. Die Hemden auch, sie hingen auf den Bügeln, picobello. Das ist mein Schrank, dachte Mark, aber wehe, ich nehme etwas heraus.

Er hätte Steffi würgen können. Würgen oder erschießen. Oder beides. Die Jacke war bestimmt oben unterm Dach, da gab es noch einen Schrank mit seinen Angelsachen. Mark rannte die zwölf Stufen hoch und riss die weiße Riesenkommode auf, die er bei Ikea in Dortmund gekauft hatte. Und tatsächlich: Da war ja alles. Er schnappte sich den grünen Rucksack, zog die Thermohose an, ein Shirt, darüber ein blau-gestreiftes Flanellhemd und rannte nach unten. Scheiße, die Jacke. Und Kaffee kochen. Ohne Kaffee und Bier ging beim Angeln nichts.

Das wird mich runterbringen, dachte er, eine Angel reicht heute. Ein paar Köder. Vielleicht beißt ja was. Am besten eine Forelle. Mark grinste. Hätte er jetzt ein paar Bienenmaden, könnte er sie ins Gemüsefach des Kühlschranks legen. Steffi würde fluchen, schreien und Feuer spucken. Sollte sie doch! Doch leider hatte er nur künstliche Maden in der Garage. Künstliche Bienenmaden galten als besonders fängig und hielten mehr Bisse aus.

Ist egal, dachte Mark. Er kramte alles zusammen. Den Stuhl noch ins Auto. Einfach nur an der Lenne sitzen und den lieben Gott einen guten Mann sein lassen. Um drei Uhr in der Früh ist ja kein Mensch weit und breit. Höchstens Georg angelt manchmal mitten in der Nacht, aber sicher nicht heute.

Überhaupt hatte er schon lange keinen Kollegen vom Angelfischerverein mehr getroffen. Bei der Lenne-Reinigung war er nicht dabei gewesen. Nicht, dass er sich hatte drücken wollen, aber er hatte auf Erwin-Hans keine Lust gehabt. Der machte im Moment nur Stress. Bekam andauernd anonyme Post von irgendwem, der ihn als Fischmörder bezeichnete und hatte jeden in Verdacht. Was war das nur für ein Kaff hier?

»Ich will nirgendwo anders leben«, hatte Steffi damals gesagt, als er sie in einer Disko in Hagen kennengelernt hatte. Manhattan hieß der Laden. Und jetzt saß auch er hier fest, in Nachrodt-Wiblingwerde. Seit zwanzig Jahren. Zwanzig Jahre in Einsal. Das musste man sich mal vorstellen!

Mark bekam sich gar nicht mehr ein. Er riss den Kofferraum seines BMW auf, warf alles hinein, sprang ins Auto und raste los. War ja nicht weit.

Er fuhr zur Gaststätte „*Rastatt*". Eigentlich konnte man besser in der Pampa angeln, wenn man am alten Bahnhof parkte, über den Zaun stieg und die Wiese in Richtung Wehr lief. Aber das war mühselig mit den ganzen Klamotten. Unterhalb der Gaststätte ging es auch. War vom Parkplatz nicht einsehbar, außerdem wurde die Lenne da etwas ruhiger und tiefer.

Vier Minuten später war er da. Auf dem Parkplatz gegenüber der Kirche St. Josef stand ein weißer Lieferwagen, den Mark aber nicht bemerkte, viel zu sehr ärgerte er sich darüber, dass die Einfahrt zu schmal war und von irgendwelchen Pollern begrenzt wurde. Und dann noch diese blöden Schlaglöcher auf dem Parkplatz! Wofür saß er eigentlich im Gemeinderat? Ich muss dringend mit Thorsten darüber sprechen, dachte er, das muss auf die Tagesordnung des Bau- und Planungsausschusses.

Mark kramte seine Angelsachen zusammen, schmiss den Rucksack über die Schulter, setzte die Kopflampe auf, klemmte sich die Angel unter den rechten, den Stuhl unter den linken Arm und ging zu den neuen Lenneterrassen. Es war dunkel. Das fehlte noch, dass er sich hier jetzt langlegte.

Die Kopflampe rettete ihn mit kleinen weißen Lichtkegeln. Langsam und völlig in Gedanken ging er hinunter zum Wasser und zwanzig Meter nach links. Das war eine gute Stelle. Er packte seine Teleskoprute aus, der Aufbau war in einer Minute erledigt. Bremse auf, die Elemente von Spitze zu Handteil nach und nach herausziehen und mit leichter Drehbewegung in die Endposition bringen. Jetzt nur noch die Rolle und den Köder. Mark warf aus, zwanzig Meter locker in die Lenne. Ein paar Mal an der Rolle gedreht. Jetzt ein Bierchen. Das Wasser glitzerte im Mondschein. Totenstille. Nur ein kleines Rauschen des Flusses, ein Plätschern war zu hören. Es nieselte ein bisschen.

Ihr werdet mich noch alle kennenlernen, dachte er und kramte ein Päckchen John Player aus der Jacke. Er hatte immer noch das alte Sturmfeuerzeug. Es klackte, als er den Deckel öffnete.

Plötzlich knirschte es hinter ihm. WAS, WAS, WAS? Er drehte sich um und meinte, seinen Augen nicht zu trauen. Fassungslos und voller Hilflosigkeit starrte er ins Dunkel, es waren die letzten Sekunden seines Lebens. Noch bevor Mark den Schuss hörte, spürte er den unfassbaren Schmerz in der Brust. Er sackte zusammen und wollte schreien. Doch auch dafür war es zu spät.

ERSTER TEIL

Kapitel 1

Zu schnell. Verdammter Mist, mit siebzig Sachen in den Ort!

Erwin-Hans bremste stark ab. Dann merkte er, dass er wieder einmal auf das falsche Ortseingangsschild hereingefallen war, das am Stromhäuschen der Stadtwerke hing. *Ich liebe Na-Wi*, stand dort drauf. Erst kurz danach kam das offizielle Schild. Direkt dahinter stand ein grauer Caddy. Aus dem Augenwinkel sah er die Radarfalle. Erwin-Hans dankte allen übersinnlichen Mächten dafür, dass es dieses falsche Ortseingangsschild gab. Er hatte gepennt und wäre in die Falle getappt. Ganz sicher. So hatte er es geschafft. Trotzdem klopfte sein Herz wie wild. Es klopfte noch, als er am Netto, Edeka und Aral Meier vorbeifuhr und hinter der Brücke auf den Parkplatz Dümplerleie einbog.

Dann ging er über die Brücke zurück, um auf den Platz hinter der Moschee zu gelangen. Als er auf die Lenne blickte, sah er etwas. Auf der Wasseroberfläche schimmerte es blau zwischen dem Laub der Bäume hindurch. Ein schlimmer Verdacht keimte in ihm auf. Das war doch nicht etwa …?

Hektisch lief er mehrmals hin und her, bevor er eine Möglichkeit fand, zum Fluss hinunterzukommen. Rasch kletterte er die Böschung hinab, glitt auf den glatten Steinen aus und wäre fast auf dem blauschimmernden Ölteppich ausgerutscht, fand aber mit letzter Mühe Halt. Erwin-Hans musste zweimal tief durchatmen, bevor der das ganze Ausmaß der Sauerei erfasste. Der Ölteppich schwappte ans Ufer und zwischen den schwarzen Schlieren dümpelten Äschen und Forellen.

»Das gibt´s doch nicht,« rief er laut und knirschte mit den Zähnen. Umweltschutz war und blieb ein Kampf gegen Windmühlen. Warum machten sich er und seine Kameraden vom Angelfischerverein nur die Mühe, alte Autoreifen, Bierflaschen und anderen Müll vom Ufer aufzusammeln? Und vor kurzem hatte ein hirnloser Idiot die Äste der altehrwürdigen Rotbuche über Nacht abgesägt. Einfach so. Völlig sinnlos.

Wahrscheinlich warfen diejenigen Leute ihren Müll achtlos in die Natur, die den Anglern vorwarfen, Tiere zu quälen. Er aber war kein Trophäenangler, er setzte Fische wieder ins Wasser zurück, wenn sie nicht das Mindestmaß erreichten. Er warf sie auch nicht, darauf legte er Wert. Alle anderen Fische betäubte er, bevor er sie mit einem Stich ins Herz tötete. Hörte sich brutal an, war es aber nicht.

Tausend Gedanken schwammen ihm durch den Kopf. Konnte es sein, dass irgendjemand dem Angelfischerverein eins auswischen wollte? Seit Tagen bekam er anonyme Briefe, in denen er als Fischmörder bezeichnet wurde. Er vermutete den Schreiber in den eigenen Reihen. Dieser Mark Bechtel zum Beispiel erschien ihm schon seit einiger Zeit als nicht koscher. Er war zugezogen, zwar schon vor zwanzig Jahren, aber zugezogen blieb zugezogen. Was wollte der Knilch im Angelfischerverein? Bei der letzten Lenne-Reinigung war er natürlich nicht dabei gewesen. Angeblich angelte der am liebsten allein. Hatte er etwas zu verheimlichen? Auch seine unqualifizierten Äußerungen gingen allen mächtig auf den Keks. Alles an Mark empfand Erwin-Hans als falsch. Genau konnte er das nicht definieren. Manchmal kam es ihm vor, als hätte Mark mehrere Leichen im Keller.

Doch erst einmal suchte er nach der Ursache für den Ölfilm und wurde schnell fündig. Zwei kleine, blaue Ölkanister lagen im Gebüsch. Die Verschlusskappen fehlten und die schwarzgelbe Flüssigkeit rann langsam, aber unaufhaltsam in die Lenne. Erwin-Hans zückte sein Handy und wählte die 112.

Nach dem dritten Freizeichen meldete sich die Leitstelle der Feuerwehr. Erwin-Hans erkannte Thomas Kayser an der Stimme.

»Erwin-Hans Zischke hier. Ich möchte ein Umweltdelikt melden.«

»Hallo Erwin. Wie geht es dir?«, fragte Thomas.

»Ich heiße nicht Erwin. Zwischen meinen Namen ist ein Bindestrich«, antwortete er mit fester Stimme. Erwin-Hans ärgerte sich, dass die Feuerwehr seinen Anruf offensichtlich nicht ernst nahm. Erst gingen sie nicht ans Telefon, drei Freizeichen, eine Frechheit! Das war schließlich ein Notruf! Dann verwickelte Thomas ihn auch noch in sinnloses Verbalgeplänkel.

Also überging Erwin-Hans die Frage und machte korrekt Meldung. Die vier W: Wer? Was? Wann? Wo? In der Leitung war das Tippen einer Computertastatur zu hören. Erst dann fragte Thomas: »Wie viel Liter Öl sind in die Lenne geflossen?«

»Hier liegen zwei leere Kanister.«

»Das ist eine Menge. Ich schicke das volle Programm.«

Das volle Programm bestand aus drei Einsatzfahrzeugen, die nach zirka zehn Minuten mit Blaulicht und Martinshorn anrauschten. Kurz darauf trafen Strömungsretter und ein Boot ein. Erwin-Hans beobachtete das geschäftige Treiben der Feuerwehrmänner von der Brücke aus. Es wurde eine schwimmende Ölsperre errichtet, bevor ein wassertaugliches Bindemittel zum Einsatz kam. Während die Feuerwehrmänner damit begannen, das ölverschmutzte Wasser mühevoll abzuschöpfen, bemerkte Erwin-Hans im Augenwinkel einen Schatten, der auf ihn zukam. »Hallo Erwin«, hörte er eine weibliche Stimme sagen.

»Ich heiße Erwin-Hans, mit Bindestrich!«, wollte er gerade erbost erwidern, aber als er auf seinem Absatz herumwirbelte, sah er zuerst die blonden Haare und dann das Gesicht von Susanne Fischer-Bolz. Sie war Redakteurin des Altenaer Kreisblattes. Sie lächelte ihn an und legte den Kopf schief.

Stattdessen lächelte er höflich zurück. »Guten Tag, Frau Fischer-Bolz. Sie auch hier?«

Sie zuckte mit den Schultern. »Das ist mein Job.«

Als sie sich über das Geländer beugte und zur Lenne hinuntersah, setzte sie hinzu: »Was für eine Schweinerei. Wer macht denn so etwas?«

In diesem Moment fühlte sich Erwin-Hans wie ein Held. Schließlich war er es gewesen, der dieses Umweltdelikt entdeckt hatte und nicht tatenlos vorbeigegangen war. Er, der angeblich grausame Fischmörder, kümmerte sich um die Umwelt. Das war die Chance, mit positiven Schlagzeilen in der Zeitung zu stehen. Jedes Wort würde die Schandmäuler der ignoranten Dorfbewohner stopfen.

»Ich habe das gemeldet,« erklärte er der Redakteurin.

Sie starrte weiter auf die Lenne. »Wirklich?«

»Da steckt schon ein hohes Maß an krimineller Energie dahinter.«

»Können Sie sich vorstellen, wer so etwas macht?« Frau Fischer-Bolz schien die Reihen der Feuerwehrleute abzusuchen.

Natürlich konnte sich Erwin-Hans das vorstellen. Wahrscheinlich Mark. Dieser Mark, der ihm Steffi weggeschnappt hatte. Die schönste Frau, die Erwin-Hans je getroffen hatte. Früher hatte er ihr sogar Liebesbriefe geschrieben, aber sie hatte ihn bloß ausgelacht. Trotzdem hatte er es weiter probiert, auch wenn Steffi ihn keines Blickes gewürdigt hatte. Die oder keine. Deshalb hatte es ihn dreifach getroffen, als er damals aus der Zeitung erfuhr, dass sie diesen zugezogenen Schnösel geheiratet hatte. Was hatte Mark, was er nicht hatte? Als Mark auch noch Mitglied im Angelfischerverein wurde, war die Schmach perfekt. Auf jeder Feier musste er mit ansehen, wie Steffi mit dem Schnösel turtelte. Wie sie ihn küsste. Sanft berührte. Erwin-Hans fühlte, wie der Hass zu brodeln begann. Hier und jetzt konnte er Mark eins auswischen. Er brauchte seinen Verdacht nur äußern. Doch als er wieder aufschaute, stand Susanne schon neben dem Einsatzleiter der Feuerwehr. Er hörte sie fragen: »Wie groß ist denn die Verschmutzung?«

»An die tausend Quadratmeter.«

»Welche Ursache gibt es für die Verschmutzung?«

»Offensichtlich zwei Kanister mit Altöl, die hier illegal abgelagert wurden. Irgendjemand hat die Verschlusskappen entfernt und das Öl ins Wasser laufen lassen.«

»Dann ist also das Trinkwasser verschmutzt?«, fragte Susanne Fischer-Bolz, während sie in ihr Notizbuch schrieb.

»Das wird die Untere Wasserbehörde klären. Offensichtlich liegt hier eine Umweltstraftat vor. Aus diesem Grund wird die Polizei ihre Ermittlungen aufnehmen.«

Erwin-Hans schüttelte den Kopf. Diese Polizeistümper würden nichts herausfinden. Dieser Mark hatte etwas damit zu tun, da war er sich ganz sicher. Und er würde dafür Beweise sammeln. Erwin-Hans ballte die Hände zu Fäusten. Er würde dafür sorgen, dass Mark seine gerechte Strafe bekam. Vielleicht würde Steffi sich dann ihm zuwenden. Zwanzig Jahre hatte er stillgehalten. Jetzt war Schluss!

Kapitel 2

Salvatore Lezza saß wie ein Häufchen Elend vor dem Schreibtisch von Axel Boshamer. »Amigo, das war doch nur eine kleine Versehe, capito? Isch habe doch nix gemacht, außer eine ganz klein wenig an die Geräte manipuliert!«

Boshamer sah Lezza an. »Ein bisschen manipuliert kann ja wohl nicht sein. Wie ich das sehe, haben Sie Ihre Spielgeräte so eingestellt, dass nur einer gewinnt, und das sind Sie!«

Lezza verkrampfte die Hände und setzte seinen leidenden Blick auf. »Aber das war nur eine ganze klitzekleine Versehen! Mir isse der Schraubenzieher abgerutscht und …«

»Sagen Sie mal, für wie bescheuert halten Sie mich eigentlich?«, brüllte Boshamer ihn an und schlug mit den Fäusten auf den Tisch. »Sie erzählen mir seit Wochen diesen Blödsinn und haben sich einen Scheißdreck an meine Ordnungsverfügung gehalten. Jetzt wird die Bude zugemacht, und dann hat es sich, capisce!«

Lezza, bisher nur unterwürfig, wurde auf einmal böse. »Dasse wird dir noch leidtun, porco infernale! Ich habe Freunde, die werden dich fertig machen!«

Boshamer stand auf und sah ihn an. »Raus, Meister, ganz schnell raus, sonst …«

»Sonst was?«, fragte Lezza lauernd.

Das Klingeln des Telefons enthob Boshamer einer Antwort. Mit einer Handbewegung schickte er Lezza vor die Tür. »Sie hören von mir, Herr Lezza, am besten fangen Sie schon mal an zu sparen.« Dann meldete er sich: »Ordnungsamt

Boshamer.«

»Polizei Altena, Grieser, das Ordnungsamt wird an der Brücke benötigt. Es wurde eine massive Ölverschmutzung der Lenne gemeldet«

»Ich komme«, antwortete Boshamer und legte den Hörer auf. Das wird dauern, dachte er. Dann kann ich es wohl vergessen, meine Tochter vom Geburtstag abzuholen.

Er griff sich seine Ordnungsamtsjacke und sagte zu seiner Kollegin: »Ich muss zur Brücke, da liegt eine größere Ölverschmutzung in der Lenne vor.«

Kapitel 3

Helene schlug die Augen auf und schaute verschlafen auf den Wecker. Oh, schon kurz vor neun, dachte sie. Eigentlich hatte sie nicht so lange schlafen wollen, denn sie hatte für elf Uhr einen Termin beim Friseur. Das war sowieso eine knappe Kiste, denn immer am letzten Dienstag im Monat fand ab halb drei an der Hagener Straße 96 das AWO Seniorentreffen statt. Seit einigen Monaten ging sie gerne dorthin, um Leute zu treffen und Neuigkeiten zu erfahren.

Schnell stand sie auf und ging in die Küche, um die Kaffeemaschine in Gang zu bringen. Ohne Kaffee und Zigarette am Morgen ging nichts. Dann deckte sie für sich alleine den Frühstückstisch. Dabei dachte sie daran, wie schön es früher gewesen war, als Hermann, ihr Ehemann, noch lebte. Als er mit fünfundsechzig in den Ruhestand gegangen war, hatten sie sich ein Leben mit vielen Reisen und Zeit füreinander ausgemalt. Doch nach nicht einmal drei Jahren war er an einem Herzinfarkt verstorben. Das war jetzt zwei Jahre her und seitdem frühstückte sie alleine. Eigentlich war das Haus jetzt viel zu groß für eine Person.

Sie hatten das Haus in Opperhusen gebaut, als Steffi gerade geboren worden war. Früher hatte auch Anastasia oft das Wochenende bei ihnen verbracht, aber seit sie in das Teenageralter gekommen war, hatte sich einiges verändert.

Während der Kaffee durchlief, wollte Helene noch schnell duschen. Sie ging ins Bad, stellte die Dusche an und legte den Bademantel bereit. Dann zog sie das Nachthemd aus und betrachtete sich im Spiegel.

Für meine siebzig Jahre sehe ich noch gut aus, dachte sie zufrieden. Kaum Falten und eine schlanke Figur. Dafür tat sie aber auch einiges: Sport, gesunde Ernährung und teure Cremes. Das einzige Laster war das Rauchen, ärgerlich, aber es war so schwer, damit aufzuhören. Schnell duschte sie, zog den Bademantel an und putze sich die Zähne. Auf dem Weg in die Küche holte sie das Altenaer Kreisblatt aus dem Postkasten. Sie ging in die Küche und suchte die Packung Eve-Zigaretten, um sich erst einmal eine anzustecken und dabei den ersten Kaffee des Tages zu genießen.

Im Lokalteil stand wieder nichts Interessantes. Ein Riesenartikel über die gestrige Ratssitzung. Da hatten sich die Herrschaften aber ordentlich gefetzt. Wieder einmal ging es um die Windräder in Veserde und ob sie dort nun gebaut werden durften oder nicht. So ein Theater um eine Sache, die die Nachrodter gar nicht interessierte. Bei den Bekanntgaben und Anfragen war es mal wieder um die abgesackte Klingestraße gegangen.

Schon zehn Uhr. Sie schlug die Zeitung zu und eilte ins Bad, um sich fertig zu machen. Zum Treffen bei der AWO wollte sie ein Kleid tragen. Beim letzten Mal war da so ein freundlicher, aufmerksamer Mann gewesen, er hatte erzählt, dass er neu nach Nachrodt gezogen wäre und Anschluss suchte. Nett war der gewesen. Sie lächelte vor sich hin.

Es war viertel vor elf, als Helene ihre Jacke und Handtasche nahm und das Haus verließ. Sie stieg ins Auto, fuhr die Wiesenstraße hinunter und bog nach links auf die

Opperhusener Straße Richtung Einsal ein. Beim Friseur parkte sie ihren Wagen und betrat den Salon.

Nach zwei Stunden war sie fertig und machte sich auf den Weg nach Hause. Im Salon war die Ratssitzung vom Vortag Thema gewesen. Die andere Kundin, die Helene nicht kannte, hatte sich mit der Chefin auch über Helenes Schwiegersohn Mark und seine Äußerungen in der Sitzung unterhalten. Er hatte sich wohl wieder unmöglich verhalten, typisch. Aber auch egal, sie freute sich auf den Seniorentreff. Alles war immer so nett gemacht von den Damen, die das Ganze organisierten. Sie hatten sich sogar gemerkt, dass Helene eine Nussallergie hatte, weshalb es für sie Kuchen ohne diese Zutat gab.

Vorher holte Helene auch noch Giesela aus der Hans-Böckler-Straße ab und Margret aus der Niemöllerstraße. Das lag für sie auf dem Weg, sie hatte ein Auto und machte es gerne, weil die beiden nicht mehr so gut zu Fuß waren.

Zuerst auf der B236 Richtung Nachrodt, am *Scharfen Eck* links auf die Ehrenmalstraße und gegenüber der Grundschule noch einmal links hinauf in die Hans-Böckler-Straße. Im selben Haus wohnte seit einigen Monaten eine Flüchtlingsfamilie. Die kriegten alles umsonst, während sie, Helene, sehen konnte, wie weit sie mit ihrer schmalen Rente kam.

Sie parkte den Wagen am Bordstein, stieg aus und klingelte bei Giesela, die in einer Wohnung im Erdgeschoss lebte. Es dauerte etwas, bis der Summer ertönte. Helene stieß die Tür auf, ging die wenigen Stufen zur Wohnungstür hinauf und begrüßte Giesela, die schon in Jacke und mit ihrer Handtasche und dem Gehstock bewaffnet abfahrbereit wartete. Sie reichte der Freundin den Arm und half ihr die Treppe hinunter. Langsam gingen sie zum Auto.

Helene drehte den Wagen im Wendehammer und fuhr Richtung Niemöllerstraße. Dort wartete bereits Margret auf ihrem Rollator sitzend vor der Haustür. Helene war froh, dass ihr kleines Auto ein Fünftürer war, so war es für Margret einfacher, auf den Rücksitz zu gelangen. Nachdem sie noch den Rollator im Kofferraum verstaut hatte, konnte es losgehen zum Seniorentreff.

Während der kurzen Strecke unterhielten sie sich über alles, was in den letzten Tagen passiert war. Endlich angekommen, bewunderten sie im Saal die liebevoll gedeckten Tische und begrüßten die bereits beträchtliche Anzahl von Senioren.

Gegen siebzehn Uhr machten sie sich auf den Heimweg. Helene brachte Margret und Giesela bis zur Wohnungstür und machte sich auf nach Opperhusen. Dabei dachte sie sich nicht zum ersten Mal, dass die beiden ruhig ein bisschen Spritgeld hätten springen lassen können.

Da das Wetter schön war, setzte sie sich zu Hause auf die windgeschützte Terrasse und ließ den Tag noch einmal Revue passieren. Nebenan spielten die Kinder der neuen Nachbarn. Ein junges Paar mit zwei kleinen Töchtern. Die beiden Schreihälse gingen ihr gehörig auf die Nerven. Immer Krach, gehorchen konnten die beiden auch nicht. Das hätte es bei ihrer Tochter nicht gegeben.

Sie dachte über ihre letzte Bekanntschaft nach. Der sympathische Herr hatte ihr beim Gehen seine Telefonnummer zugesteckt und sie gedachte, zurückzurufen. Vielleicht war ja ein Treffen an der neuen Lenneterrasse möglich, da saß man so herrlich mit Blick auf den Fluss.

Kapitel 4

Endlich Feierabend. Schnell eilte Steffi zum Parkplatz vor dem Amtshaus. Von Weitem sah sie ihren Fiat Panda in der Sonne blitzen. Lange macht es die Karre nicht mehr, dachte sie, setzte sich in ihren Wagen und knallte die Tür zu. Das Handy klingelte.

»Ich treffe mich gleich mit Annabell, wir wollen in Letmathe ein Eis essen,« flötete ihre Tochter ins Telefon.

»Hast du was gegessen?«, fragte Steffi und ärgerte sich über sich selbst, weil sie immer das Gleiche fragte.

»Wir holen uns bei Nataschas Frittenschlitten Currywurst und Pommes. Papa hat mir Geld gegeben.«

Steffi ließ ihre Gedanken schweifen. Mark war nicht da, Anastasia war nicht da, vielleicht konnte sie sich mit Toni treffen. Aber das war nicht ungefährlich. Heute hatte sie im Büro wieder den Eindruck gehabt, dass ihr Chef Axel Boshamer irgendetwas ahnte. Der war nicht auf den Kopf gefallen und eine geheime Liebesbeziehung im Büro würden er und die Bürgermeisterin sicher niemals dulden. Aber Toni hatte ihr total den Kopf verdreht, machte ihr Komplimente, brachte ihr Pralinen mit, sah sie mit seinen wunderschönen dunkelbraunen Augen immer wieder an und verschlang sie mit Blicken. Steffi konnte nicht anders. Sie wählte Tonis Nummer.

»Können wir uns sehen?«, fragte sie ohne Einleitung.

»Wieder im Lennekai in Altena?«, fragte er zurück. »Oder sollen wir uns am Dümpel treffen?«

»Bloß nicht«, stöhnte Steffi auf. »Da läuft der Konrad

Heim immer rum. Wenn der uns sieht! Der ist auch im Rat und wird das sofort Mark stecken.»

»Jetzt beruhige dich«, flüsterte Toni ins Telefon. »Wir sehen uns in Altena. Aber ich kann erst in einer Stunde.«

Eine Stunde! Dann kann ich noch einkaufen gehen, dachte Steffi und fuhr direkt zum Edeka. Dort erst merkte sie, dass sie nur zwanzig Euro dabeihatte, und wurde schlagartig wütend. Was dachte sich Mark eigentlich mit dem Haushaltsgeld? Der lebte wohl im vorigen Jahrhundert! Keine ihrer Freundinnen bekam Haushaltsgeld, alle hatten uneingeschränkten Zugang zum gemeinsamen Konto oder gar ein eigenes. Nur sie musste ihr sauer verdientes Geld direkt auf sein Konto überweisen. »Das hat bei meinen Eltern auch gut geklappt«, hatte er gesagt und das Gespräch beendet. Er blieb dabei: Steffi bekam Haushaltsgeld und musste für jeden Cent Rechenschaft ablegen. So eine spießige Scheiße! Kein Wunder, dass es schwierig war, genügend Geld für die Gesichtsbehandlungen abzuknapsen. Aber da ging kein Weg dran vorbei. Ihre Nasolabial-Falten hatte die Kosmetikerin durch eine Hyaluronsäure-Spritze schön glatt aufgehübscht. Mark hatte das nicht einmal bemerkt. Aber Steffi fühlte sich hübsch. Vielleicht nicht mehr wie zwanzig, als ihr alle hinterhergestarrt hatten, aber hübsch. Und Toni sagte es ihr auch immer wieder. So ein paar Spritzen konnten Wunder bewirken.

Während Steffi gedankenverloren durch den Edeka lief, um Eier und Schinken für einen Strammen Max zu kaufen, rief plötzlich jemand ihren Namen lautstark durch den ganzen Laden: »Hey Steffi.« Es war Ulrike, die Steffi vom Zumba in der Lennehalle kannte. »Warum kommst du nicht mehr zum Zumba?«

»Ach, weißt du, Sonntagsnachmittags ist nicht so günstig. Dann ist Mark endlich mal zu Hause. Sonst ist er doch immer weg, hat ständig Termine. Und dann ist er beleidigt, wenn ich an seinem einzigen freien Tag nicht zu Hause bin«, antwortete Steffi und schämte sich sofort dafür, ihr Herz so offen auf der Zunge zu tragen. Was ging das Ulrike an? Die war doch eine Plaudertasche vor dem Herrn und würde wahrscheinlich der ganzen Mädelstruppe von Steffis Problemen zu Hause erzählen.

»Mein Mann macht auch immer Stress.« Ulrike hatte sofort eine Idee. »Ich mache auch Bauch, Beine, Po bei der VHS. Dienstags. Komm doch dahin.«

Steffi nickte. »Ich überlege es mir«, sagte sie und hoffte, jetzt schnell nach Altena fahren zu können. Die Zeit drängte, Toni wartete.

Als sie endlich in ihrem Panda saß, sprang das Auto nicht an. »Scheißkarre«, fluchte Steffi, überlegte es sich aber sofort anders, streichelte das Lenkrad und flüsterte: »Liebes, liebes Auto, bitte fahr mich nach Altena. Es ist wichtig.«

Tatsächlich sprang das Auto beim dritten Versuch an und Steffi raste so schnell sie konnte los. Zum Glück war der neue Blitzer bei den Walzwerken noch nicht installiert. Sie fand einen Parkplatz an den Lenneterrassen und sah sofort Toni. Er hatte sich ein Plätzchen in der Sonne gesucht.

Verdammt, hier sieht uns doch jeder, dachte Steffi, schloss den Wagen ab, ging zu Toni, blieb an seinem Tisch stehen und sagte: »Ich fahr mit dem Aufzug hoch zur Burg. Komm in drei Minuten nach.« Dann drehte sie sich um, überquerte die Straße und ging zum Burgaufzug. Sie war schon ein paar Mal mit dem Aufzug gefahren, aber immer noch war sie hellauf begeistert. Für Steffi war alles toll, was mit Sagen und Märchen, mit Mythen und Geschichten von früher zu tun hatte. Für Altena ist dieser Aufzug Gold Wert, dachte sie, fuhr nach oben und hielt sich dann rechts, um in einer kleinen Nische auf Toni zu warten.

Nur wenige Minuten später tauchte der Mann auf, der ihr schlaflose Nächte bereitete. Toni zögerte nicht lange und drückte sie so fest an sich, dass sie kaum noch Luft bekam. Dann nahm er ihr Gesicht in seine Hände und küsste sie, erst ganz zärtlich, dann immer leidenschaftlicher. Steffi vergaß alles um sich herum.

Doch plötzlich klingelte ihr Handy. Es war Mark. Steffis Herz klopfte wie verrückt. Sie legte den Finger auf ihre Lippen, um Toni anzudeuten, bloß mucksmäuschenstill zu sein.

»Wo bist du?«, fragte Mark ohne Umschweife.

»Beim Toom im Altena«, antwortete Steffi.

»Deine nervige Mutter steht vor der Tür«, sagte Mark und legte einfach auf.

Scheiße, Scheiße, Scheiße, dachte Steffi. Mark wird doch wohl nicht … »Ich muss weg«, sagte sie zu Toni und ihre Stimme zitterte. Dann lief sie so schnell sie konnte zum Aufzug.

Kapitel 5

Jetzt haut sie einfach ab. Was hat ihr Mann bloß am Telefon gesagt? Verdammt!

Tonis Gedanken hüpften hin und her. Seine Gefühle auch. Er war sauer. Und traurig. Und wütend auf Mark. Ein Anruf und sie sprang. Was hatte er für Macht über die Frau?

Toni fuhr mit dem Burgaufzug runter in die Stadt und wusste nicht, was er machen sollte. Nach Hause? Er wollte seine Frau jetzt nicht sehen. Ach, die musste ja arbeiten. Manchmal glaubte er, dass sie etwas ahnte. Aber eigentlich war sie ein Naivchen.

Er hielt sich links in der kleinen Altenaer Fußgängerzone und steuerte zielstrebig auf das Café schräg gegenüber des Altenaer Kreisblatts zu. Gerade schlenderte er an der Zeitungsauslage vorbei, als er erstarrte. Was stand da auf der Nachrodter Seite? Mark Bechtel wollte fürs Bürgermeisteramt kandidieren? Ja, hatte der einen Knall? Jeder wusste in der Gemeinde, dass Mark völlig unfähig war. Und so einer auf dem Bürgermeisterstuhl? Toni konnte es nicht fassen. Wieso wusste er nichts davon? Er arbeitete schließlich im Amtshaus, da funktionierte der Flurfunk für gewöhnlich.

Sein Herz raste. Amtshaus. Da hatte er Steffi zum ersten Mal gesehen. Die Tür war aufgegangen und sie hereingekommen. »Ist Herr Richter da?«, hatte sie gefragt. Er hatte nur mit dem Kopf geschüttelt und kein Wort herausgebracht, so erschlagen war er von Steffis Schönheit gewesen.

Und jetzt wollte ausgerechnet ihr Mann Bürgermeister werden. Wenn er das Amt bekam, würde ihn Steffi nie verlassen. So ein Bürgermeister musste doch eine perfekte Familie vorzeigen können. Und Steffi war einfach zu lieb, um ihm die Karriere zu versauen.

Toni ging zwei Schritte vor, einen zurück, schaute wieder auf den Zeitungsbericht und schrie dann: »Du Scheißkerl. Das werden wir ja sehen.«

»Wie bitte?« Der Redaktionsleiter war unbemerkt aus der Tür getreten und hatte die letzten Worte von Toni gehört.

»Ähm, nichts«, erwiderte Toni. Er hatte gar nicht bemerkt, dass er die Worte laut ausgesprochen hatte. Schnurstracks drehte er um und ging ins Café.

Dort holte er sein Handy aus der Hosentasche und schaute aufs Display. Kein Anruf von Steffi. Auch keine WhatsApp. Dafür aber zehn Anrufe von seinem Sohn. Der rief eigentlich nie an. Vielleicht ist etwas passiert, schoss es ihm durch den Kopf. Er wählte die Nummer seines Sohnes, der beim ersten Klingeln schon dran war.

»Mama ist auf der Arbeit umgekippt. Kannst du sie abholen?«, sagte er.

»Wie, umgekippt?«

»Ja, Kreislauf, keine Ahnung.«

»Okay, ich bin schon fast da.«

Toni schmiss drei Euro auf den Tisch, rannte zu seinem Auto und raste los. Seine Frau arbeitete als Bürokraft bei einem ambulanten Pflegedienst, das war ein Katzensprung. Plötzlich merkte er, dass es ihm scheißegal war, was Babsi hatte. Vielleicht würden sich manche Probleme von alleine erledigen, wenn sie tot war. Toni lachte böse. »Ach, was bin ich für ein Schwein«, murmelte er schmunzelnd und gefiel sich dabei. »Und ich könnte auch Mark einfach beseitigen. Tot, fertig. Geile Idee!«

Allein schon der Gedanke löste bei ihm ein wunderbar wohliges Gefühl aus. Mark wäre mausetot. Er würde Steffi trösten, Babsi verlassen und ein tolles Leben führen. Vielleicht konnte er auch noch Bauamtsleiter werden. Oder Ordnungsamtsleiter. Er konnte alles. Er würde alles!

Kapitel 6

Was will sie jetzt schon wieder? Und was soll das heißen: Deine Mutter steht vor der Tür? Hatte Mark sie wieder nicht reingelassen? Steffi rannte. Sie konnte nicht anders. Immer wieder drückte sie auf den Aufzugsknopf, bis sich endlich die Türen öffneten. Mach hin, dachte sie, und hatte keinen Blick für die Ritter im Burgaufzug, die rumblödelten und sich schubsten. Sie wollte nur nach unten. Schnell nach unten und zum Auto. Der Weg zum Ausgang war voller Leute, die sich gemütlich durch 90 Meter Zeitreise schlängelten und sich die vielen Sagen anhörten. »Entschuldigung«, sagte Steffi immer wieder. »Entschuldigung, darf ich mal durch?«. Sie quetschte und drängelte sich durch die Menge und hetzte zum Ausgang. Helene stand vor der Tür. Das bedeutete nichts Gutes. Es bedeutete nie etwas Gutes. Ihre Mutter hatte eine Vorliebe für theatralische Auftritte.

Steffi fuhr so schnell sie konnte in Richtung Nachrodt. Ihre Gedanken überschlugen sich. Hatte sie etwas vergessen? Hatte sie für ihre Mutter etwas einkaufen sollen? Aus der Apotheke holen? Sie bog am Bahnübergang Einsal links ab, fuhr über die Schienen und die Bachstraße hoch. Fast hätte sie ihren Nachbarn gerammt, der ihr entgegenkam. Steffi hatte keine Lust anzuhalten und kurz zu plaudern. Ihr zitterten die Knie. Scheiße, dachte sie, scheiße, scheiße, scheiße.

Als sie vor ihrem Haus parkte, sah sie Helene schon. Sie saß auf der Treppe zum Eingang.

»Gedenkst du auch mal zu kommen?«, fauchte ihre Mutter

und stand umständlich auf. »Ich sitze hier und mache mich zum Gespött der Leute.«

»Hast du denn geklingelt, Mama?«, fragte Steffi.

»Natürlich habe ich geklingelt. Was denkst du denn? Aber es hat mir keiner aufgemacht.«

»Dann ist auch niemand zu Hause.« Steffi kramte in ihrer Tasche, ihre Hände waren feucht und zitterten. Woher wusste Mark, dass Helene vor der Tür stand, schoss es ihr durch den Kopf. Sie schloss die Tür auf.

Stille im Haus. Niemand war da. »Ich koch uns erst mal einen Kaffee, Mama.«

»Ich will keinen Kaffee. Ich will, dass du mir erklärst, wo du warst. Und wie siehst du wieder aus? Andere Frauen in deinem Alter wissen sich zu kleiden. Und die Schminke ist billig.«

Steffi hatte sich die Schuhe ausgezogen und es bis in die Küche geschafft. Sie blieb an der Arbeitsplatte stehen und starrte auf die Kaffeemaschine.

»Schau mich gefälligst an, wenn ich mit dir rede«, schimpfte Helene weiter.

Steffi drehte sich langsam um und schaute ihre Mutter an. Helene sah wie immer aus wie aus dem Ei gepellt.

»Mama, was ist denn?« Sie hatte diesen Satz leise und weich gesprochen. Sie schaffte es nicht, ihrer Mutter mit fester Stimme zu begegnen.

»Mir geht es nicht gut. Aber das ist dir ja egal«, erwiderte Helene spitz, hielt sich mit beiden Händen an der Stuhllehne fest und atmete plötzlich schwer. Steffi sagte nichts. Sie schaute ihre Mutter an, die auf irgendwas wartete. »Soll ich dich zum Arzt fahren?«

»Es ist Mittwoch. Da haben alle zu.«

»Frau Dr. Bakker hat heute geöffnet.« Steffi wartete nicht auf eine Antwort, ging in den Flur, zog die Schuhe wieder an und rief: »Komm Mama. Wir fahren.«

»Den kannst du auch mal wieder putzen«, grummelte Helene, als sie vor Steffis Panda standen. »Ich hab dir ja immer gesagt, dass dein Mann geizig ist. Dass der dich mit so einem Auto fahren lässt.«

»Mark ist nicht geizig. Ich mag den Wagen.« Steffi ergriff tatsächlich Partei für Mark.

»Du hattest noch nie Geschmack.«

»Ja Mama.« Steffi war froh, dass die Fahrt nicht so lange dauern würde. Bis zur Kirchstraße war es ein Katzensprung und sie konnte direkt vor der Praxis parken.

Als Mutter und Tochter die Praxis betraten, telefonierte eine Arzthelferin links bei der Anmeldung, die andere war nicht zu sehen. Helene ging schnurstracks in das Wartezimmer. Steffi zögerte einen Moment, ging dann aber hinter ihrer Mutter her, die sich kerzengerade auf einen Stuhl niederließ. Steffi setzte sich rechts neben sie und nickte der Verkäuferin der Metzgerei Böhland zu.

»Hast du mich angemeldet?«, fragte ihre Mutter so laut, dass alle Wartenden es hören mussten. Gerade blätterten zwei Frauen gelangweilt in irgendwelchen Zeitschriften, ein Mann starrte auf sein Handy und eine junge Mutter spielte Hoppe, hoppe Reiter mit ihrer kleinen Tochter. Jetzt schauten alle

Steffi an. Auch die Metzgerei-Verkäuferin wurde neugierig.

Steffi merkte, dass sie ein knallrotes Gesicht bekam. Immer, wenn ihr irgendetwas peinlich war, lief sie rot an. »Nein Mama, das mache ich jetzt. Hast du deine Krankenkarte dabei? «

»Nein, die kennen mich doch hier.«

Steffi ging zur Anmeldung. »Meiner Mutter geht es nicht gut. Kann Frau Dr. Bakker mal schauen?«

»Haben Sie die Krankenkarte?«

»Nein, die hat sie vergessen. Ich bringe sie morgen vorbei.«

»Kein Problem. Es sind aber noch sechs Leute vor Ihnen«, entgegnete die Arzthelferin leutselig. »Das kann dauern.«

Steffi ging ins Wartezimmer zurück. »Es sind noch sechs Leute vor dir, Mama.«

Helene lächelte spitz, stand auf, nickte den anderen mit ihrem süßesten Lächeln zu und verließ das Wartezimmer. Steffi wusste nicht, was sie machen sollte. Wollte ihre Mutter zur Toilette? Ging sie zur Anmeldung? Ohne es zu merken zuckte sie mit den Schultern.

Aber Helene kam nicht zurück. Nach drei Minuten stand Steffi auf. »Entschuldigung, ist meine Mutter zur Toilette gegangen?«, fragte sie die Arzthelferin.

»Nein, die ist raus.«

»Wie, raus « Steffi verließ die Praxis und sah ihre Mutter sofort.

»Kannst du mir mal sagen, wo du bleibst?« Helene stand an der Beifahrertür von Steffis Auto. Sie sah gar nicht mehr krank aus. »Was ist denn Mama? Warum bist du gegangen?«

»Glaubst du etwa, ich hol mir dort drinnen die Pest? Hast du nicht gehört, wie die Metzgerfrau gehustet hat? Fahr mich sofort nach Hause!«

Steffi drückte auf ihren Autoschlüssel und die Türknöpfe ihres Panda sprangen auf. Sie machte die Tür auf, warf ihre Handtasche nach hinten und seufzte. »Ich denke, es geht dir nicht gut, Mama.«

»Natürlich geht es mir nicht gut! Aber du denkst ja nur an dich. Wenn ich dir etwas wert wäre, hättest du mich in die Notaufnahme gefahren.«

»Sollen wir denn nach Hellersen fahren? Du musst mir auch sagen, was du möchtest.« Steffi war plötzlich den Tränen nahe.

»Ich möchte eine Tochter wie die anderen sie haben.« Helene schrie jetzt fast. »Andere Mütter können stolz sein. Aber ich? Für dich kann man sich nur schämen. Das war schon immer so. Du solltest dir ein Beispiel an anderen Frauen deines Alters nehmen.«

Steffi liefen die Tränen über die Wange. Sie schmeckte sie salzig auf ihren Lippen. Sie waren noch keinen Meter gefahren, der Wagen stand noch immer vor der Praxis.

»Ich will nach Hause. Da kann ich ja dann sterben. Aber dir ist das wohl egal. Und deine Tochter ist auch nicht besser.« Helene schaute rechts aus dem Seitenfenster.

Oh, jetzt kommt das auch noch, dachte Steffi und wusste jeden einzelnen Satz, den ihre Mutter jetzt sagen würde.

»Andere Enkelkinder kommen ihre Oma besuchen. Aber

Anastasia? Die treibt sich mit Jungs herum. Der Apfel fällt nicht weit vom Stamm. Du bist eine Schande. Und sie ist eine Schande. Womit habe ich das verdient? Und wehe, du sagst mir noch einmal, dass Nasti nicht möchte, dass ich sie auf den Mund küsse. Ich bin ihre Oma! Ich habe keine ansteckende Krankheit! Fahr jetzt endlich!«, fauchte sie.

Steffi ließ den Motor an und fuhr langsam los. Sie umklammerte das Lenkrad und schaute nicht zu ihrer Mutter. Bitte lieber Gott. Bitte, bitte. Lass es aufhören, dachte sie.

Dann brachte sie ihre Mutter nach Hause.

Kapitel 7

Nach dem Theater mit ihrer Mutter konnte sie sich auch gleich Anastasia vornehmen. Dieses Chaos im Haus ging ihr so auf die Nerven!

»Mach bitte die Tür auf!« Steffi klopfte. Und klopfte. Stille. Anastasia rührte sich nicht. »Mach jetzt die Tür auf, Anastasia.«

Steffi hasste es, vor dem Zimmer ihrer Tochter zu stehen. Mit jeder Sekunde wuchs ihre Wut. Überall im Haus lagen irgendwelche Sachen ihrer Tochter herum. Der Schlüppi im Bad hatte Steffi heute den Rest gegeben. Sie fühlte sich ohnmächtig.

»Anastasia, komm da raus. Räum deine Brocken weg.«

Nichts. Steffi merkte, dass sie die Beherrschung verlor. Sie drehte sich auf dem Absatz um, rannte die Treppe hinunter, durch das Wohnzimmer direkt auf die Terrasse. Erst einmal eine rauchen. Runterkommen. Sollte sie doch in ihrem Dreck ersticken. Wenn Steffi sich aufregte, bekam sie rote Flecken in ihrem Gesicht und auf ihrem Hals. Sie hockte wie ein Häufchen Elend auf dem Gartenstuhl und inhalierte den Rauch, so tief sie konnte.

»Du bist wie deine Mutter.«

Steffi hatte Anastasia nicht kommen gehört. Jetzt stand ihre Tochter direkt hinter ihr und sagte es noch einmal. Leise und böse. »Du bist wie deine Mutter.«

Steffis Herz raste. Sie sprang vom Stuhl. »Das bin ich nicht. Und das weißt du«, erwiderte sie und ging direkt zum Gegenangriff über. »Wie siehst du eigentlich aus? Du läufst herum wie ein Flittchen.«

Sie starrte ihre Tochter verächtlich von oben bis unten an. Schwarze Shorts, schwarze Seidenstrümpfe mit Laufmaschen, ein kurzes Top, bauchfrei. Das Totenkopf-Bauchnabel-Piercing glitzerte. Die Augen waren schwarz umrandet. Viel Wimperntusche, viel Kajal. Viel zu viel, wie Steffi fand. Plötzlich, eigentlich über Nacht, war aus ihrer süßen Tochter ein aufmüpfiger Vamp geworden, der sich keinen Deut darum scherte, was Steffi dachte oder wünschte.

»Weißt du was?«, schrie Anastasia, »du kannst mich mal! Du bist so eine spießige Alte. Ich hau ab. Du bist ja nicht zum Aushalten! «

»Prima. Brüll´ doch noch lauter. Lass´ es ruhig die ganze Nachbarschaft hören!«

»Ach die Nachbarn. Ja, die sind dir wichtig!« Anastasia dachte gar nicht daran, die Stimme zu senken.

»Geh´ in dein Zimmer. Da bleibst du, bis du wieder normal bist.«

»Ha. Was ist denn schon normal? Du vielleicht? Du mit deinen weggespritzten Falten? «

Steffi konnte nicht mehr klar denken. Sie fand auch keine Worte mehr. Am liebsten hätte sie ihrer Tochter ins Gesicht geschlagen, hätte sie gebissen oder getreten. Stattdessen rannte sie ins Haus, warf die Kippen-Schachtel quer durchs Wohnzimmer und schmiss sich aufs Sofa. Sie hörte, wie Anastasia den Roller anwarf und davonbrauste. Wohin sie wohl fuhr? Mit wem sie sich traf? Steffi wusste es nicht. Sie wusste gar nichts mehr von ihrer Tochter. Nur, dass sie in der

Schule sitzenbleiben würde. Denn die drei Fünfen auf dem Zwischenzeugnis hatte Anastasia nicht verheimlichen können.

»Du bist wie deine Mutter.« Steffi hörte nur diesen Satz. Er schwirrte durch ihren Kopf. Immer wieder. Hatte Anastasia recht? War sie wirklich so furchtbar? Bitte nicht, dachte Steffi. Ihr wurde schlecht. Sie rannte ins Bad, kniete sich vor die Toilette und steckte den Finger in den Hals. »Du bist ein abgeleckter Heringsschwanz«, hörte sie ihre Mutter sagen, während sie auf dem Boden hockte. »Du bist Dreck. Eine Schande für die Familie.«

Steffi spürte, wie ihre Mutter im Zimmer stand und schrie. Sie spürte, wie ihr Vater mit dem Gürtel auf sie einschlug und ihre Mutter ihn anfeuerte: »Schlag´ ihr das Böse aus dem Leib.« Steffi weinte. Sie kauerte wie ein Embryo auf den Fliesen, die Hände über dem Kopf, als Schutz vor den Schlägen, die sie überall trafen. Die hasserfüllte Grimasse ihrer Mutter, die sie so gern tot gesehen hätte. »Aber ich lebe,«, wollte Steffi brüllen, doch kein Ton kam über ihre Lippen.

Langsam versuchte sie aufzustehen. Sie zog sich am Waschbecken hoch und ließ kaltes Wasser über ihre Hände laufen. Diese Flashbacks machten sie fertig. Anastasia wusste nur zu gut, wie sie sie treffen konnte. Sie hatte es wieder geschafft. Steffi wollte doch nur eine kleine, heile Welt. Sie wollte eine gute Mutter sein. Und schön aussehen. Sonst nichts. Oder nicht viel mehr. Sie versuchte, mit dem Haushaltsgeld auszukommen und Mark nicht aufzuregen. Die kleinen Dates mit Toni waren im Grunde bedeutungslos. Sie war vor allem froh, dass sie jemand begehrte. Wie früher, als sie mit jedem Jungen ins Bett gestiegen war, nur damit sie geliebt wurde. Abgeleckter Heringsschwanz. Ja, so hatte ihre Mutter sie immer genannt.

Das Telefon klingelte. Steffi schleppte sich ins Wohnzimmer. »Ja bitte«, sagte sie leise in den Hörer.

»Willst du aus der Zeitung erfahren, dass ich tot bin?«, sagte ihre Mutter ohne einen Gruß.

»Hallo Mama «, erwiderte Steffi.

Kapitel 8

Erwin-Hans reichte es. *She´s the One* von Robbie Williams lief im Autoradio, als er seinen SUV vor der „*Rastatt*“ parkte. Ohne Mark Bescheid zu sagen, hatte er seine Kameraden vom Angelfischereiverein zu einem außerplanmäßigen Treffen eingeladen.

In der „*Rastatt*“ duftete es gut. Seit der Koch vom *Goretto´s* hier arbeitete, war die gemeindeeigene Gaststätte oft ausgebucht. Sogar in die »Lokalzeit« vom WDR 3 hatte sie es geschafft. Als Stammgast ergatterte Erwin-Hans einen großen Tisch für Georg, Heinz, Martin, Philipp, Rudolf und sich. Fachmännisch zerteilte er seine Forelle Müllerin Art, bevor er begann, Mark zu zerlegen.

»Hier«, sagte er und legte einen Briefbogen auf den Tisch. Mit aus der Zeitung geschnippelten Buchstaben stand darauf: *Du Fischmörder! Schwarzangeln ist ein Vergehen! Anzeige oder du zahlst!* »Solche anonyme Post bekomme ich seit Tagen. Und dass ausgerechnet an meinem Lieblingsangelplatz lecke Ölfässer liegen, kann kein Zufall sein! Ich vermute stark, dass unser sogenannter Angelkamerad Mark dahintersteckt. Fällt euch nicht auf, wie demonstrativ er unseren Zusammenkünften fernbleibt? An der Lenne-Reinigung nahm er nicht teil. Auf der letzten Lenne lebt-Veranstaltung zur Einweihung der neuen Lenneterrassen brach er in aller Öffentlichkeit einen Streit mit Georg vom Zaun.«

Georg stimmte zu. »Mark machte mir richtig Angst. Beinahe hätte er mich verprügelt, bloß, weil ich eine

Bemerkung über seiner Angeltechnik fallen ließ.«

Philipp, der Schatzmeister warf ein: »Mich guckt er mit dem Arsch nicht mehr an, seit ich ihn wiederholt bat, endlich seine Vereinsgebühren zu zahlen. Immer wieder verspricht er, mir die aufgelaufene Summe zu überweisen. Ich warte heute noch.«

»Am liebsten angelt er allein und nachts. Ich meine, was will er dann in unserem Verein? Er kapselt sich doch völlig ab. Vielleicht steckt er in irgendeiner finanziellen Klemme«, vermutete Martin.

»Meine Frau erzählte mir, dass Steffi Haushaltsgeld bekommt. Ich meine, wo gibt es denn sowas heute noch?«, warf Rudolf ein

»Und woher weiß sie das?«

»Sie brachte Steffi einmal nach dem Zumba nach Hause, weil ihr klappriger Panda kaputt war. Da heulte sich Steffi richtig bei ihr aus. Halbtags arbeiten, das dürfe sie, aber das mit den Finanzen regle immer ihr Mann.«

»Unser heißester Feger in Nachrodt-Wiblingwerde wird von so einem Geizkragen abgegriffen«, ereiferte sich Erwin-Hans.

»Ach, komm´ mal runter«, beschwichtigte ihn Martin. »Wir alle hier in der Runde wissen doch, dass du seit dem Sandkasten in Steffi verliebt bist.«

»Habe ich deshalb kein Recht, das Beste für sie zu wollen? Und dass Mark nicht der Mann ist, den sie verdient, ist doch offensichtlich!«

»Aber es gehören halt zwei dazu. Steffi hat sich für Mark

entschieden. Akzeptiere das endlich«, entgegnete Martin.

»Verdammt, was wisst ihr schon?«, verlor sich Erwin-Hans in Gedanken. »Zwanzig Jahre schon, warum wollte sie mich nicht? Ich weiß alles über sie. Von ihrer furchtbaren Mutter, ihrer Liaison mit Toni. Wie sie diesen Mark in einer Diskothek kennenlernte! Und wie dann auch noch dieses Balg kam! Sie gehört doch zu mir! Ich finde einen Weg, um mit ihr zusammenzukommen!«

»Und wie soll es jetzt weitergehen?«, riss ihn Martin aus seinen Gedanken.

»Dass er der anonyme Briefeschreiber und Lenne-Verschmutzer ist, können wir ihm nicht nachweisen. Aber wir stellen ihn vor die Wahl: Entweder er bezahlt unverzüglich seine Vereinsgebühren, oder wir kündigen ihm die Mitgliedschaft im Angelfischereiverein«, schlug Georg vor. Sie stimmten ab. Einstimmig.

Für Erwin-Hans ging es um etwas ganz anderes. Er ging zu seinem SUV, öffnete die Heckklappe und legte den Totschläger ganz oben auf sein Angelzubehör.

Kapitel 9

»Hmm, das riecht hier aber gut.« Steffi hatte schon den Duft der Rouladen in der Nase, da hatte sie noch nicht die Haustür aufgeschlossen. Draußen sah es ganz nach Gewitter aus. Mark kocht, dachte sie und musste automatisch schmunzeln. Das hat er einfach drauf.

»Hey Schatz, ich bin da«, rief sie, stolperte über ein Paar Turnschuhe und verdrehte die Augen. Anastasia war echt die Schlampe vor dem Herrn. Im Flur lag die Jacke der Tochter auf dem Boden, die bunte Handtasche von Desigual daneben. Ein Tampon, zum Glück wenigstens unbenutzt, war offensichtlich aus dem Schminktäschchen herausgerollt und lag ziemlich unappetitlich direkt auf der Matte mit dem Schriftzug *Herzlich Willkommen*.

Steffi fluchte innerlich und hatte schlagartig schlechte Laune. Dabei tat ihr Sport immer gut, und auch, wenn ihr das T-Shirt jetzt völlig verschwitzt am Körper klebte, war sie eigentlich zufrieden. Eigentlich. »Reg dich jetzt nicht auf«, sagte sie zu sich selbst, ließ die Klamotten der Tochter einfach liegen und ging direkt in die Küche. Mark stand vor dem Kochfeld, hantierte mit zwei riesigen Löffeln und versuchte damit, die Rouladen im Topf zu wenden. Dabei sang er lautstark »Er gehört zu mir, wie der Name an der Tür« von Marianne Rosenberg mit, was gerade bei Radio MK lief. Steffi konnte den Sender nicht leiden, vor allem morgens die Doppelmoderation ging ihr auf die Nerven. Das war sooooo schlecht! Sie war ganz klar WDR 2-Fan und hörte sogar mittlerweile hin und wieder den Opa-Sender WDR 4, der aber wirklich sein Musikprogramm umgestellt hatte.

Sie umschlang ihren Mann von hinten und drückte ihren Körper eng an ihn. »Ich liebe Rouladen«, flüsterte sie.

»Ich weiß.« Mark strahlte. »Es dauert aber noch etwas.«

»Lass es doch einfach brutzeln«, entgegnete Steffi und streichelte ihn, erst am Rücken, dann langsam etwas tiefer bis zum Po. Mark drehte sich überrascht um. Ein eindeutiges Angebot in der Küche hatte es von Steffi schon gefühlte einhundert Jahre nicht mehr gegeben. Er konnte den BH unter dem nassen Shirt sehen und streichelte ihr über die Haare, die sie zu einem witzigen Zopf gebunden hatte.

»Komm, wir gehen nach oben«, flüsterte er ihr ins Ohr. »Du bist so sexy.«

»Lass es uns hier tun. Hier und jetzt.«

Ein Quickie in der Küche. Warum nicht? Vielleicht nicht wirklich bequem auf der Arbeitsplatte, aber sie waren ja noch nicht scheintot. Steffi hüpfte lachend auf den Tisch, warf dabei die Maggi-Flasche um, zog Mark an sich, umschlang ihn mit beiden Beinen und zog ihm mit einem Handgriff das rote T-Shirt aus, das sie ihm zum Geburtstag geschenkt hatte.

»Hey, meine Süße, man kann doch durchs Fenster gucken.«, sagte Mark, dem das plötzliche Geschehen nicht ganz geheuer war. Das Licht in der Küche brannte und er stellte sich vor, wie der Nachbar sie hechelnder Weise beobachtete. Dann wäre ihr Liebesleben morgen Gesprächsthema Nr. 1 in ganz Einsal.

»Mach das Licht einfach aus.« Steffi lachte und öffnete den

Knopf und den Reißverschluss von Marks Hose. Die Jeans rutschte schon bis zu den Knien, als Mark deshalb wie im Entenschritt durch die Küche watschelte und den Lichtschalter betätigte.

Steffi konnte sich das Lachen nicht verkneifen. »Komm endlich her, du Hecht.«, sagte sie leise, zog ihren Mann an sich und spürte sein hartes Glied an ihrem Körper.

»Ich liebe dich«, flüsterte er, küsste ihren Hals und strich ihr durch die Haare. Das mochte sie, das turnte sie an. Nur die Brüste durfte er nie anfassen und schon gar nicht kneten. Seit sie denken konnte, tat ihr der Busen weh und sie hasste es, wenn Mark unbedingt an ihren Brustwarzen nuckeln wollte. Manchmal ließ sie es zu, meistens jedoch nicht, und auch jetzt, als Marks Hände unter ihr T-Shirt wanderten, drehte sie sich so geschickt, dass er sofort abließ und ihr stattdessen die Sporthose auszog. Das war nicht ganz so galant, er mit herabhängender Hose, sie auf der Küchenarbeitsplatte, 50 Zentimeter entfernt die vor sich hin köchelnden Rouladen.

»Ich will dich spüren«, sagte Steffi so leise, dass es Mark gar nicht hörte. Die Dunstabzugshaube dröhnte und er musste sich ziemlich merkwürdig verrenken, um in sie eindringen zu können. Noch bevor sie auch nur die kleinste Chance hatte, sich auf seine Bewegungen einzulassen, kam Mark.

»Es tut mir leid.«, sagte er.

»Ist nicht schlimm«, antwortete Steffi, verdrehte im Dunkeln die Augen, entließ ihn aus ihrem Schoß und glitt langsam von der Arbeitsplatte. »Ich geh mal duschen«, sagte sie und versuchte, ihre Stimme liebevoll klingen zu lassen. Sie wollte jetzt wirklich nicht an Toni denken. Aber sie konnte nicht anders.

Kapitel 10

Mark war irgendwie beschwingt, auch wenn er Steffi nicht wirklich hatte beglücken können. Wieder einmal war es zu schnell gegangen für sie. Aber eigentlich war sie ja selbst schuld. Hätten sie öfter Sex, würde er auch nicht immer sofort kommen. Mark zuckte unbewusst mit den Schultern. Das leidige Thema. Jetzt würde er wieder Wochen auf das nächste Mal warten müssen. Zumindest bei ihr.

In Gedanken versunken lief er durch Küche und Flur, ohne wirkliches Ziel. Er hob automatisch sämtliche Kleidungsstücke seiner Tochter vom Boden auf und stapfte die Treppe hoch. In Anastasias Zimmer herrschte wie immer Chaos. Er warf alles auf das rote Sofa und blickte sich um. Schuhe, Strümpfe, T-Shirts türmten sich auf dem Bett. Dazwischen lagen Sprudelflaschen, Coladosen, ein Teller mit nicht erkennbaren Essensresten, Weingummi-Tüten. Mein Gott, dachte Mark und schüttelte den Kopf.

Das Zimmer war ein einziger Trümmerhaufen. Ordner allerorts. Offensichtlich Schulsachen. Der Schreibtisch war unter der Last von irgendwelchem Zeugs nicht zu erkennen. Und der teure Laptop liegt auf dem Stuhl, dachte Mark, ging näher, nahm den Toshiba-Laptop und legte ihn auf das Sofa. Der Computer blinkte. Er klappte den Deckel auf und starrte auf den Bildschirm. Was ist das denn?, dachte er und traute seinen Augen nicht. Anastasia strahlte ihm nackt entgegen. Ein Selfie. Sie rekelte sich auf einem Bett, im Hintergrund ein schlafender Kerl. Auch nackt.

»Das … das … das gibts doch nicht!«, schrie Mark. »Das ist doch ihr Lehrer, oder?« Die letzten Worte blieben ihm fast im Hals stecken. Mark schwankte und musste sich setzen. Er konnte den Blick nicht von dem Bild nehmen. Das war Anastasia. Seine Tochter. Mit einem Mann.

»Du altes Arschloch. Du vergreifst dich an meiner Tochter? Das werden wir ja mal sehen«, schrie er wütend und schlug sich sofort mit der Hand auf den Mund. Er wollte auf keinen Fall, dass Steffi etwas hörte. Die würde auf der Stelle tot umfallen, wenn sie das Bild sehen würde. Gut, dass er durch Zufall Anastasias Passwort entdeckt hatte. Zittrig zog er einen Stick aus der Tasche und kopierte die Bilder darauf. Er als absoluter IT-Fachmann und als solcher auch in einem Unternehmen tätig, drückte das Selfie weg und klickte auf das E-Mail-Postfach. Gleich die zweite Nachricht war von Thomas Mängel, diesem widerlichen Schwein von Lehrer: *Wir sehen uns auf dem Wanderparkplatz Oevenscheid. Wir müssen sprechen. Zwanzig Uhr. Sei pünktlich.*

Die Nachricht war von heute. Marks Herz klopft bis zum Hals. Um acht auf dem Wanderparkplatz Oevenscheid. Jetzt gleich. Er klickte auf den Ordner der gesendeten Nachrichten und las die Antwort seiner Tochter. *Ich liebe dich.* Sie hatte wirklich *Ich liebe dich* geschrieben.

Kapitel 11

Mark war wie vor den Kopf geschlagen. Sie war doch sein kleines Mädchen, gerade erst sechzehn geworden – und jetzt das!

Siedend heiß wurde ihm klar, dass die beiden sich in zwanzig Minuten treffen würden. Dabei hatte Anastasia gesagt, dass sie zu ihrer Freundin Jacqueline wolle, um ein Referat auszuarbeiten. Weil es spät werden würde, wollte sie auch dort übernachten. Er musste sich beeilen, wenn er die beiden noch erwischen wollte.

Schnell rannte er ins Erdgeschoss, warf einen Blick ins Schlafzimmer und sagte zu Steffi: »Ich bin noch mal weg, weil ich etwas mit Thorsten besprechen muss. Warte nicht auf mich, Schatz. Es wird bestimmt später.«

Mark sprang ins Auto und bog in die Bachstraße ein. Aber dann fiel ihm ein, dass die Landstraße vollständig gesperrt war. Mit quietschenden Reifen fuhr er deshalb über den Bahnübergang und nahm die Bundesstraße 236 Richtung Altena. In Rekordzeit erreichte er die Einfahrt zur Brachtenbecke und fuhr die kurvige Straße hinauf. In der letzten Linkskurve kam ihm blöderweise ein Fahrzeug entgegen. Darin saß ausgerechnet sein neugieriger Nachbar, mit dem er schon seit Monaten Ärger wegen seiner Hecke hatte. Da konnte er sich bestimmt wieder einen dummen Kommentar anhören.

Endlich kam das Waldstück in Sicht. Schnell fuhr er rechts ran, verließ das Auto und überquerte die Landstraße.

Vorsichtig näherte er sich dem Wanderparkplatz und schaute um die Ecke. Gut, dass es nur wenig Beleuchtung gab.

Und dann sah er sie, seine Tochter und diesen Schmutzfinken. Am liebsten hätte er sich sofort auf ihn gestürzt und ihm die Fresse poliert. Stattdessen schaute er minutenlang wie hypnotisiert auf die Szenerie, die sich dort abspielte.

Bis der Typ seiner Tochter die Zunge in den Hals steckte und auch noch begann, sie auszuziehen. Jetzt reichte es aber! Wie von Sinnen stürzte er sich aus dem Gebüsch auf die beiden. Er schubste den Kerl mit solcher Kraft von seiner Tochter weg, dass dieser rücklings auf dem Parkplatz landete und schrie: »Ich bring dich um, du Scheißkerl, wenn du deine dreckigen Pfoten nicht von meiner Tochter lässt!« Dann wandte er sich Anastasia zu und brüllte wutentbrannt: »Und du, Fräulein, schwingst dich jetzt auf deinen Roller und siehst zu, dass du nach Hause kommst, aber dalli! Wir sprechen uns noch!«

Inzwischen hatte sich Thomas aufgerappelt und kam mit erhobenen Fäusten auf Mark zu. Ehe dieser sich versah, hatte er einen rechten Schwinger sitzen und war um eine Platzwunde über dem linken Auge reicher. Benommen taumelte er zurück und hielt sich die schmerzende Gesichtshälfte. Langsam sickerte Blut durch seine Finger.

Das ließ Mark sich nicht gefallen. Er holte ebenfalls aus und traf in den Magen des Gegners, sodass dieser endgültig zu Boden ging.

»Papa, du machst alles kaputt!«, schrie Anastasia

hysterisch. »Ich liebe ihn doch und er mich! Ich hasse dich!«

Sie fing an zu heulen, lief zu ihrem Roller und brauste davon.

Mark trat derweil immer weiter auf Thomas ein, der benommen am Boden lag. Irgendwann hatte er genug und lief zurück zu seinem Auto.

Kapitel 12

Er fuhr zu schnell. Viel zu schnell. Ihm war es egal. Irgendwo hatte er gelesen, dass die meisten Unfälle durch nicht angepasste Geschwindigkeit verursacht wurden. Und diese Unfälle hatten die schwersten Folgen.

Seine Geschwindigkeit war mörderisch. Für andere. Für ihn. Ihm war es egal.

Mark verzog seinen Mund zu einem Lächeln. Jedenfalls sollte das ein Lächeln werden. Ihm war nicht danach zumute. Er hatte sie gesehen. Im Wald. Anastasia. Sein Engel. Und Thomas Mängel. »Dieses Schwein«, schrie er plötzlich. »Dieses miese Schwein. «

Er schlug mit voller Wucht einen Handballen aufs Lenkrad. Sofort fühlte sich seine Hand taub an. Sie schmerzte. Egal. Immer wieder hämmerte er gegen den schwarzen Kunststoff, als wäre das Lenkrad das Gesicht von Thomas. Trotz der stärker werdenden Schmerzen tat es gut. Mark ballte die Hand zur Faust. Schlug zu. Wieder und wieder.

Plötzlich tauchte etwas vor ihm auf. Ein Schatten im Augenwinkel. Mark hob den Kopf und starrte durch die Windschutzscheibe. Ein Traktor. Das Scheißding schien zu stehen. Heißes Adrenalin schoss ihm durch den Körper, fühlte sich wie Batteriesäure an. Mark presste seinen Fuß aufs Bremspedal. Trotzdem kam der Mähaufsatz näher. Das dreckige Metall würde seinen Körper durchlöchern, ihm das halbe Gesicht abreißen. Er atmete tief ein. Nein! Er löste das Bremspedal und riss den 3er BMW nach links in den

Gegenverkehr. Scheinwerfer flammten auf. Da kommt jemand, dachte Mark, sonst ist in diesem verfickten Kuhkaff doch auch nie etwas los.

Er gab Gas. Die Beschleunigung presste ihn in die Sitzlehne. Der Transporter kam rasend schnell näher. Der Traktor auch. Die einzige Lücke wurde zum Nadelöhr, Mark krampfte seine Hände ans Lenkrad. Jetzt oder nie! Er riss das Steuer nach rechts, der Transporter rauschte vorbei und schüttelte Marks BMW durch.

War´s das?, fragte sich Mark. Aber das Auto blieb auf der Straße. Er raste mit 180 Sachen die Höhenstraße in Richtung Nachrodt. Das Adrenalin-Brennen ließ erst hinter der Dorfeinfahrt nach Wiblingwerde nach. Mark merkte, dass er zitterte. Ein Schweißtropfen kitzelte seinen Nacken hinab. Er lenkte nach rechts und hielt in einer Zufahrt an. Dann ließ er sich tief in den Fahrersitz gleiten und atmete mehrmals laut aus. Er kramte eine Kippe aus der Schachtel, die in der Mittelkonsole lag, und ließ das Benzinfeuerzeug aufklicken. Das Knistern verbrennenden Tabaks erfüllte die Stille. Der blaue Dunst kratzte in seinem Hals. Zwei Sekunden absolute Stille. Die weiße Zeit, wie Mark es nannte. Zeit für sich und für niemanden sonst.

Doch dann wirbelten seine Gedanken durcheinander. Es war alles zu viel gewesen. Erst Thomas, dann der Beinahe-Unfall. Thomas Mängel. Mark musste auflachen. Freudlos. Trocken. Dieses Schwein. Wieder schlug Mark mit der Faust gegen das Lenkrad. Was dachte der sich dabei? Wie konnte sich der sogenannte pädagogisch geschulte Lehrer an Anastasia ranmachen? Sie war doch erst sechzehn! Und Thomas? Mindestens doppelt so alt. Mark musste würgen.

Was für ein krankes Arschloch, fluchte er in Gedanken. So einem Wichser müsste man die Eier abquetschen!

Er schloss die Augen und sah wieder das, was er vorhin im Wald beobachtet hatte. Als hätte sich die Szene in seine Netzhaut gebrannt. Wie sich Anastasia in kindlicher Vorfreude auf Thomas gestürzt hatte. Wie sie ihren Lehrer geküsst hatte. Wie ihre Hand von der Brust zum Schritt gewandert war. Thomas war etwas zurückgewichen, als Anastasia zu kneten angefangen hatte. Aber sie war wie eine Klette gewesen, die sich nicht von seinem Körper hatte trennen wollen. Geschmeidig wie eine Katze war sie Thomas Bewegungen gefolgt, als hätte sie diese vorausgeahnt. Dann hatte sie ihm etwas ins Ohr geflüstert. Den Worten war ein Kichern gefolgt, kindlich, aber dennoch lüstern. So konnte nur ein Mädchen kichern, das aus einem Traum aufgewacht war, und mit ihr die Lust auf Sex. So unschuldig verdorben hatte dieses Kichern geklungen.

Mark fragte sich, warum sich Thomas von all den Mädchen auf der Schule ausgerechnet Anastasia für seine perverse Begierde ausgesucht hatte. Fickte er sie schon?

Plötzlich ein dumpfes Geräusch. Mark schreckte aus seinen Gedanken und starrte aus der Seitenscheibe. Dort stand ein Mann, schütteres Haar, rotglänzendes Gesicht, wutentbrannt verzerrt. Der Oberkörper war frei, die mächtigen Oberarme waren stark behaart. Die Körperbehaarung war so lang, dass sie im Wind wehte. Mark schätzte, dass der Bauer gut und gerne Hundertzwanzig Kilo auf die Waage brachte, und er fürchtete dabei, dass es kaum Fett war.

»Hat man dir ins Gehirn geschissen?«, schrie der Bauer durch die geschlossene Seitenscheibe. »Komm raus und ich hau dir eins auf die Fresse. Selbst deine Mutter wird dich dann nicht mehr erkennen! «

Zuerst wollte Mark aufbrausen. Was dachte der Kerl sich? Jeder konnte mal einen Fahrfehler machen. Aber dann hob er beschwichtigend die Hände, bevor er die Seitenscheibe nach unten gleiten ließ.

»Komm raus«, brüllte der Bauer.

»Ganz ruhig.«

»Ganz ruhig? Ganz ruhig am Arsch. Wenn du dein jämmerliches Leben beenden willst, spring von einer Brücke. Aber nicht mit so einer Nummer!«

»Es tut mir leid. Ich war in Gedanken.«

»Du kannst gar kein Hirn haben, Freundchen. Was denkst du dir dabei?

Ich habe gerade gesehen, wie der Klassenlehrer über meine Tochter hergefallen ist, du blödes Arschloch. Doch Mark schluckte diesen Satz herunter. Stattdessen sagte er: »Können wir das bitte lassen? Es tut mir wirklich leid.«

Der Bauer legte seinen Kopf schief. »Dein Gesicht merke ich mir, Freundchen.«

»Wenn ich das nächste Mal so scheiße fahre, hau mir ruhig in die Fresse, aber bitte nicht heute.«

Der Bauer musterte Mark eindringlich, dann nickte er ihm zu und lief zu seinem Traktor zurück. Das Dröhnen des

Dieselmotors schnitt durch die abendliche Stille. Mark wartete, bis das Motorengeräusch nicht mehr zu hören war, dann fuhr er heim.

Kapitel 13

Mark fuhr in die Auffahrt und sah, dass bei Anastasia noch Licht brannte. Das kam ihm gerade recht. Er war genau in der Stimmung, die Angelegenheit jetzt noch mit seiner Tochter zu klären. Die konnte was erleben!

Immer, wenn er an diese Szene auf dem Parkplatz dachte, hätte er kotzen können. Mit diesem Dreckskerl hatte es seine kleine Prinzessin getrieben! Der Typ konnte sich warm anziehen. Mit dem war er noch lange nicht fertig! Den würde er drankriegen wegen Missbrauch Schutzbefohlener!

Der kann sich von seinem Job und seiner Karriere verabschieden, dachte Mark. Er fuhr den Wagen in die Garage und ging zur Haustür. Vor lauter Wut bekam er kaum den Schlüssel ins Schloss. Endlich war die verdammte Tür offen und Mark stürmte ins Haus. Er schlug die Haustür wütend hinter sich zu, betätigte den Lichtschalter, zerrte sich die Jacke von den Schultern und schleuderte sie in Richtung Garderobe. Dann rannte er, immer zwei Stufen auf einmal nehmend, die Treppe hoch. In der ersten Etage machte er kurz halt, um zu sehen, ob Steffi schon schlief. Sie musste das bevorstehende Theater nicht unbedingt mitbekommen, er würde morgen mit ihr sprechen. Leise öffnete er die Tür zum Schlafzimmer und sah, dass sie tief und fest schlief. Anscheinend hatte sie ihre Schlaftabletten genommen. Na, dann konnte er sich jetzt seine Tochter vorknöpfen.

Schnell stieg er die Treppe ins Dachgeschoss hinauf, wo Anastasia ihr Reich hatte. Er drückte die Türklinke hinunter und musste feststellen, dass die Tür von innen abgeschlossen war. Hinter der Tür hörte er seine Tochter heulen. Entschlossen rüttelte er an der Klinke und sagte: »Anastasia, mach´ sofort die Tür auf, ich weiß, dass du noch wach bist.«

Von drinnen hörte er seine Tochter rumoren. Schließlich sagte sie: »Bleib´ weg, Papa, ich hab keinen Bock, mit dir zu reden. Lass mich in Ruhe.«

Das ließ Mark sich nicht bieten. Er schlug gegen die Tür und schrie: »Mach´ sofort die scheiß Tür auf, oder ich trete sie ein!«

Gerade wollte er sich gegen die Tür werfen, da wurde von drinnen der Schlüssel umgedreht. Sofort öffnete er die Tür, stürzte ins Zimmer und knallte die Tür hinter sich zu. Seine Tochter hatte sich mit dem Gesicht zur Wand auf das Bett geworfen. Mark baute sich vor dem Bett auf und schnauzte sie an: »Setz dich hin, ich habe mit dir zu reden und du kennst den Grund ganz genau!«

Aus dem Kissen war zu hören: »Lass mich in Ruhe!« Den Rest verstand Mark nicht und er erwiderte: »Oh nein, so kommst du mir nicht davon. Nicht nach dem, was ich vorhin auf dem Parkplatz gesehen habe. Sieh mich an, wenn ich mit dir rede!«

»Nein!«

Er packte sie hart am Arm, drehte sie zu sich herum und schrie: »Sieh mich verdammt nochmal an! Was hast du mir zu sagen?«

»Gar nichts«, kam es trotzig von seiner Tochter.

»So nicht, mein Fräulein, du sagst mir jetzt sofort, wie

lange sich dieser Mistkerl schon an dich ranmacht! Der wird noch sein blaues Wunder erleben!«

»Nein, Papa, lass Thomas in Ruhe! Ich liebe ihn und er mich. Außerdem geht dich das gar nichts an.« Sie fing wieder an zu schluchzen.

»Du bist erst sechzehn und ich lasse nicht zu, dass sich dieser Kerl an dir vergreift. Der liebt dich nicht und hat wahrscheinlich noch ganz andere Bettgeschichten am Laufen.« Das Heulen wurde lauter.

»Hör auf zu Heulen. Das hilft dir jetzt auch nicht!«

»Nein, Thomas liebt mich!«

»So ein Quatsch! Du bist ja ganz verrannt in diese Sache. Ich hab die Schnauze voll und sage dir, dass du den Typ nicht wiedersehen wirst! Der fliegt hochkant von der Schule, dafür sorge ich. Du hast erst einmal Hausarrest.«

»Ich hasse dich, du hast mir gar nichts zu sagen«, schrie ihm Anastasia ihre ganze Teenagerwut entgegen. Mark holte aus und verpasste seiner Tochter zum ersten Mal in seinem Leben eine schallende Ohrfeige. »Das ist mein letztes Wort! Morgen werde ich mit deiner Mutter darüber reden.«

Wutschäumend verließ er das Zimmer, schloss die Tür und lehnte sich entnervt dagegen. Langsam kam er wieder zu sich. Er hatte seine Tochter geschlagen. Wie hatte es nur so weit kommen können?

Kapitel 14

Sie konnte es immer noch nicht fassen. Der Scheißkerl hatte sie geschlagen. Ins Gesicht. Die Wange hatte noch länger gebrannt. Sie berührte die empfindliche Stelle.

Anastasia knautschte ihr Kissen, krallte die Fingernägel tief in den Stoff. Als könnte Justin Bieber etwas dafür, dass ihr Vater zugeschlagen hatte. Der Aufdruck mit dem Kopf des Sängers war schon etwas verwaschen, sah aber immer noch gut aus. Sie presste ihr Gesicht auf den Kissenbezug und wünschte, es wäre Thomas. Doch das Stück Stoff spendete keinen Trost. Anastasia schleuderte das Kissen in die Ecke.

Ich bin nicht deine Prinzessin, dachte sie. Ich war es nie, wollte es nie. Und ich werde niemals deine Prinzessin sein. Du hast alles kaputtgemacht.

Anastasia presste die Lippen so fest aufeinander, dass es zu schmerzen begann. Sie war zu Hause. In ihrem Zimmer. Im Bett. Zwischen zerknautschten Daunen und tränennassen Papiertaschentüchern. Ihre Zuflucht. Ihre Festung der Einsamkeit. Doch heute fühlte es sich nicht so an. Das Zimmer fühlte sich eng an, staubig und schäbig. Irgendwie nicht mehr passend. Voller Plunder. Anastasias Blick fand das Buch, das auf dem Nachttisch lag, der letzte Teil der Schattenjägersaga. Ein Jugendbuch.

Ich bin sechzehn. Verdammt nochmal, sechzehn! Anastasia knirschte mit den Zähnen. Voller Wut trat sie gegen den Schreibtisch. Das Buch polterte zu Boden. Sie schnellte aus den Daunen heraus. Hoffentlich hatten die Seiten keine

Knicke bekommen. Aber dann hielt sie inne, starrte das Buch an, das vor ihren Füßen lag, und in diesem Moment wurden die Pappdeckel und die bedruckten Seiten zu einem Symbol ihrer Jugend. Einer verdammt beschissenen Jugend.

Sie war so glücklich gewesen. Und dann hatte ihr Vater alles kaputtgemacht. Anastasia bezweifelte, dass sich Thomas nach der Nummer auf dem Oevenscheider Parkplatz noch einmal mit ihr treffen würde. Er hatte nicht das erste Mal erwähnt, dass es gefährlich wäre, wenn eine Schülerin sich mit ihrem Lehrer traf. Wenn sie an Thomas dachte, fing sie an zu zittern und sie hatte das Gefühl, als würde ihr Bauch Achterbahn fahren. So etwas hatte sie bisher noch nie erlebt. Vielleicht bei Justin Bieber, der sie von der Ecke aus mit zerknautschtem Gesicht anklagend anstarrte, als wolle er sagen: Du wirfst deine Jugend weg. Sei das Mädchen, das du sein sollst.

»Du hilfst mir doch auch nicht«, murmelte sie und schlug dann die Hände vor den Mund. Wie dämlich es war, mit einem Kissen zu reden?

Und was jetzt? Sie dachte daran, einfach abzuhauen. In ihrem Rucksack passten die nötigsten Sachen. Sie hatte das schon häufig ausprobiert und sich während des Packens vorgestellt, wohin sie abhauen konnte. Zuerst waren es weit entfernte Ziele gewesen. Zum Schluss wäre sie einfach zu Thomas gefahren. Es wäre ihr egal gewesen, was seine Eheschnepfe dazu gesagt hätte. Thomas hätte ihr geholfen, aus ihrem verschissenen Zuhause zu entfliehen.

Aber ihr Vater hatte heute alles kaputtgemacht. Einfach

alles.

Anastasia fühlte sich plötzlich schmutzig. In ihr keimte ein Verlangen nach einer erfrischenden Dusche. Und dann ins Bett. Morgen früh würde sie wieder klarer denken können.

Kapitel 15

Neele starrte auf ihren Laptop. Der kleine Kronen-Aufkleber auf ihrer Maus machte sie wütend. Wie konnte man sich nur so täuschen? Recherche-Königin. So schrieben es ihre Kollegen auf ihrer Abschiedskarte. Nix mit Queen. Alles gefaked. Jetzt saß sie hier, morgens um zehn, alles andere als königlich in ihrer Lieblingsjeans, ausgewaschenem Shirt mit dem Aufdruck eines Astronauten aus der *National Geographic.* Neben sich einen Latte. Sojamilch. Wenigstens die gab es hier. Nur raus hier, hatte sie damals gedacht. Sie hatte es nicht mehr ausgehalten. Die Chancen waren da gewesen. Sie hatte die Wahl gehabt, drei freie Stellen, die sie gleich antreten konnte. Ein kleines Kaff, viel Grün, sieht dörflich aus auf den Fotos. Nicht nur einen neuen Job wollte sie, ein neues Leben. Im Dorf. Kleine Berge. Jeder kennt jeden, würde nicht ganz leicht werden, aber eine Herausforderung. Die liebte sie. Außerdem Autobahnanschluss. Perfekt, wenn sie die Sehnsucht nach der Großstadt überkäme. Sie glaubte nicht daran, das hatte sie in den letzten Jahren genug gehabt. Aber die Möglichkeit beruhigte sie. Multikulti. Die Mischung gefiel ihr. Eine Frau als Bürgermeisterin, offensichtlich kein politischer Hintergrund, kein Parteienklüngel. Auch das gefiel ihr. Kontakt per Telefon, man war froh, jemanden gefunden zu haben. Jemanden wie sie, mit Erfahrung. Sie fühlte sich geschmeichelt, hatte zugesagt.

Doch sie hatte einen Fehler gemacht. Recherchieren, das konnte sie. Alles wusste sie über ihren neuen Wohnort.

Fremdenführerin Neele. Sie musste lachen. Als wenn sich ein Fremder hierher verirren würde! Sie hätte sich den Ort live anschauen müssen, nicht nur im Netz. Jetzt war sie hier, die nächsten drei Jahre waren Altena und Nachrodt ihre Dienstorte. Ob sie auch ihr Zuhause würden, wusste sie noch nicht.

Neele Schreiber, 38 Jahre alt, 1,69 groß. Hatte im letzten Jahr zugelegt, kämpfte ständig mit ihrem Gewicht. Sportlich, was man ihr nicht zutraute, wenn man sie sah. Blond, braune Augen, großer Mund. Die Augen ein Moor, in dem man versinken konnte, der Mund wie Julia Roberts. So hatte Sam das oft gesagt. Sam …

Sie stand auf, schnappte sich ihren kläglichen Rest Latte und trat auf den Balkon. Blinzelte. Die Sonne schien nicht.

Kapitel 16

Steffi parkte ihr Auto auf dem letzten freien Parkplatz neben dem Amtshaus, kramte ihre Handtasche vom Beifahrersitz und rannte dann auf die Eingangstür zu.

Schon wieder zehn vor acht! Und das alles nur wegen dieses Megastreits mit Anastasia. Ihre Tochter war, wie üblich, nicht aus dem Bett gekommen. Typisch für eine Sechzehnjährige, dass sie nicht aus dem Quark kam! Steffi verfluchte sich dafür, dass sie immer diejenige sein musste, die mit ihrer Tochter motzte. Mark hielt sich da gepflegt raus – deswegen war sie auch immer die Böse und Mark der tolle Papa! Ätzend! Sie wünschte sich, dass Mark auch mal auf den Tisch hauen und Tacheles reden würde.

Sie schloss die Tür des Amtshaues auf. Dann ging sie zur Stempeluhr und hielt den Chip davor. 7.52 Uhr! So viel zum Thema früher anfangen! Steffi seufzte und stieg die Treppe hoch. Ihr Büro lag unter dem Dach. Im Sommer war es da muckelig warm. Sie war froh, dass sie dann nur zwanzig Stunden arbeiten musste.

Im ersten Stock merkte sie bereits ihre Oberschenkel. Sport ist Mord, dachte sie, und: Stell dich nicht so an. Du bist erst fünfundvierzig! Guck dir Rita an, die ist neunundsechzig und macht das mit links.

Sie kam in der oberen Etage an, nickte dem Fachbereichsleiter zu, der ihr mit einer Kopie entgegenkam, und öffnete die Bürotür. Tanja hatte schon Kaffee gekocht und strahlte sie an: »Guten Morgen, Steffi, der Kaffee ist fertig.

Ich hoffe, er schmeckt.«

Steffi seufzte und sagte ihrerseits »Guten Morgen.« Normalerweise kochte sie den Kaffee, denn wenn Tanja eines nicht konnte, war das Kaffeekochen. Leider war dieser keine Ausnahme. Stark und schwarz schmeckte er wie eine Mischung aus Spülwasser und Espresso. Steffi verzog das Gesicht.

»Nicht gut?«, fragte Tanja.

Steffi schüttelte den Kopf. »Nee, der Kaffee ist schon in Ordnung. Ich habe nur diese Nacht nicht so gut geschlafen, deswegen.«

Tanja reagierte erleichtert.

Steffi fuhr ihren Rechner hoch und checkte die E-Mails. Drei Anfragen für die Belegung der Lennehalle, davon zwei vom TUS. Komisch, dachte sie, die haben doch schon reserviert? Da muss ich mal nachfragen.

Sie wollte gerade zum Hörer greifen, als ihr Chef Axel Boshamer das Büro betrat. »Guten Morgen, die Damen«, grüßte er und lächelte.

Eigentlich lächelt er immer, dachte Steffi. Überhaupt hatte sie nur ganz selten erlebt, dass Boshamer schlechte Laune hatte.

Boshamer hob seine rote Mappe hoch. »Hanna Lentovna, Patricia Okelomolo und Yon Pon Huh.«

Steffi schaute ihn verständnislos an.

Boshamer setzte sich. »Das sind die drei Damen, die wir bei der Razzia letzte Nacht im Bordell *La Hanche* angetroffen haben und, die angeblich hier wohnen.«

»Nie gehört«, sagte Steffi und sah sich die Namen noch

mal an. »Lentovna könnte Hartz IV bekommen. Und die anderen Damen? Ich rufe mal in Altena an. Die machen doch Asyl.«

»Mach das, sagte Boshamer und sag mir bitte Bescheid. Wir haben noch eine Nachbesprechung bei der Polizei. Da würde ich gerne etwas zu sagen können.«

»Aber wer geht denn ins *La Hanche*?«, fragte Steffi naiv. »Der Laden ist so anrüchig, das sieht man doch schon von außen.«

»Man staunt«, meinte Boshamer. »Wir haben dort morgens um drei Uhr zehn Männer aufgegriffen. Zwei Familienväter und acht Junggesellen.«

»Aus Nachrodt?«, fragte Steffi schnell.

Boshamer sah sie an. »Du darfst zwar alles essen, Steffi, aber nicht alles wissen«, sagte er schließlich und lächelte. »Nein, im Ernst, die Namen sind vertraulich. Die Männer befanden sich auch nur im Barbereich. In den Zimmern haben wir niemanden gefunden, außer den besagten Damen.«

Steffi nickte. Das ist jetzt ärgerlich, dachte sie. Zu gerne hätte sie gewusst, wer dort angetroffen worden war. Vielleicht jemand, den sie kannte? Dann hätte sie wieder ein bisschen Klatsch und Tratsch verbreiten können, denn so eine Razzia sprach sich in Nachrodt schnell herum.

Sie drehte sich zum PC um und rief das Sozialhilfeprogramm auf. Dann gab sie den Namen „Lentovna“ ein. Und siehe da, ein Treffer! Hanna Lentovna, wohnhaft Hagener Straße 131 in Nachrodt, tschechische Staatsbürgerin, Einbürgerungsantrag gestellt. Geboren am

17.06.1992. Steffi fragte sich zum wiederholten Mal, warum diese Frauen in so einem Etablissement arbeiteten. Sie schüttelte den Kopf. Da Hanna sicherlich nicht umsonst gearbeitet hatte, musste sie in Erfahrung bringen, was sie verdient hatte. Sie konnte entweder Hanna selbst fragen, die sicher nicht mitspielen würde, oder aber den Besitzer. Da sah sie schon eher eine Chance, denn der hatte jetzt Angst, richtig Ärger zu bekommen. Aber wer war das?

Schnell sah sie die anderen Namen durch. Patricia Okelomolo kam aus dem Sudan und Yon Pu Huh aus der Volksrepublik China. Beide waren achtzehn und zwanzig Jahre alt und hatten im letzten Jahr einen Asylantrag gestellt. Da die Asylangelegenheiten beim Sozialamt Altena bearbeitet wurden, musste sie Boshamer unbedingt fragen, ob sie das weitergeben durfte oder noch warten sollte.

Steffi ging ins Erdgeschoss und betrat das Büro von Boshamer. Der telefonierte gerade. Der *Lenne lebt-Tag* stand vor der Tür und ein letzter Feinschliff musste erfolgen.

»Okay, Ronny, danke für den Tipp. Das bespreche ich dann noch mit den Anderen. Tschüss!« Boshamer knallte den Hörer auf und drehte sich zu Steffi. »Was hast du für mich?«, fragte er gespannt.

Steffi zückte ihren Zettel. »Also, Lentovna ist bei uns im Bezug. Hier wollte ich mal den Inhaber des La Hanche befragen, wie denn die Konditionen lauten. Die beiden anderen sind in einer Wohngruppe für Asylbewerber in der Eichendorffstraße und haben ein Zimmer zusammen. Die melde ich in Altena an, dann sollen die ermitteln.«

»Sehr schön, dann kann ich das sagen. Das Arbeitsamt ermittelt hier auch wegen Schwarzarbeit. Und der Betreiber kriegt ebenfalls ein Verfahren angehängt, weil er die beschäftigt hat.«

»Meinst du, dass die damit durchkommen?«

Boshamer wippte auf seinem Stuhl und verschränkte die Arme hinter dem Kopf. »Schwer zu sagen. Er kann natürlich behaupten, dass sie eigenständig gearbeitet haben. Dass sie nichts an ihn gezahlt haben, außer den normalen Verzehr. Deswegen hat die Kripo ja auch zwei Kisten Ordner beschlagnahmt. Ich denke mal, dass da auch Nachweise über die Zimmervermietung drin sind.«

Steffi schaute verständnislos.

»Du guckst, aber die Damen müssen entweder pro Woche oder pro Nacht für das Zimmer eine horrende Summe abdrücken. Und das will ja wieder erwirtschaftet werden.«

Steffi fand das Ganze widerlich. Wenn sie sich vorstellte, dass da zig Männer – nein, da wollte sie lieber nicht drüber nachdenken.

»Ich muss jetzt den Geschäftsführer antexten wegen der Verdienste der Lentovna. Kannst du mir den Gewerbeauszug geben?«, fragte sie stattdessen.

Boshamer rief das Gewerbeprogramm auf und tippte die Adresse ein. Bald ratterte der Gewerbeauszug aus dem Drucker. Ganz oben stand der Name des Etablissements, dann der Hauptgeschäftsführer. Boshamer wollte gerade lesen, als das Telefon ging. Er schaute auf das Display. »Die Presse. Frau Fischer-Bolz nervt mich gerade wegen der Brücke. Hier, nimm´ mit.«

Er gab ihr den Ausdruck und begrüßte Frau Fischer-Bolz mit »Guten Morgen, meine Lieblingsreporterin für Nachrodt.«

Steffi verdrehte die Augen. Typisch, immer einen Spruch drauf. Sie nahm den Ausdruck und ging in ihr Büro. Dann sah sie ihn sich genauer an. Vladimir Krptschenko, Untere Heide 17, 58762 Iserlohn. Der Name bürgte ja schon für Qualität. Sie las die Art des Gewerbes, seit wann es das gab und dann sah sie auf einmal den Titel: Weitere Geschäftsführer. Ihr stockte der Atem. Das konnte doch nicht sein, das musste eine Verwechselung sein.

Im Gewerberegister war eingetragen: 2. Geschäftsführer (aber nicht ausführend) Mark Bechtel! Das Blut wich ihr aus dem Gesicht. Ihr Mark war Geschäftsführer in einem Puff? Mark, der biedere Kerl, den sie vor achtzehn Jahren geheiratet hatte? Dessen größte Leidenschaft das Angeln und der Fußball war? Sie war fassungslos! Unbedingt musste sie Boshamer fragen, ob da ein Irrtum vorlag. Aber dann würde der sich den Auszug genauer ansehen und den Namen finden, den er offensichtlich nicht gesehen hatte. Und das wollte sie auf jeden Fall vermeiden. War Mark auch in dem Puff gewesen und hatte Boshamer deswegen nichts gesagt?

»Alles in Ordnung, Steffi?«, fragte Tanja.

Steffi räusperte sich. »Ja, alles gut. Mir ist nur was auf den Magen geschlagen.«

»Aber nicht mein Kaffee, oder?«

»Nein«, sagte Steffi, »nicht dein Kaffee. Den habe ich jetzt gründlich auf.«

Kapitel 17

»Hier ist der automatische Anrufbeantworter von Mark, Steffi und Nasti Bechtel. Leider sind wir gerade alle ausgeflogen, bitte sprecht nach dem Piep. «

»Piep«, trällerte Anastasia.

»Ja, hi Mark, ich bin's noch mal, der Sven. Der Chef ist stinksauer, dass du heute nicht auf Arbeit erschienen bist und dich auch nicht meldest. Ich hoffe, es ist nichts Ernstes. Bitte melde dich, sobald du das hörst. Ich versuche solange, den Alten zu besänftigen. Also bis dann.« Piep.

Eine große leuchtende Drei blinkte nun auf dem Display des Anrufbeantworters und schrie förmlich danach, abgehört zu werden. Doch Mark war so tief in sich selbst versunken, dass alles, was um ihn herum geschah, nicht zu ihm durchdringen konnte. Abwesend saß er auf seiner Wohnzimmercouch, ein Glas Scotch in der Hand. Sein starrer Blick fiel auf das Fotoalbum mit Kinderbildern von Anastasia, das auf seinem Schoß lag. Ein Bild zeigte sie mit zwei pummeligen Stempelbeinen, wie sie ihr geliebtes Bobbycar in Bewegung bringen wollte und freudestrahlend etwas in die Kamera rief.

Mark setzte das Glas an, leerte es in einem Zug und füllte es sofort wieder nach. Der Alkohol in der Flasche bedeckte nur noch knapp den Boden. Er blätterte eine weitere Seite des Fotobuches um. Eine Träne rann über seine Wange und er hatte das Gefühl, jemand hätte ihm einen Schlag in den Magen verpasst. Ihn grinste sein kleines Mädchen mit einer riesigen

Zahnlücke an. Sie trug ein rosafarbenes Prinzessinnenkleid und ihr Haar war mit einer kleinen Krone verziert. Unter dem Bild stand mit Hand geschrieben: »Unsere kleine Prinzessin, unser ganzes Glück. Kinderfasching 2008.«

Sanft strichen seine Finger über die Wange des kleinen lachenden Mädchens auf der Fotografie. Was war nur geschehen? Wo hatte er versagt? Sie war doch immer sein kleiner Sonnenschein gewesen. Er wollte sie doch beschützen. Was hatte dieses kranke Schwein von Lehrer ihr nur eingeredet, damit sie sich auf so ein perverses Spiel einließ? Nicht auszudenken, wenn er nicht dazwischengegangen wäre.

Wie ein Blitzlichtgewitter zogen wieder die Bilder von Nasti und dem Lehrer an seinem inneren Auge vorbei. Jeder einzelne Muskel in seinem Körper spannte sich. Er konnte sich nicht dagegen wehren. Mit jedem Aufblitzen fraßen sich die Bilder tiefer in seine Netzhaut und unauslöschlich in sein Gedächtnis. Fest presste er beide Hände auf die Augen. »Ich will das nicht! Ich will das nicht mehr! Mach, dass es aufhört«, schrie er. Seine Fingernägel bohrten sich in seine Haut.

Ein lauter Knall ließ ihn aus seiner eigenen Hölle aufwachen.

Als Steffi vor ihrem Mann stand, erschrak sie. Wie ein Häufchen Elend kauerte er zusammengesunken auf dem Sofa. Es roch nach Alkohol, Zigaretten und Schweiß. Marks Gesicht war von Tränen und Kratzern übersät. Über seinem linken Auge prangte eine offene Wunde. Seine Kleidung war zerknittert und durchgeschwitzt. Steffi konnte nicht sagen, ob sie ihren Mann schon einmal in so einem Zustand gesehen hätte. Mark legte stets Wert auf ein gepflegtes Äußeres, aber heute saß er mit stoppeligem Bart und fettigen Haaren vor ihr. Steffi wollte ihren Mann eigentlich in den Arm nehmen und ihn trösten, doch das konnte sie in diesem Moment nicht. Sie ließ sich in den Sessel gegenüber fallen und schlug ihre Beine übereinander.

»Was ist los mit dir?« Sie merkte, dass es mehr mechanisch als einfühlsam klang.

Mark fuhr sich mit einer Hand durchs Gesicht und rückte nervös sein Hemd zurecht. Okay, jetzt lass dir was Gutes einfallen, dachte er sich. »Ach weißt du Schatz, jemand, auf den ich bei der Arbeit aufpassen sollte, hat Mist gebaut. Deswegen gab es Stress mit dem Chef. Aber nichts, was ich nicht irgendwie wieder in den Griff bekomme.«

Er versuchte, sich ein verkrampftes Lächeln abzuringen.

Steffis Herz pochte so stark in ihrer Brust, dass die Brosche an ihrer Halskette bei jedem Schlag zu beben begann. Sie spürte mit jedem Herzschlag, wie das Blut in ihrem Hals pulsierte. Das Pochen reichte bis in ihre Schläfen. Jetzt oder nie. Mit einem durchdringenden Blick fixierte sie Mark. »Wer von deinen Schützlingen hat denn Mist gebaut? Hanna, Patricia oder Yon?«

Irritiert versuchte Mark, Steffis eiskalten Blick zu erwidern. Er konnte es förmlich spüren, wie sie innerlich bebte. »Ich weiß nicht, was du meinst, Schatz. Wer soll das sein?«, fragte er verunsichert.

Steffi kommentierte seine Aussage mit einem verächtlichen Schnauben. »Ach tu doch nicht so. Vielleicht hilft diese Lektüre deinem Gedächtnis auf die Sprünge.«

Mit diesen Worten griff sie in ihre Tasche, zog eine rote Mappe heraus und warf sie auf den Couchtisch.

Mark begann zu blättern. Mit jeder Seite wurden seine Augen größer und die anfängliche Verwunderung wich blankem Entsetzen. »Wo hast du diese Akte her?«, stotterte er und konnte seine Nervosität kaum verbergen.

Steffi faltete die Hände in ihrem Schoß, um innerlich Kraft zu sammeln. »Diese Akte, mein Lieber, habe ich heute von Boshamer überreicht bekommen. Wie du gerade selbst gelesen hast, wird gegen die Damen wegen Sozialbetrug ermittelt und gegen die Betreiber wegen Schwarzarbeit. Was glaubst du, wie überrascht ich war, als ich auf den Namen des zweiten Geschäftsführers gestoßen bin.«

Mark versank immer tiefer in seiner Couch. Er fühlte sich ertappt. Ertappt, wie ein Kind beim Klauen von Süßigkeiten. Steffi nahm erneut ihren ganzen Mut zusammen, beugte sich zu ihrem Mann vor und sah ihm unnachgiebig in die Augen. »Verrat mir eins«, sagte sie. »Streichst du nur das Geld ein, was der Laden abwirft, oder lässt du diese Nutten auch die Beine für dich breitmachen?«

»Jetzt bleib mal ganz ruhig, das ist bestimmt eine Verwechselung«, versuchte Mark, sie zu beschwichtigen.

»Denkst du, ich bin total bescheuert?«, schrie Steffi ihm entgegen. »Und dieser Mark Bechtel wohnt zufällig mit bei uns im Haus und hat auch noch am selben Tag Geburtstag wie du? Für wie blöd hältst du mich eigentlich! Hast du bei der ganzen Sache auch nur einen Augenblick daran gedacht, was du mir und unserer Tochter damit antust?«

Wut stieg in Mark auf. »Jetzt reicht es aber«, brüllte er seine Frau an, sprang von der Couch hoch und baute sich nur wenige Zentimeter vor Steffi auf. Immer mehr Adrenalin durchströmte seinen Körper. Seine Augen waren weit aufgerissen und seine Ohren leuchteten rot. »Was meinst du, wovon wir die vielen Rechnungen bezahlen? Mit welchem Geld wir Haus, Auto und deine kleinen Schönheitseingriffe finanzieren? Du glaubst doch nicht etwa, dass wir uns das alles von meinem mickrigen Gehalt und deinen paar Euros, die du im Amtshaus verdienst, leisten könnten. Ich reiße mir für diese Familie den Arsch auf, und was ist der Dank?«

»Was der Dank ist?«, erwiderte Steffi leise aber standhaft. »Ich kümmere mich hier um den gesamten Haushalt und versuche dich, in allen Belangen zu unterstützen. Du kannst mir nicht weismachen, dass das gesamte Geld, das wir verdienen, nur für unseren Lebensunterhalt draufgeht.«

Erneut fühlte Mark sich ertappt und dachte an die Abende in der Spielbank Hohensyburg, wo er mehr als nur ein paar Euro verspielt hatte. Steffi spürte, dass Mark aus dem Konzept geriet und setzte nach. »Wenn die bei der Polizei oder bei mir auf der Arbeit spitzkriegen, dass du in diese Geschäfte verwickelt bist, dann bin ich meinen Job im Amtshaus los und wir werden zum Gespött in der ganzen Gemeinde. Du weißt doch, wie schnell sich hier Gerüchte verbreiten. Und wie erklären wir dann die ganze Geschichte unserer Tochter? Wenn die in der Schule Wind von der Sache bekommen, will ich mir gar nicht ausmalen, was auf unsere Tochter zukommt.

Großer Gott, vor dem Gespräch mit Anastasia graut es mir jetzt schon! Denn der Papa ist ja immer nur da, wenn es darum geht, seine Prinzessin zu verwöhnen. Aber stehen Probleme ins Haus, schnappst du dir deinen Angelkoffer und machst dich vom Acker. Ich darf mich dann mit unserer sechzehnjährigen, hormonell überfrachteten Tochter auseinandersetzen.«

»Jetzt halt aber mal den Ball flach«, raunzte Mark seine Frau an. »Wenn du mir hier wirklich erzählen willst, dass nur du dich um unsere Tochter kümmert, dann wusstest du wahrscheinlich auch, dass unsere Tochter sich gestern für eine Runde Parkplatzsex mit ihrem Lehrer am Oevenscheid getroffen hat.«

Sprachlos starrte Steffi ihren Mann an.

»Deinem Schweigen entnehme ich mal, dass du nichts davon wusstest. Du warst ja früher auch kein Kind von Traurigkeit. Hast du ihr vielleicht geraten, mit ihrem Lehrer zu schlafen, um ihre Noten zu verbessern?«

»Was fällt dir ein, so mit mir zu reden? Meinst du wirklich, du könntest mir ein schlechtes Gewissen machen, indem du mir so eine hanebüchene Geschichte über unsere Tochter erzählst? Ich werde sicher nicht einknicken und dich mit der Bordellgeschichte in Ruhe lassen! Bestimmt nicht!«

Mark packte seine Frau am Handgelenk und hielt es fest umklammert. Ohne ein Wort zu sagen zerrte er Steffi hinter sich her, die Treppe hinunter in den Keller. Mit einem kräftigen Ruck stieß er die Tür zu seinem Computerraum auf und drückte Steffi auf den Bürostuhl, der vor seinem

Computeraltar stand.

»Was soll der Mist, bist du jetzt total durchgedreht?«, keifte sie ihren Mann an.

Wie wild klickte Mark mit der Maus herum und öffnete zig Fenster und Programme auf den Computerbildschirmen.

»So, jetzt sieh dir mal an, wie hanebüchen meine Geschichte ist.«

Steffi stockte der Atem. Auf den sechs Monitoren vor ihr entfaltete sich ein Sammelsurium aus unwirklichen Bildern. Eines zeigte einen Mann, der voll hungriger Begierde am Hals einer jungen Frau saugte. Voller Ekstase lehnte diese ihren Kopf in den Nacken und schien vor lauter Lust zu stöhnen. »Das kann doch nicht …«, brachte Steffi mit erstickender Stimme hervor.

Die Fotos zeigten allesamt ihre Tochter eng umschlungen, ja fast verschmolzen mit einem älteren Mann. War das nicht ihr Lehrer? Steffi wurde schlagartig übel. Hilflos drehte sie sich zu Mark um. »Was sind das für Bilder? Was hat das zu bedeuten?«

»Ich bin zufällig darauf gestoßen«, sagte Mark und starrte voller Verachtung auf seine Frau herab. »Ich bin ihr gestern Abend gefolgt und konnte gerade noch rechtzeitig eingreifen bevor diese Drecksau …«

Steffi übergab sich schwallartig auf das glänzende Laminat.

»Dank deines Einflusses ist mein kleines Mädchen genauso eine Schlampe wie du geworden. Damals bist du ja auch mit jedem Kerl ins Bett gestiegen, wie eine billige Dorfmatratze.«

Steffi weinte und hielt sich vor Entsetzen die Hände vor den Mund, um ihr Wimmern zu unterdrücken.

»Du machst mich krank!« Mit diesen letzten Worten knallte Mark die Tür hinter sich zu und verschwand aus dem Haus. Steffi blieb wie paralysiert auf dem Stuhl in dem dunklen Zimmer sitzen, eingehüllt von dem Licht der Monitore.

Kapitel 18

Punkt neunzehn Uhr wurden die Türen zum Festsaal geöffnet und die Schlange setzte sich langsam in Bewegung. Am Eingang empfing Rita Joergens mit einem Lächeln auf den Lippen die Gäste und kontrollierte die Eintrittskarten. Ein hünenhafter Mann in Security Uniform stand neben ihr und überprüfte stichprobenhaft einige Taschen. Zügig füllte sich der Saal und in Windeseile sicherten sich die Leute mit Jacken und Taschen die begehrten Sitzgelegenheiten. Wer hätte jemals gedacht, dass es in Klein-Nachrodt mal einen Schwarzmarkt für Tanz in den Mai-Karten gäbe.

Als sich der erste Ansturm gelegt hatte, begab sich der Vereinsvorsitzende Ronny Sachse in Jeans und Kultur-Schock-Hemd auf die Bühne, um die Gäste mit ein paar einleitenden Worten zu empfangen. Das meiste davon ging allerdings im Gemurmel der Menge unter. »Heute wird unser DJ Matze wieder für gute Stimmung sorgen, der auch gerne Musikwünsche entgegennimmt. Wir wünschen viel Spaß und einen schönen Abend«, waren die letzten Worte des Kultur-Schock Vorsitzenden, bevor DJ Matze den ersten Hit abspielte. Mit Helens Fischers *Atemlos durch die Nacht* sollte ein geselliger Abend eingeläutet werden. Zaghaft füllte sich die Tanzfläche, während die anderen Gäste sich mit Getränken und Essen an der Bar eindeckten, bevor sie den Schritt aufs Parkett wagten. Die Stimmung war schnell ausgelassen, die Leute amüsierten sich. Bis auf einen Gast. Toni Aviko-Marino saß mit grübelnder Miene und hängendem Mundwinkel vor seiner Flasche Bier in einer Ecke des Saals.

Verdammt, dachte er. Auf keine meiner Nachrichten hat sich Steffi bis jetzt zurückgemeldet und im Amtshaus ist sie mir auch aus dem Weg gegangen. Das kann ja nur mit ihrem dämlichen Ehemann zu tun haben. Wenn sie den blöden Arsch doch endlich verlassen würde! Eine Nachricht schreibe ich ihr noch, dann lass ich es gut sein.

Er nahm sein Handy vom Tisch und öffnete den WhatsApp-Verlauf mit Steffi. Seine letzten acht Nachrichten hatte Steffi alle gelesen, aber auf keine reagiert. Er begann zu tippen: *Hi Steffi, ich bin's nochmal. Ich bin gerade hier beim Tanz in den Mai in der* „Rastatt". *Was ist denn los bei dir? Melde dich. Du fehlst mir.*

Sollte er die Nachricht wirklich abschicken? Er nahm einen großen Schluck aus der Flasche und drückte auf Senden. Während er auf eine Antwort hoffte, schaute er Bilder von sich und Steffi auf seinem Handy an.

Es ist nicht richtig, dass Steffi unglücklich ist, dachte er, und es ist nicht richtig, dass ich unglücklich bin. Das Leben ist doch viel zu kurz für so einen Scheiß. Ich muss unbedingt etwas unternehmen. Wie schaffe ich es nur, Steffi zu zeigen, was für ein Schwein ihr Mann ist? Sie muss sich nur von ihm trennen und zu mir kommen, dann schieß ich Babsi endlich in den Wind. Irgendwo muss der Typ doch noch eine Leiche im Keller haben. Ich muss nur tief genug graben, dann mache ich ihn fertig.

Eine gute Stunde später wartete Toni immer noch vergeblich auf eine Antwort, obwohl sie laut WhatsApp auch diese Nachricht nach kurzer Zeit gelesen hatte. Tonis Stimmung verfinsterte sich, was vielleicht auch dem sechsten Bier und dem fünften Klopfer zu verdanken war. Um ihn herum feierten die Leute ausgelassen in den Mai hinein. Die erste Polonäse zog sich gerade in einer langen Schlange durch den Saal. Toni hatte darauf überhaupt keine Lust und erteilte jedem, der ihn aufforderte mitzumachen, eine harsche Abfuhr.

Endgültig genervt von der guten Stimmung kippte er den letzten Rest seines Bieres hinunter und wollte die Party verlassen. In diesem Moment legten sich zwei zierliche Arme um seinen Hals. Toni drehte sich um und blickte in Steffis strahlend blaue Augen. Von der Situation ganz irritiert, wusste er nicht, was er sagen sollte.

»Freust du dich, mich zu sehen?«, fragte Steffi mit leiser Stimme.

»Du hier? Damit hätte ich am Allerwenigsten gerechnet!«

»Das ist aber eine nette Begrüßung. Ich hatte allerdings etwas Herzlicheres erwartet.«

Toni musterte sie von Kopf bis Fuß und konnte seine Verwunderung nicht verbergen. Sie trug ihre langen, blonden Haare wild offen. Ihr Make-up war deutlich auffälliger als sonst und strahlte pure Sinnlichkeit aus. Ein weinrotes, figurbetontes Kleid schmiegte sich eng an ihren Körper. Toni war sofort klar, dass unter dem Kleid für Unterwäsche kein Platz mehr war. Mit ihren vollen Lippen hauchte sie ihm ins Ohr. »Komm einfach mit, heute Abend will ich meinen Spaß haben.«

Bevor er überhaupt begriff, was passierte, zog Steffi ihn

von seinem Platz hoch und ging mit ihm auf die Tanzfläche. Toni war hin und her gerissen. Was war bloß in sie gefahren? Sie musste betrunken sein, anders konnte er sich ihr Verhalten nicht erklären. Sie war doch immer so darauf bedacht, die Sache mit ihm geheim zu halten, und jetzt war es ihr völlig egal, dass alle sie sehen konnten?

In diesem Moment schmetterte aus den Lautsprecherboxen *S&M* durch den Saal. Steffi begann, wild um Toni herumzutanzen, während sie ihn immer wieder voller Begierde mit ihrer Brust und ihrem Po berührte. Toni war es plötzlich total egal, was die Leute von ihm dachten. Er blendete alles um sich herum aus. Babsi, seinen Sohn, Mark, die Leute im Saal, alles war in diesem Moment ohne Bedeutung. Steffi wollte ihn und er wollte sie, das hatte er sich schon immer erhofft. Seine Hände umspielten ihren wunderbaren Körper und beide bewegten sich wie in Trance zum Rhythmus der Musik. Toni zog Steffi an sich heran und begann, sie leidenschaftlich zu küssen.

Ein kräftiger Ruck brachte beide zurück in die Wirklichkeit. Zwei kräftige Hände packten Toni von hinten an den Schultern und schleuderten ihn auf den Boden. Vor ihm stand ein aufgebrachter Mann und begann, ihn wild zu beschimpfen. Benommen lag Toni auf der Tanzfläche und versuchte, die Situation zu begreifen. Erst jetzt erkannte er den vor Wut schäumenden Mann. Es war Erwin-Hans Zischke, dieser komische Typ aus dem Anglerverein.

Toni bemerkte, dass keine Musik mehr spielte und alle Augen auf ihn, Steffi und Erwin-Hans gerichtet waren. Er sah, wie Steffi in Richtung Ausgang lief, wollte sich aufrappeln, um ihr zu folgen. Doch der Angler stand ihm im Weg. Gerade als Erwin-Hans sich auf Toni stürzen wollte, griffen die beiden Security-Mitarbeiter ein. Einer von ihnen führte Erwin-Hans, der lautstark protestierte, Richtung Ausgang. Der zweite half Toni auf und bat ihn, die Situation außerhalb des Saales zu klären. Obwohl er am liebsten Steffi hinterhergerannt wäre, fügte er sich der Aufforderung des Sicherheitsmannes.

Als Toni vor die Tür trat, brüllte Erwin-Hans los: »Den da sollten Sie lieber in die Mangel nehmen! Das Dreckschwein hat Steffi angegrapscht und sie belästigt.«

Der Security-Mann forderte Erwin-Hans auf, endlich still zu sein, damit Toni seine Version der Geschichte erzählen konnte. Doch Toni hatte aber überhaupt keine Lust, sich zu irgendetwas zu äußern, er wollte einfach nur Steffi hinterher.

»Passt auf, Jungs, wir lassen die ganze Sache. Ich mache bestimmt keinen Ärger. Ich will hier nur weg und gehe jetzt nach Hause.«

Toni drehte sich um und ging die Treppen Richtung Ausgang hinunter. Auf dem Parkplatz hoffte er noch, Steffi anzutreffen, doch von ihr war weit und breit keine Spur zu sehen. Er versuchte, sie auf dem Handy anzurufen, doch das war ausgeschaltet. So machte er sich gedankenverloren auf den Weg. Wohin, das wusste er noch nicht.

Kapitel 19

Man, was war das für ein Tag gewesen! Mark musste unbedingt noch einmal raus. Nach Wiblingwerde, ins Café *Zur schönen Aussicht* auf ein Bier. Sicher, er hatte seine Tochter nicht schlagen wollen – aber hatte sie ihn nicht auch bis zum Äußersten gereizt? Dabei war Anastasia schon immer ein Papakind gewesen. Sein Liebling. Hatte alles und durfte alles. Es musste ja unbedingt diese hochgelobte Schule sein, und dort war seine Kleine an diesen Thomas geraten.

Im Nachhinein waren ihm noch ein paar Sachen aufgefallen. Anastasia, die sich immer öfter in ihr Zimmer zurückgezogen, spätabends telefoniert und ihr Zimmer abgeschlossen hatte. Er hatte gedacht, dass sie ein Stück Freiheit brauchte. Der Stress mit Steffi hatte in seit letzter Zeit auch immer mehr zugenommen. Chaos im Zimmer, schlecht in der Schule, zickig und faul. Hatte er das wirklich nicht bemerkt? Er hätte sich kümmern müssen. Auf Zeichen achten. Wie sollte es jetzt weitergehen?

Und Steffi. Die Konfrontation mit der Teilhaberschaft! Wie konnte er nur so dumm sein zu glauben, dass so etwas unter Verschluss bleiben würde? So ein Mist! Alles brach zusammen, direkt vor seinen Augen! Auf seine Weise liebte er seine Familie. Auch wenn seine Schwiegermutter ein Monster war. Außen hui, innen pfui. Die Worte waren einfach so aus ihm herausgerutscht, der Vergleich mit ihrer Mutter. Dabei wusste er doch, wie übel diese Steffi mitgespielt hatte. Immer leidend, immer fordernd. Sie hatte seine Frau immer unter

Kontrolle gehabt, sie seelisch gequält. Lange hatte es gebraucht, bis Steffi sich einigermaßen befreit hatte. Wirklich nicht einfach, wenn die Mutter in Nachrodt wohnte und bei allen beliebt und hochangesehen wegen ihrer Sahnetorten war.

Aber das Wichtigste war Thomas Mängel. Wie zum Teufel ging er mit ihm um? Gestern Abend auf dem Parkplatz war er einfach nur durchgedreht, hatte zugeschlagen ohne Sinn und Verstand. Zur Rede stellen? Noch mehr Prügel androhen? Ihn mit dem Wissen erpressen? Sex mit Schutzbefohlenen stand noch immer unter Strafe! Vielleicht konnte Thomas wenigstens dafür sorgen, dass Anastasia nicht sitzenblieb, wenn er die Klappe hielt. Würde Steffi das akzeptieren? Sie war ja geradezu zusammengebrochen vorhin. Natürlich musste sich dieser Schweinehund von ihr fernhalten. Das war klar. Aber warum nicht aus der Situation einen Nutzen ziehen?

Oder lieber die Polizei einschalten? Aber dann würde auch Anastasia Probleme bekommen. Er musste noch einmal in Ruhe mit Steffi reden. Es würde bestimmt eine Lösung geben. Überhaupt, Steffi. Er wusste immer noch nicht, warum sie gestern so scharf auf ihn gewesen war. Nicht, dass er es nicht genossen hätte. Allerdings hatte er mittlerweile andere Prioritäten als Blümchen-Sex auf dem Küchentisch mit Steffi. Nicht umsonst war er in die Teilhaberschaft hineingerutscht. Auch, wenn sie sich für ihr Alter gut gehalten hatte. Kein Wunder, bei den vielen Sportkursen. Und dass sie Geld aus der Haushaltskasse für ihr Aussehen abzwackte, war ihm durchaus aufgefallen. Ihm war schon bewusst, dass er sie kurzhielt, aber er hatte seine Gründe. Trotz lukrativer Nebenverdienste war er knapp bei Kasse. Sein Problem lag auf der Hohensyburg. Er hatte Spielschulden und das nicht zu knapp. Erst hatte er es bei Salvatore versucht, aber der spielte mit gezinkten Karten. Was ihm noch mehr Schulden einbrachte. Mit Kleinkram hatte es angefangen, doch die höheren Summen zogen ihn magisch an. Er hätte es eigentlich wissen müssen, erst gewinnt man, dann geht es rapide bergab. Neue Ideen mussten her.

Wenigstens war Salvatore wegen des Geldes abgelenkt, denn als er ihn gebeten hatte nach seinem defekten Kopierer zu schauen, ergriff Mark seine Chance. Auf dessen Kopiererfestplatte hatte er genug Informationen über die Manipulation von Spielautomaten gefunden, um ihn beim Ordnungsamt zu verpfeifen. Der hatte nun genug Stress.

Im Moment musste er aber erst einmal raus, und zwar dringend. Gut, dass Manfred die Kneipe bis spät in die Nacht geöffnet hatte. Vielleicht waren ja ein paar Bekannte dort, die nicht auf dem Tanz in den Mai waren. Danach stand ihm wirklich nicht der Sinn, all die verklemmten Dorfbewohner, die sich sicherlich schon das Maul über ihn zerrissen. Da konnte er seine Kandidatur für das Bürgermeisteramt gleich vergessen. Reden täte gut. Nur, mit wem konnte er reden, ohne dass alles an die große Glocke gehängt würde?

Mark betrat die Gaststätte *Zur schönen Aussicht*. Manfred bemerkte sofort seinen derangierten Zustand und brachte ihm ohne Umschweife einen Nachrodter Obstbrand.

»Was ist denn mit dir passiert? Fällt Angeln jetzt schon unter die gefährlichen Sportarten?«

Mark seufzte. Wenn er Manfred erzählte, was er gerade

durchmachte, würde er zwar Mitgefühl ernten, aber die Sache wäre in Windeseile Dorfgespräch. Keine gute Idee.

Manfred fragte unverdrossen weiter: »War das eigentlich dein BMW, der beinahe mit dem Trecker kollidiert wäre? Ernst ist hier und regt sich über einen schnöseligen Möchtegern-Rennfahrer auf. Dahinten sitzt er noch, mit Herbert Müller.«

Mark erbleichte. Herbert Müller! Von dem hatte er unlängst für wenig Geld ein Grundstück erworben. Natürlich hatte er ihm verschwiegen, dass dort Windkraftanlagen geplant waren. Und nun hatte er das Grundstück weiterverkauft, für verdammt viel Geld. Nur leider war das auch schon verspielt. Das hatte Müller doch nicht spitzgekriegt? Der hätte ihm gerade noch gefehlt! Wo konnte er sich unbemerkt hinsetzen, ohne dass die beiden ihn bemerkten?

Er ließ den Blick schweifen und entdeckte Michael Schulte, einen penetranten Umweltschützer. Der nervte zwar wegen seiner Fischreiher und Kormorane, war aber sonst ganz nett. Außerdem ging seine Tochter mit Anastasia in eine Klasse. Ein robustes Mädchen, das ständig irgendwelche Viecher am Rockzipfel hatte. Immer nett, immer brav. Na ja, brav war Anastasia auch immer gewesen. Das war jetzt vorbei. Die Wut kochte schon wieder in ihm hoch.

Mark wollte sich gerade zu ihm in die Ecke schleichen, als er hinter sich eine dröhnende Stimme hörte.

»Du mieses Stück! Du hast mich über den Tisch gezogen! Ich will mehr Geld!«, grölte der angetrunkene Bauer.

Er hatte es befürchtet. Wusste er doch genau, dass Müller nah an der Pleite war und seinen Hof schleifen ließ. Überall

Gerümpel. Die Kühe standen ohne Futter knietief in der eigenen Gülle. Das Ordnungsamt hatte sogar die Straße säubern lassen müssen, da der Mist eine breite Fläche verunreinigt hatte.

Mark drehte sich zu ihm um. In dem Moment schlingerte eine Faust auf ihn zu. Rasch trat er einen Schritt zur Seite. Herbert versuchte es noch einmal. Ohne Erfolg. Dann ein Schwinger von unten. Treffer. Mark ging in die Knie. Doch Herbert war jetzt richtig in Fahrt. Böse blickte er sich um und schlug wild um sich, bis sein Kumpel ihn endlich beruhigen konnte und ihn hinausbugsierte.

Mark atmete auf, aber Herbert war noch nicht fertig. Er riss sich draußen los, rannte zu seinem Benz und kramte im Kofferraum. Heraus kam ein Vorschlaghammer. Ehe Mark begriff, was Herbert vorhatte, schlug er auf seinen nagelneuen BMW ein. Oh nein! Nicht sein blitzblankes Baby, sein letzter wertvoller Besitz!

»Herbert«, brüllte Mark. »Lass das. Geh auf deinen Bauernhof und ersticke in deinem Mist!«

In dem Moment splitterte die Frontscheibe des Autos und Herbert ging, vom eigenen Schwung überrascht, zu Boden. Langsam kam er zur Besinnung und ergriff die Flucht. Nur noch am Rande bekam Mark mit, wie der Bauer mit seinem Benz die Wagen des Försters und der Bürgermeisterin rammte, ein paar Zaunpfosten umfuhr und schließlich langsam von dannen schlingerte. Das Angebot, einen Krankenwagen holen zu lassen, lehnte er ab. Nach so viel Prügel war ihm nur noch nach einem heißen Bad zumute. Um Herbert eins reinzuwürgen, würde er morgen auf dessen Hof stöbern. Vielleicht ließ sich etwas finden, womit er ihn im Zaum halten konnte.

Kapitel 20

Anastasia wollte gerade duschen, aber auf den Weg ins Badezimmer entschied sie sich, zuerst eine Runde zu chatten. Sie fuhr den PC hoch, und als der Desktop erschien, klickte sie auf das Chatsymbol. Knutschis. Ein Ort für Mädchen und Jungen. Dort konnte sie sich mit Gleichgesinnten austauschen.

Sie loggte sich ein und wählte ihren Avatar. Nun konnte sie durch verschiedene grafisch unterschiedlich gestaltete Räume streifen. Es sah aus wie bei den alten Grafik-Adventures von Lucas Arts aus den Achtzigern. Das hatte sie sich sagen lassen. Sie fragte sich jedes Mal, wie man so grottig schlecht animierte Spiele hatte überhaupt spielen können.

Keiner da. Die Räume waren leer. Anastasia wunderte sich. Sonst war hier immer der Bär los. Wo waren alle?

Hallo?, schrieb sie in die Chatzeile. Kurz darauf erschien das Wort in einer Sprechblase über dem Kopf ihres Avatars. *Ist hier jemand?*

Sie bekam keine Antwort. Also wartete sie und betrachtete die grafische Darstellung ihres Avatars. Eine schlanke Frau in einem hellblauen Kleid mit wallenden, blonden Haaren. Eine Prinzessin. Verdammter Mist, selbst hier hatte Vater seine schmierigen Finger drin! Anastasia entschied, ihrem Avatar ein anderes Aussehen zu verpassen. Etwas, das ihrer Stimmung entsprach. Kurze Haare? Besser eine Glatze. Ein schwarzes Korsett. Kurzer Rock. Hohe Stiefel. Eine Peitsche? Nein, die gab es nicht als grafisches Accessoire.

Gerade wollte sie die neue Gestalt speichern, als eine

Nachricht erschien.

Hallo, kleine Prinzessin.

Anastasia hielt inne. Im Chatraum erschien eine dunkle Gestalt. Schwarzer Mantel. Kantiges Gesicht. Sonnenbrille. Ihr krabbelte ein Schauder über den Rücken.

»Verdammt!«, schimpfte sie, »das ist doch nur ein Chatprogramm.«

Ich bin keine Prinzessin, schrieb sie.

Siehst aber wie eine aus.

Blödes Arschloch, dachte Anastasia.

Was machst du hier so ganz alleine?, fragte der dunkle Typ.

Das könnte ich dich auch fragen.

Es dauerte, bis ihr Chatpartner antwortete. Die Antwort ließ wieder ihre Nackenhärchen vibrieren: *Was ist, wenn ich sage, dass ich auf dich gewartet habe?*

Auf mich?, schrieb sie schnell.

Ich bin ein Zauberer, weißt du? Ich kann Menschen verschwinden lassen. In der realen Welt. Und auch hier. Wir sind alleine.

Wie hast du das gemacht?

Ich habe in der Schule aufgepasst. Hatte Informatik.

Anastasia musste laut auflachen. Was für ein Spinner. Es war sicher nur Zufall, dass bei Knutschis niemand online war. Oder doch nicht? Anastasias Magen zog sich zusammen. Sie führte mit zitternder Hand den Mauszeiger in Richtung Auslogbutton.

Das würde ich nicht tun. Du kannst dich nicht ausloggen. Du bleibst schön hier bei mir.

Du bluffst doch!

Dann versuche es. Versuche, dich auszuloggen. Los, kleine Prinzessin. Lauf vor deiner Chance davon, dich von deinem miesen Leben zu befreien.

Anastasia hielt inne. Der Mauszeiger schwebte über dem Auslogbutton. Ihr Zeigefinger lag auf der Maustaste. Sie zitterte wie ein Junkie auf Entzug. Kalter Schweiß lief ihr in die Augen. Sie musste blinzeln.

Was tun, fragte sie sich. Der bluffte doch nur. Aber wenn es ein Hacker war, konnte er mehr erfahren haben, als ihr lieb war. In der Schule hatte man vor den Gefahren sozialer Netzwerke gewarnt. Sie hatte sich nie darum geschert. Rächte sich das jetzt?

Wie willst du mir helfen können?, tippte Anastasia in die Chatzeile. Ihr kleiner Finger lag auf der Return-Taste. Nach einer kurzen Überlegung löschte sie die Frage.

Du bist ja immer noch hier. Der Satz des Fremden schien ihr voller Hohn zu sein.

Ich dachte, ich könnte mich nicht ausloggen, erwiderte Anastasia.

Natürlich nicht. Aber ich würde es merken, wenn du das versuchen solltest. Ich weiß alles über dich. Über deine Mutter. Und über deinen Vater.

Nie im Leben! Anastasia wischte sich den Schweiß von der Stirn.

Komm schon. Soll ich es dir beweisen?

Ich habe keine Lust, mit dir zu chatten.

Bin ich dir unheimlich?

Du bist bescheuert, log Anastasia.

Du bist Papas Prinzessin. Er tut alles für dich. So ein Mädchen wie du braucht nur mit den Augen zu klimpern und er legt dir die Welt zu Füßen.

Hört sich wie ein Horoskop in der Tageszeitung an.

Kann sein.

Wer bist du überhaupt?

Es dauerte, bis die Antwort erschien. *Ich bin Sunless.*

Sunless? Ein ziemlicher Depriname.

Findest du? Ich bin der Meinung, dass der zu meinem Leben passt.

Was hast du denn für ein Leben?

Du interessierst dich für mein Leben?

Nicht wirklich.

Das ist aber Pech. Ich habe viel zu erzählen. Was hältst du davon, wenn ich vorbeikomme? Dann können wir in Ruhe reden.

Anastasia lachte laut auf. Was für ein Irrer!

Du bist echt bescheuert.

Bis gleich, kleine Prinzessin …

Sie schüttelte den Kopf und entschied, dass es genug war. Sollte der perverse Kerl doch mit anderen Usern sein krankes Spiel spielen. Anastasia drücke auf Ausloggen, doch nichts tat sich. Sie drücke noch einmal. Nichts. Heiße Panik stieg in ihr auf. Wie wild hämmerte sie auf der Maus herum. Nichts.

Ich kann deine Panik hören. Ich bin nämlich schon drin, Prinzessin Anastasia.

Verdammter Mist. War da nicht ein Geräusch gewesen? Sie wirbelte auf ihrem Schreibtischstuhl herum.

»Papa? Mama?«, flüsterte sie und lauschte. Doch hörte sie nur ihr eigenes Blut rauschen.

»Papa?«, rief sie noch einmal. Keine Antwort. Verdammt.

Aber da war ein Geräusch gewesen. War dieser Sunless bereits im Haus? Wie konnte er …

Anastasia zwang sich, einen Schritt in Richtung Zimmertür zu machen, dann noch einen. Ihr nackter Fuß trat auf etwas Weiches vor ihr auf dem Boden. Sie erschrak. In diesem Moment wurde sie sich schlagartig ihrer Nacktheit bewusst. Schnell beugte sie sich herunter und berührte mit den Fingerkuppen einen Slip. Ein Poltern. Sie zuckte zurück. Da war jemand im Haus! Ein kalter Schauder lief ihr den Rücken hinauf, sodass sich ihr die Nackenhärchen aufrichteten.

Die Schreckensstarre löste sich nur langsam. Ihre Hände und Knie zitterten und sie musste den Mund fest zusammenpressen, damit die Zähne nicht aufeinanderschlugen. Anastasia verzog das Gesicht. Tränen brannten ihr in den Augen. Was wollte dieser Sunless von ihr? Wer war er, verdammt?

Sie ließ ihre Kleidung liegen und schlich zur Zimmertür. Bevor sie die Klinke nach unten drückte, leckte sie sich über die Lippen. Die Haut dort fühlte sich rau an, wie Schmirgelpapier.

Anastasia atmete tief ein und hielt die Luft in der Lunge. Fast lautlos zog sie die Tür auf. Die untere Kante kratzte über das Parkett. Das sonst kaum wahrnehmbare Geräusch zerriss brutal die Stille. Sie spähte in den Flur, der verlassen und dunkel dalag. Nur das trübe Nachtgrau sickerte durch die Fenster und tauchte alles in Halbschatten.

Geduckt huschte Anastasia den Flur entlang, blieb am Treppenabsatz stehen und lugte nach unten. Auch dort nur

Dunkelheit.

Ihr wurde flau. Was tun, fragte sie sich. Sollte sie die Polizei rufen? Aber was konnte sie denen sagen? Da ist ein fremder Mann im Haus meiner Eltern, mit dem habe ich vorher gechattet. Gesehen habe ich ihn nicht. Nein, ich bin nicht sicher, ob er noch da ist. Und ich habe ihn auch nie vorher gesehen.

Anastasia schüttelte den Kopf. Selbst wenn die Bullen ihr glauben würden, würde es zu lange dauern, bis die kamen. Der Funkwagen aus Altena brauchte mindesten zwanzig Minuten – und das auch nur, wenn die alten Säcke sofort losfuhren. Die Polizei war hier keine Hilfe.

Sie könnte sich in ihrem Zimmer einschließen. Aber was dann? Dieser Sunless schien total irre zu sein. Vielleicht ein Serienkiller? Anastasia wusste aus dem Fernsehen, dass diese Typen immer ihre Opfer fanden. und sie konnten mit einer Checkkarte Türen knacken, egal, wie gut das Schloss war.

Ihr Zimmer war also eine Falle.

Und sie das nächste Opfer?

Ihr Blick fiel auf die Haustür. Sie könnte fliehen, dafür musste sie es nur bis zur Tür schaffen. Aber halbnackt nach draußen? Undenkbar!

Ich könnte auch einfach nachsehen, ob hier überhaupt jemand ist, überlegte sie. Diese Alternative fühlte sich richtig an, zumal es ihr nach der ersten Panik immer unwahrscheinlicher vorkam, dass dieser Sunless tatsächlich wusste, wo sie wohnte.

Anastasia fasste sich ein Herz und tastete nach dem

Schalter. Das Licht im Flur flammte auf. Ihr Blick huschte über die Garderobe, den Schuhschrank zur Haustür, alles schien unverändert zu sein. Vor allem war die Haustür geschlossen. Sie ging die Treppe hinunter. Ihre nackten Füße platschten auf den Fliesen, als sie zur Tür ging. Sie rüttelte daran. Verschlossen. Der Schlüsselbund steckte innen im Schloss. Alles normal.

Ein Blick ins Wohnzimmer verriet ebenfalls keine Veränderungen. Alle Fenster waren geschlossen und unbeschädigt. Dann machte sie das Licht in der Küche an. Auch hier war alles in Ordnung. Geschirr stand auf der Arbeitsplatte, das Fleischmesser lag im Spülbecken.

Anastasia verzog das Gesicht. Ihre Mutter würde wieder wütend werden, sie hasste es, wenn das Fleischmesser nach Gebrauch nicht sofort abgespült wurde. Das würde die Klinge stumpf machen, erklärte sie jedes Mal.

Anastasia lachte auf. Ihre Anspannung löste sich. Jetzt eine Kippe, dachte sie. Ihr Vater ließ überall angefangene Schachtel rumliegen, sie hatte eine auf dem Wohnzimmertisch liegen sehen. Ihre nackten Füße machten tapsende Geräusche auf den Fliesen. Die Schachtel lag halb geöffnet neben der Fernsehzeitung.

Verdammt, nur noch zwei drin, ärgerte sie sich. Das würde auffallen. Sie entschied, die Schachtel zu nehmen und in ihrem Zimmer zu verstecken. Das würde Papa nicht merken, hoffte sie.

Als sie die Zigarette herausfingerte, zitterte ihre Hand leicht. So ganz war die Anspannung noch nicht verschwunden.

Sie verzog ihren Mund bei dem Gedanken. Jetzt brauchte sie nur noch Feuer. Auf dem Tisch lag kein Feuerzeug. Sie musste in die Küche. Mutter hatte ein Stabfeuerzeug in der Schublade. Für Kerzen. Nicht, dass in diesem Haus die Romantik großgeschrieben wurde, außerhalb von Weihnachten brannten hier keine Kerzen. Aber immerhin konnte Anastasia die Zigarette anzünden.

Sie tapste in die Küche zurück. Wie beiläufig ließ sie ihren Blick zum Spülbecken wandern – und stockte. Ihr blieb das Herz kurz stehen, bevor es zu rasen begann. Das Fleischermesser war weg. Sie wirbelte herum. Das Haus wurde plötzlich klein. Erdrückend. Wieder raste ihr Blick von Schrank zu Schrank, von der Tür zum Fenster. Da! Der Vorhang bewegte sich, als würde ein Lufthauch mit dem Stoff spielen. Anastasia schnürte es die Kehle zu. Ein Schweißfilm bildete sich in ihren Handflächen. Sie ließ den Vorhang nicht aus den Augen. Blind tastete sie über die Arbeitsplatte. Es musste doch etwas geben, das sich als Waffe benutzen ließ. Ein Messer. Irgendwas.

Sie bekam einen Griff zu fassen. Vom Gewicht her konnte es die gusseiserne Pfanne sein. Verdammt schwer und sicher sehr schmerzhaft. Anastasia nahm eine geduckte Haltung ein und hob die Pfanne schlagbereit über ihren Kopf. Ihr war klar, dass eine Flucht unmöglich war, dass der unbekannte Spinner nun ein Messer hatte. Und wenn der nur halbwegs damit umgehen konnte, saß sie in der Falle. In einer tödlichen Falle. Ihr blieb also nur der Angriff.

Anastasia entschied, sich langsam dem Vorhang zu

nähern. Jederzeit bereit zuzuschlagen. Ihr Herz schlug wild. Es fühlte sich an, als wolle es aus der Brust springen. Sie leckte sich über die Lippen. Nur noch zwei Schritte, dann war sie in Schlagweite. Ein Schritt. Nichts tat sich. Der Vorhang bewegte sich nicht mehr. Ihre Hand löste sich fast widerwillig vom Pfannengriff. Zitternd streckte sie ihren Arm aus. Der Vorhangstoff fühlte sich rau an. Anastasia hatte das Gefühl, als können sie jedes Staubkorn fühlen. Sie atmete ein, hielt die Luft in ihrer Lunge. Jetzt! Sie riss den Vorhang beiseite. Ein Schrei löste sich aus ihrer Kehle. Doch dann blieb sie wie angewurzelt stehen. Hinter dem Vorhang stand niemand. Aber wo war der Spinner dann?

Eine Bewegung, nur im Augenwinkel wahrnehmbar. Anastasia machte einen Schritt zur Seite. Etwas traf sie dennoch. Die Wucht war so stark, dass ihr die Pfanne aus der Hand fiel. Sie lehnte mit ihrem Körper gegen die Wand und das Einzige, was sie noch sah, war die scharfe Klinge des Fleischermessers, an der sich sogar das Licht der Wohnzimmerlampe schnitt. Die Klinge sauste nieder. Der Stahl würde in den Körper eindringen, die Haut zerreißen, das Fleisch zerfetzen. Blut würde aus der Wunde heraussprudeln.

Nein, sie hatte nur eine Chance. Blitzschnell duckte sich Anastasia und rammte ihren Körper gegen den des Angreifers. Das Messer polterte zu Boden und rutschte über das Laminat irgendwo hin. Der Angreifer taumelte zurück, richtete sich dann aber wieder auf. Anastasia fühlte das Adrenalin durch ihre Adern fließen. Sie sprang vor und landete einen Fausthieb nach dem anderen. Der Angreifer hob die Hände. Seine schwache Verteidigung fiel unter Anastasias Hieben fast augenblicklich zusammen. Schlag auf Schlag. Er taumelte weiter. Einer noch. Die Faust krachte gegen den Kopf. Der Angreifer sackte auf die Knie. Sofort rammte Anastasia ihm ihr Knie gegen das Kinn.

Es war, als würde man im Kopf die Lichter ausschalten. Der Angreifer fiel zur Seite wie ein halbvoller Sack Kartoffeln.

Anastasia atmete schwer. Ihr Brustkorb hob und senkte sich. Schweißtropfen liefen vom Haaransatz hinunter bis zum Kinn, wo sie sich sammelten und dann der Schwerkraft folgten. Sie leckte sich über die Lippen. Der Angreifer bewegte sich nicht mehr. Genug Zeit, ihn näher zu betrachten.

Sie lachte kurz auf. Der Junge war fett. Richtig fett. Und pickelgesichtig. Eine Entschuldigung von einem Bart kräuselte sich am Kinn, während der Oberlippenbart wie Babyflaum aussah.

Dann aber spürte sie eine unbändige Wut. Auf das jämmerliche Häufchen Fleisch zu ihren Füßen, aber auch auf sich selbst. Hatte doch so ein Loser ihr eine Heidenangst eingejagt! Aber jetzt war sie am Zug. Eigentlich sollte sie immer noch Panik haben, der Typ hätte sie fast abgestochen. Aber sie fühlte nur diese Wut. Sie wollte ihn kaputtschlagen. Ihm das Leben aus dem Leib prügeln.

Der Typ stöhnte und wand sich auf dem Laminat. Anastasia hob ihren Fuß und rammte ihm die Hacke in den schwabbeligen Bauch. Der Typ riss die Augen auf. Blies Luft in seine Wangen.

»Bitte …«, stammelte er. »Bitte nicht mehr.«

Plötzlich fühlte Anastasia noch etwas anderes. Macht. Macht über Leben und Tod. Sie wog die Konsequenzen ab.

»Warum sollte ich dich davonkommen lassen?«, zischte sie zwischen zusammengepressten Lippen hervor. »Nenn mir einen Grund, dich nicht zu zerquetschen!«

Plötzlich schwebte ein beißender Geruch in der Luft. Die Hose des Typs färbte sich zwischen den Beinen dunkel.

»Hast du etwa in die Hose gepisst?« Anastasia lachte laut auf, kurz und freudlos. Sie spürte den Rausch der Macht. Alles konnte sie mit ihm tun. Alles verlangen.

»Wer bist du?«, stieß sie hervor.

»Ich bin dein Halbbruder«, flüsterte der schwabbelige Junge. »Ich bin Ernst.«

Sie hatte sich wohl verhört. Er log sie an. Anastasia erhöhte den Druck auf den Bauch des Jungen, der das mit einem Stöhnen quittierte. Seine Hände schnellten vor, umklammerten die nackten Fesseln.

»Nimm deine dreckigen Pfoten weg«, schrie sie.

Die Hände zuckten zurück. Ernst hatte sich ergeben. Nein, er hatte sich vollständig unterworfen.

»Es ist die Wahrheit. Ich bin dein Halbbruder.«

»Woher willst du das wissen?«

»Was glaubst du, kann ich alles im Internet herausfinden?«

Er wurde ihr etwas zu keck. Sie wanderte mit ihrem nackten Fuß höher, vom Bauch zur Brust. Ihre Zehen berührten jetzt seinen Kehlkopf.

»Ich kann es so aussehen lassen, als hätte ich mich verteidigt, drohte sie.«

Ernst wurde kreidebleich. Wahrscheinlich wurde ihm bewusst, was sie mit ihrem Fuß auf seinem Hals anstellen konnte. Ein wuchtiger Tritt und er würde elendig ersticken.

»Und warum hast du mich dann mit dem Messer angegriffen? Ist das so eine Art Begrüßung?«, fragte Anastasia weiter

»Ich wollte dir Angst machen.«

»Du bist irre!«

»Wenn du mir nicht glaubst, kann ich es dir beweisen. Im Keller steht mein Rucksack. Da habe ich alle Unterlagen, die beweisen, dass dein Vater auch mein Vater ist.«

Konnte das stimmen? Wenn ja, würde sich alles verändern. Alles! Aber warum hatte das Arschloch sie angegriffen? Was hatte er bezwecken wollen? Was sollte sie tun? Anastasia entschied, dem Jungen kein Forum zu bieten. Er ging ihr am Arsch vorbei.

»Das schaue ich mir nachher an. Wenn du weg bist.«

»Du willst nicht hören, was ich zu sagen habe?«

Sie schüttelte den Kopf. »Ich rede nicht mit Loosern.«

Nach einer kurzen Pause setzte sie hinzu: »Nur eine Sache noch. Wie hast du mich gefunden?«

»Spyware. Die habe ich mit einem Trojaner auf dein Handy gespielt. Ich weiß immer, wo du bist.«

Anastasia überlegte kurz, ob sie Ernst zum Abschied dazu zwingen sollte, ihr die nackten Fußsohlen zu lecken, nahm aber Abstand davon. Es gab wichtigere Dinge zu tun. Außerdem empfand sie es als ekelig, sich von diesem Typen berühren zu lassen.

»Du haust jetzt ab. Ich will dich nie wiedersehen. Haben wir uns verstanden?«

»Aber …«

»Halt die Fresse! Geh einfach sterben, okay? Wenn ich dich noch einmal sehe, rufe ich die Bullen. Dann gehst du in den Knast. Kannst du dir vorstellen, was die harten Jungs dort mit so einem wie dir alles anstellen? Du bist ein Opfer und bleibst ein Opfer!«

Ernst presste die Lippen aufeinander. Sie waren nicht mehr als ein dünner Strich. Er nickte.

Anastasia ließ ihn frei. Ernst ging auf die Knie, dann stand er auf wackeligen Beinen. Ein kurzer Moment der Stille. Beide starrten sich an. Ernst wollte etwas sagen, ließ es dann aber bleiben. Mit gesenktem Kopf schlich er in den Flur und griff zitternd zur Türklinke. Dann war er verschwunden. Hoffentlich für immer.

Ein Schüttelfrost ergriff Anastasia. Sie brach zusammen und kauerte wie ein Häufchen Elend am Boden. In ihr machte sich eine eiskalte Leere breit. Ein Vakuum, in das jedes Gefühl passen wollte. Hass. Wut. Trauer. Verwirrung. Angst. Ihr Leben lag in Trümmern. Sie verstand nicht, was passiert war. Sie verstand gar nichts mehr.

Doch ganz tief in ihrem Inneren vibrierte noch dieses eine berauschende Gefühl: Macht.

Kapitel 21

Herbert Müller raste mit seinem Mercedes Benz die Lüdenscheider Straße entlang, er wollte nur so schnell wie möglich von dem Ort der Schlägerei weg. Schön, er hatte Mark K. o. geschlagen und auch noch ein paar andere beleidigt. Aber wie sollte es weitergehen? Dann auch noch die beschädigten Wagen, das würde böse enden.

Als er von der Lüdenscheider Straße Richtung Nachrodt abbiegen wollte, sah er die Sperrschilder. Mist, das hatte er ganz vergessen, die Straße war ja gesperrt. Richtung Brachtenbecke konnte er auch nicht, da würde ihm bestimmt die Polizei aus Altena entgegenkommen. Er überlegte, dann sah er den großen Holzstapel nahe der Straße. Dahinter konnte er sich verstecken und abwarten. Herbert stieg aus, entfernte den Draht für die Durchfahrt zur Wiese und fuhr den Wagen hinter den Holzstapel.

Jetzt hatte er Zeit zum Nachdenken, hier suchte ihn bestimmt keiner. Er setzte sich in sein Auto, öffnete das Handschuhfach und holte einen Flachmann heraus. Nachdem er die kleine Flasche geleert hatte, ging es ihm besser.

Wie hatte er nur in so eine Lage kommen können? Mark war aber auch ein Arschloch, erst legte er ihn mit dem Grundstück herein, dann gab er sich arrogant und ließ ihn abblitzen wie einen Schuljungen. Wenigstens hatte er Marks Lieblingsstück die Scheibe eingeschlagen. Er grinste. Der Alkohol hatte ihm ganz schön zugesetzt. Die Augen fielen ihm zu, ein paar Augenblicke später war er eingeschlafen.

Es knallte. Herbert wachte schweißgebadet auf, wusste nicht, was los war. Was war das gewesen? Ein Schuss? Oder versuchte endlich jemand, die Wildschweine zu erledigen, die nicht nur seine Äcker, sondern auch zahlreiche Gärten und die Friedhöfe umgruben?

Ob er es wohl wagen konnte, nach Hause zu fahren? Einen Versuch war es wert. Noch war es stockdunkel, aber bald würde es dämmern. Nun gut. Motor an, zurück auf die Hauptstraße. Kein Mensch zu sehen. Vorsichtig fuhr er Richtung Brachtenbeck, diese nervige Baustelle ließ leider keine andere Möglichkeit in Richtung Altena zu.

Nicht ein Auto begegnete ihm um diese Zeit auf dem Weg zu seinem Hof. Glück gehabt! Seinen Wagen würde er erst einmal hinter der Scheune abstellen, da fiel er nicht auf, falls die Polizei oder ein anderer ungebetener Besucher kommen sollte.

Schnell wollte er noch nach seiner zweiten Einnahmequelle schauen. Herbert ging zum Haupthaus. Irgendwann würde er Ordnung schaffen müssen, aber heute nicht mehr. Der Schlüssel passte immerhin beim dritten Anlauf ins Schloss. Sonst hatte er immer alles offen stehen lassen, aber nun? Vorsicht war angesagt. Man wusste nie, wer neugierig seine Nase in alles steckte. Treppe rauf, Tür auf. Der Dachboden war hell erleuchtet und feuchte Luft strömte ihm entgegen. Alles in Ordnung, zufrieden zog er die Tür ins Schloss.

In der Küche holte er sich ein letztes kaltes Bier aus dem Kühlschrank. Als er sich völlig fertig an den Küchentisch setzte, kam der ganze Tag noch einmal hoch. Mark war ein Dreckskerl, aber eine Anzeige hat er wohl nicht gemacht, sonst stünde die Polizei schon auf dem Hof. Vielleicht hatte der selbst genug Dreck am Stecken? Nur durch Zufall hatte er gestern erfahren, dass das wertlose Grundstück oben in Wiblingwerde als ausgewiesener Platz für ein paar Windräder galt. Und ebendieses Grundstück hatte ihm Mark vor kurzem für ein paar Euro abgeschmeichelt. Der hatte genau gewusst, dass er das Geld brauchte. Und nun das! Als Freund hatte sich dieser Misthund bezeichnet, als Helfer in der Not. Von wegen! Pure Abzocke. Bestimmt hatte er vorher von den Plänen erfahren. Windkraft. Eine regelmäßige Einnahmequelle.

Aber Heulen half nichts. Wegen des Sachschadens würden die Bullen sicher bald kommen, nur herumschnüffeln sollten die hier nicht, das wäre nicht gut. Geld war bei ihm nicht zu holen. Er hatte zwar noch eine letzte Option, aber das brauchte noch ein bisschen Zeit.

Kapitel 22

Mark wachte erst spät auf. Egal, es war Feiertag. Mit den vielen Blessuren sah er aus wie ein Alien. Wenn er ehrlich war, fühlte er sich auch so. Gut, dass Steffi auf einer Gewerkschaftsveranstaltung und Anastasia bei einer Freundin waren. Noch eine Konfrontation hätte er heute nicht verkraftet.

Zeit, um nachzudenken. Es lief viel zu viel verkehrt. Nur nicht die Übersicht verlieren. Das Wichtigste war seine Familie. Steffi beruhigen – nur wie? Mit einem Blumenstrauß käme er sicher nicht weit. Eine Entschuldigung allein würde auch nicht reichen. Konnte er ihr vielleicht ihre Mutter vom Hals schaffen? Ein bisschen Mobbing bei den Kaffeedamen, das Haarfärbemittelchen mit einem Schuss giftgrün versehen? Sie auf eine Safaritour nach Afrika schicken und einen Löwen bestechen? Leider undurchführbar. Schade eigentlich.

Vielleicht freute sich Steffi über einen Gutschein für eine weitere kleine chirurgische Verbesserung? Da hätte auch er etwas von. Mal sehen. Da ließe sich sicher eine Lösung finden.

Aber der Lehrer. Der hatte sicherlich eine Strafe verdient. Leider konnte er keinem stecken, dass der sexuell übergriffig geworden war, denn dann hätte er Anastasia mit hineinziehen müssen. Verdient hätte sie es ja, aber wenn er an die Folgen dachte … Nein. Die Variante mit der Notenvergabe gefiel ihm wesentlich besser. Fiel gar nicht auf. Das Mädchen bekam ja Nachhilfe, da musste es doch besser werden!

Mit ihr musste er eh noch einmal in aller Ruhe reden. Sie

hatte völlig ihren Kopf verloren. So einen alten Kerl anzuhimmeln! Nur, welche Alternative hatte er zu hundert Jahren Hausarrest? Klöster hatten leider ihren Reiz verloren. Vielleicht nahm er sie einfach mal mit in seinen Puff, um ihr zu zeigen, was mit ungehorsamen Mädchen geschehen konnte.

Fehlte nur noch Herbert, der alte Dickkopf. Hätte er ihm gar nicht zugetraut, die Prügelei. Wäre er nicht so fertig gewesen, hätte er ihn in Grund und Boden gestampft. So aber hatte er ganz schön einstecken müssen. Was für ein Mist. Ob Herbert von den ausgewiesenen Grundstücken auf dem Tanz in den Mai erfahren hatte? Obwohl, der und tanzen? Der kam doch sowieso nicht mehr klar, das Wasser stand ihm bis zum ungewaschenen Hals. Es könnte aber trotzdem nichts schaden, sich einmal auf dem Hof umzusehen.

Der BMW stand noch in Wiblingwerde. Also radelte Mark auf seinem E-Bike zum Hof. Ein kaputter Trecker mit marodem Anhänger blockierte halb die Einfahrt, war aber ein guter Sichtschutz. Noch eine Prügelei wollte er definitiv vermeiden.

Der Misthaufen hatte schon ekelige Rinnsale gebildet und floss quer über den Hof. Wäre er schlau gewesen, hätte er die Gummistiefel eingepackt. Mark schlich über den Hof – und erstarrte. Mitten im Scheunentor tauchte Herbert auf. Sein grimmiges Gesicht war das kleinere Übel, denn Mark starrte direkt in den Lauf einer uralten Schrotflinte.

»Hau bloß ab hier und lass dich nie wieder blicken!«, schrie Herbert und schoss in die Luft. »Das nächste Mal treffe ich dich in deine Eier!«

Da blieb nur die Flucht. Doch auf dem matschigen Hof rutschte Mark aus, und so landete er zwar ohne Schrot, aber mit viel Schwung mitten in der Gülle. Herbert sah es mit Befriedigung und brüllte ein paar Beleidigungen hinter ihm her. Mark schlich zu seinem teuren Fahrrad und schlingerte gedemütigt davon.

Kapitel 23

Völlig erschöpft kam Mark zu Hause an. Seine Muskeln zitterten von der Anstrengung und der Demütigung. Dass er sich aber auch so übertölpeln lassen hatte! Hätte er nur die Nerven behalten! Die Flinte sah zwar alt aus, aber er wollte es definitiv nicht darauf ankommen lassen. Ihm fiel einfach nicht ein, wie er aus dieser Nummer wieder rauskommen sollte. Frustriert warf er seine dreckigen Klamotten in die Ecke. Das machte Anastasia schließlich auch immer so. Sollte sich Steffi doch aufregen, es ging eh alles den Bach hinunter. Aber erst einmal duschen. Schmerz und Ärger wegspülen. Wenn das doch nur so einfach wäre.

Frisch geduscht konnte Mark wieder klarer denken. Er musste sich unbedingt um sein Auto kümmern, das noch immer mit eingeschlagener Scheibe in Wiblingwerde stand. Ein Telefonat morgen mit der kleinen Reparaturwerkstatt in Altena würde dieses Problem lösen. Sie würden sich um die Abholung kümmern, er bekäme solange einen Leihwagen. Nichts Ausgefallenes, aber Mark wollte wieder mobil sein.

Ob die Versicherung wohl den Schaden trug, fragte er sich. Vielleicht unter Vandalismus. Er nahm sich vor, mit Thorsten darüber zu sprechen. Dann konnten sie auch gleich überlegen, was aus seiner Kandidatur für das Bürgermeisteramt werden würde.

Mark ging zurück in die Küche und stellte die Kaffeemaschine an. Um mit Thorsten zu telefonieren, musste er klar denken können, zu viel hatte er schon verbockt.

Eine halbe Stunde und zwei Tassen Kaffee später fasste er sich ein Herz und hob den Hörer ab. Schon nach dem zweiten Klingeln meldete sich Thorsten Bach, sein Versicherungsvertreter und ebenfalls Ratsmitglied.

»Thorsten? Hier ist Mark Bechtel. Ist in meiner Autoversicherung ein Glasschaden abgedeckt?«

»Ach, Mark. Nun, von einem Unfallschaden kann man ja wohl nicht reden, oder fliegen die Werkzeuge heuer tief? So stürmisch war es doch gar nicht.« Thorsten kichert amüsiert. »Du weißt schon, dass Nachrodt-Wiblingwerde ein kleines Dorf mit einem guten Netzwerk ist, oder? Und ich frage mich ebenfalls, woher du so früh gewusst hast, dass ausgerechnet Herberts Grundstück für die Propeller infrage kommt. Hattest wohl gute Kontakte, oder? Ich kann schon verstehen, dass Herbert ausgerastet ist.«

Mark schnaubt. »Hör mir bloß mit Herbert auf. Das war alles völlig legal. Ich wusste, dass er dringend Geld brauchte, und die Gelegenheit war günstig. Da hatte ich selbst noch gar nichts vom geplanten Windpark gehört. Glaub es, oder lass es. Ich war heute übrigens noch einmal auf seinem Hof. Wollte ihn beruhigen. Aber er hat mich mit einer alten Flinte bedroht. Einfach so! So schnell wie der war, hatte der die irgendwo griffbereit liegen. Das darf der doch gar nicht, oder? Ich überlege schwer, ihn dafür anzuzeigen.«

»Bist du sicher, dass du dich da nicht selber mit hineinreitest? Geld hat der sowieso nicht, und wenn die Flinte so locker sitzt, halte dich lieber zurück. Mit deinem Auto überlege ich mir etwas. Aber viel Hoffnung solltest du dir nicht machen. Übrigens, was war denn mit Steffi los auf dem Tanz in den Mai? So habe ich sie ja noch nie erlebt. Sich einem anderen Mann so dermaßen an den Hals zu schmeißen! Als zukünftige Bürgermeistergattin gehört sich das aber nicht.«

Mark schmeckte pure Galle. »Wie – mit wem hat sie da rumgemacht? Ist die jetzt völlig übergeschnappt? Kanntest du den Kerl?«

Thorsten versucht abzuwiegeln: »So richtig habe ich das gar nicht mitbekommen. Es war spät und der Alkohol floss reichlich. Aber du kennst ja die Klatschbasen.«

»Oh Mist. Wir haben uns gezofft. Das war wahrscheinlich pure Rache. Ich muss eh mit dir über die Kandidatur sprechen, das wächst mir alles über den Kopf. Ich überlege, den Wahlkampf abzubrechen.«

Die Erleichterung war Thorsten auch durch den Hörer anzumerken. »Gut, dass du es so siehst. Es gab auch andere Gerüchte. Und du weißt ja, in der Öffentlichkeit wird einem nichts verziehen. Bring das mit Steffi ins Lot und kümmere dich um deine Familie. Wir reden die Tage darüber.«

»Ich werde es versuchen. Und mit Steffi rede ich später. Sie ist meine Frau – und dieser Kerl hat die Finger von ihr zu lassen. Weiber! Ewiges Theater. Aber heute Nacht gehe ich erst mal angeln. Dabei kann ich am besten nachdenken. Irgendwie kommt schon wieder alles ins Lot. Machs gut.«

Mark ließ den Hörer sinken. War vielleicht wirklich eine gute Idee, die Kandidatur in den Wind zu schießen. Aber Steffi. Wem war sie um den Hals gefallen? Da lief doch nichts, oder? Erst Anastasia und nun seine Frau. Nichts als Ärger! Wie sollte er da sein Gesicht wahren? Gut, dass die beiden nicht da waren, sonst würde ihm die Hand erneut ausrutschen. Er war fertig mit sich und der Welt. Sie konnten ihn alle mal. Er war müde und wollte nur eins: Schlafen, bis der Wecker klingelte. Zum Angeln.

ZWEITER TEIL

Kapitel 24

Der letzte Patient für heute. Jetzt schnell noch Frau Matuschek fürs Bett fertigmachen und dann endlich ins wohlverdiente Frei.

Wie jeden Abend schloss Jana die Tür zu Frau Matuschecks Wohnung pünktlich um neunzehn Uhr auf. Als sie den Flur betrat, schlug ihr schon die Titelmusik von *Gute Zeiten, schlechte Zeiten* um die Ohren.

»Hallo Frau Matuschek, ich bin‘s, Jana«, rief sie Richtung Wohnzimmer. Wie so oft blieb die Antwort aus, die alte Dame war immerhin schon siebenundachtzig Jahre alt und stocktaub.

Entweder sind die Batterien von ihrem Hörgerät wieder leer oder es liegt unbenutzt in der Schublade, dachte Jana. Behutsam ging sie ins Wohnzimmer, um die alte Dame nicht zu erschrecken, doch niemand war da. Mit der Fernbedienung verordnete sie den Stars von GZSZ eine Sendepause.

»Frau Matuschek, wo sind Sie?«, rief sie in die Wohnung. Keine Reaktion.

»Bitte lass nicht kurz vor Feierabend noch irgendetwas sein«, murmelt Jana. Mit einem flauen Gefühl im Magen betrat sie die Küche. Zwischen Herd und Küchentisch fand sie ihre Patientin auf dem Boden liegend. An der Tischkante klebte Blut, ebenfalls um den Kopf der alten Dame. Jana beugte sich zu ihr hinunter und rüttelte an ihrer Schulter.

»Frau Matuschek, können Sie mich hören?« Aber sie reagierte nicht.

Jana drehte die alte Dame auf den Rücken und blickte in

zwei leere, vor sich hinstarrende Augen. Ihr Herz raste vor Aufregung. Reiß dich jetzt zusammen, schön ruhig bleiben! Du weißt genau, was du in dieser Situation zu tun hast!

Sie tastete nach dem Puls. Nichts zu spüren. Dann beugte sie sich über Mund und Nase der bewusstlosen Frau und hielt die Luft an, um sich darauf zu konzentrieren, ob Frau Matuschek noch atmete. Hatte sie jetzt etwas gespürt oder nicht? Sie brachte ihr Gesicht noch ein Stückchen weiter Richtung Mund und Nase.

Wie aus dem Nichts wurde sie plötzlich von zwei knochigen Händen am Hals gepackt. Jana versuchte, sich aus dem Griff zu befreien, doch die toten Hände zogen sich wie ein Schraubstock immer enger um ihren Hals. Blanke Panik machte sich in ihr breit, sie merkte, wie ihr die Luft ausging. Bevor ihr schwarz vor Augen wurde, blickte sie noch einmal in das Gesicht der alten Frau, das sich zu einer grässlich grinsenden Grimasse verzerrt hatte.

Schweißgebadet schreckte Jana in ihrem Bett auf. Der Wecker zeigte sechs Uhr morgens, die ersten Sonnenstrahlen schimmerten schon durch die Jalousien. Tief atmete sie durch. Schon wieder dieser schreckliche Albtraum. Es war jetzt schon über zwei Wochen her, dass sie die alte Frau tot in ihrer Wohnung aufgefunden hatte. Es war zwar nicht der erste Patient, der in ihrem Job verstorben war, doch der Tod von Frau Matuschek nahm sie noch immer ziemlich mit.

Gott sei Dank habe ich jetzt ein paar Tage frei, dachte sie, schob die Bettdecke zurück und ging ins Badezimmer ihrer kleinen Wohnung in der Bachstraße. Sie warf sich eine Ladung kaltes Wasser ins Gesicht, um wach zu werden. Als ihr Blick in den Spiegel fiel, schauten sie zwei smaragdgrüne Augen an, rote, lange Locken umschlossen ein zierliches Gesicht.

Die Schatten unter meinen Augen waren auch schon mal weniger, dachte sie. Hoffentlich kann ich bald mal wieder durchschlafen. Am besten gehe ich eine Runde mit Digby joggen, um den Kopf wieder freizubekommen.

Sie warf sich in ihre Sportsachen, legte die Pulsuhr um und griff sich die Hundeleine. Voller Aufregung hüpfte Digby um sein Frauchen herum und freute sich auf eine Erkundungstour.

Im lockeren Tempo lief Jana die Bachstraße hinunter, am Friseursalon Ilona vorbei, über die Bahnschienen, dann überquert sie die Bundesstraße in Richtung der Lenne. Im Gleichschritt wackelte Digby neben ihr her. Mit jedem Schritt fiel die Anspannung von ihr ab. Wie herrlich ruhig es sogar hier an der Hauptstraße am Sonntagmorgen war! Kein Schwein unterwegs.

Als sie den Edeka-Markt passierte beschloss sie, auf dem Rückweg frische Brötchen mitzunehmen. Und weiter gings. Auf dem Vorplatz der „*Rastatt*" erinnerte nichts mehr an den Tanz in den Mai, der hier am Freitag stattgefunden hatte. Nur ein paar Plakate hingen noch an der Saaltür. Unter Janas Schuhen knirschte der feine Kiesweg, der durch den kleinen Park in Richtung Sparkasse führte. Es war eine tolle Veranstaltung vom Kultur-Schock gewesen. Endlich hatte sie wieder einmal ein paar Freunde getroffen, die sie auf andere Gedanken gebracht hatten. Es war nicht einfach, bei den

Schichtdiensten in der häuslichen Pflege, seinen Freunden gerecht zu werden.

Die erste Hälfte der Strecke war geschafft. Weil das Wetter so angenehm war, setzte sie sich für ein paar Minuten auf die Treppen an der Lenne und schaute aufs Wasser. *Scheiß Bullenschweine* war neben *Tommi liebt Anja* auf die Stufen geschrieben.

Digby interessierte das natürlich nicht die Bohne. Kaum war die Leine ab, raste er ins kühle Nass. Jana legte den Kopf in den Nacken und genoss die warmen Sonnenstrahlen auf der Haut.

Das Bellen des Hundes riss sie abrupt aus ihren Tagträumen. Sie sah, wie er in der Hecke rechts neben ihr verschwand. »Digby, komm hierher!«, rief sie ihm hinterher, doch der Labrador dachte gar nicht daran, zu seinem Frauchen zurückzukehren. »Dieser unmögliche Hund«, schimpfte Jana. Sie sprang auf und lief ihm hinterher in die Büsche. Der Trampelpfad der Angler war ziemlich zugewachsen, Brombeeren und Brennnesseln hinterließen schmerzhafte Spuren an ihren Beinen.

Digby stand an der kleinen Lichtung am Fluss, neben ihm hing eine Angel ins Wasser, ein Campingstuhl und eine Kühlbox standen einsam am Ufer. Jana blickte sich in alle Richtungen um. Aus den Augenwinkeln nahm sie im flachen Wasser einen Kescher wahr, der an einem Stein hängengeblieben war. Sie band den Hund an einem schmalen Baum fest und lief über die glitschigen Steine ein paar Meter flussaufwärts. Dann blieb sie wie versteinert stehen. Vor ihr lag ein Körper halb in der Lenne. Ihre Augen weiteten sich, sie merkte, wie ihre Hände kalt und zittrig wurden. Für einige Sekunden war Jana wie gelähmt, dann stürzte sie zu dem Mann, packte ihn an den Knöcheln und versuchte mit aller Kraft, ihn aus dem Fluss zu ziehen.

»Verdammt, ist der schwer!« Jana stemmte sich mit aller Kraft nach hinten. Jeder Muskel in ihren Armen brannte. Die nassen Steine machten es ihr schwer, den Halt nicht zu verlieren. Mit einem letzten großen Kraftakt wuchtete sie den Körper aus dem Wasser. Mit zusammengebissenen Zähnen sah sie auf den vor ihr liegenden Mann und verstand, dass jede Hilfe zu spät kam. Das blaugestreifte Hemd des Anglers war auf Brusthöhe blutig verfärbt. Seine Augen und sein Mund waren weit aufgerissen, wie zu einer Maske erstarrt. Eine daumengroße Wunde klaffte in der Nähe des Herzens. Seine Haut war bereits gelblich marmoriert, was ihm einen unnatürlichen Glanz verlieh.

Das sieht ja wie eine Schlussverletzung aus, dachte Jana und stolperte einige Schritte rückwärts. Was, wenn es wirklich eine Schussverletzung war? Wenn der Mörder noch hier in der Nähe steckte?

Ein Rascheln im Gebüsch riss Jana aus ihren Gedanken. Ohne eine Sekunde zu Zögern lief sie zurück in Richtung der Lenneterrassen. An der kleinen Lichtung schnappte sie sich Digby und lief mit ihm weiter Richtung Gaststätte. Ohne Unterlass betätigt sie die Klingel, hämmert an die Tür und rief um Hilfe. Die Sekunden schienen zur Ewigkeit zu werden, doch niemand öffnete die Tür. Zeit

Plötzlich hatte sie das Gefühl, ihr Herz würde stehenbleiben, als eine Hand sie von hinten an der Schulter berührte. Blitzschnell drehte sie sich um. Ein großgewachsener Mann stand vor ihr und sie blickte in die freundlichen Augen eines älteren Herrn in einer schwarzen Soutane, der seine Hände beschwichtigend nach oben hielt.

»Haben Sie keine Angst, ich möchte Ihnen helfen. Ich bin Pfarrer Braun von der katholischen Kirche gegenüber. Was ist passiert? Sie sind ja ganz aufgelöst.«

Jana brauchte einen Moment, um sich zu besinnen. Mit aufgeregter Stimme berichtete sie dann von ihrer schrecklichen Entdeckung. Die Stirn des Geistlichen legte sich in Falten, sein Blick wurde ernst. »Das ist ja entsetzlich.« Er nahm Jana am Arm. »Kommen Sie, wir gehen zusammen in mein Büro und rufen die Polizei. Und dann erzählen Sie mir in aller Ruhe, was passiert ist.«

Kapitel 25

»Notruf der Polizei. Mit wem spreche ich?«

»Hier spricht Pfarrer Braun aus Nachrodt. Bei mir sitzt eine junge Frau und ist sehr aufgelöst. Sie hat eine leblose Person in der Lenne gefunden.«

Die Polizeianwärterin alarmierte ihren Wachleiter Peter Sottner. »Peter, wir haben einen 15-2, kannst du übernehmen?«

Der überlegte nicht lange und eilte ans Telefon. In seiner knappen Art fragte er den Geistlichen: »Wo genau ist der Fundort und wer hat ihn gefunden? Kennen Sie den Toten?«

»Bei mir befindet sich eine Frau Erfurth, sie hat ihn gefunden, direkt neben der Gaststätte *„Rastatt"*.«

Peter beendete das Gespräch kurz darauf und verteilte die Aufgaben an die herbeieilenden Kollegen: »Gerd, du fährst sofort zum Restaurant *„Rastatt"*. Dort soll der Priester stehen. Ich setze mich mit der Kripo und der KTU in Verbindung. Marion, du rufst die Pressestelle und Neele Schreiber an. Sie soll sofort zum Tatort kommen. Wenn du das erledigt hast, wartest du, was die Kollegen sagen und informierst die Feuerwehr. Das Ordnungsamt solltest du jetzt schon anrufen, vielleicht brauchen wir Zugriff auf die Meldedatei. Und: Die sollen sich schon mal Gedanken machen, wo wir eine Pressekonferenz abhalten können. Los, los, jetzt zählt jede Minute.«

Peter, der früher beim SEK gearbeitet hatte, fühlte den Adrenalinschub. Allerdings wunderte es ihn, dass so etwas ausgerechnet in dem beschaulichen Nachrodt passierte. Gut, ab und an gab es Probleme an der Grundschule mit Jugendlichen, aber einen Toten? Sofort schossen ihm die Gedanken durch den Kopf: War es ein Mord oder ein Unfall? Erschossen, erstochen oder ertrunken? Asylbewerber oder Deutscher? Auftragsmord oder Beziehungstat?

»Gerd, du kommst mit mir.«

Gerd Grieser war ein Veteran auf der Altenaer Wache, einer, der schon immer da gewesen war. Und Gerd kannte Gott und die Welt, sowohl in Altena als auch in Nachrodt. Als es neulich einen Raubüberfall auf ein Uhrengeschäft gegeben hatte, war er es gewesen, der aufgrund von kleinen Hinweisen ermitteln konnte, dass der Täter der Neffe des Besitzers gewesen war. Jede Wache brauchte einen Gerd Grieser.

Gerd schaute ihn an: »Hast du schon eine Vermutung?«

»Nee, die Informationen sind eher spärlich. Deswegen fahren wir jetzt mal selber hin. «

Beide setzten sich in den ältesten Streifenwagen der Wache. Peter sah sich im Auto um und seufzte. »Gibt es bei euch zu Hause eigentlich keine Papierkörbe?«

»Doch, aber ich bin so selten zu Hause. Das spart uns erhebliche Kosten, weil ich immer unterwegs esse, und meine Frau nicht kochen muss«, erklärte Gerd grinsend.

Man konnte ihm nicht böse sein, denn er hatte Charme. Den Charme, den man brauchte, um Zeugen einzulullen, damit sie auch ihr letztes Geheimnis preisgaben. Aber Gerd, dem man seine Schnelligkeit nicht ansah, konnte auch jeden Gegner niederkämpfen, denn er hatte den schwarzen Gürtel in Jiu-Jitsu und anderen unaussprechlichen Kampfsportarten.

Gerd warf sich also hinter das Steuer und fuhr mit Höchstgeschwindigkeit über die Altenaer Straße. Auf dem Parkplatz bei der „*Rastatt*“ kam er mit blockierenden Reifen zum Stehen. Die Polizisten stiegen aus und gingen zügig zu den Lenneterrassen hinab, wo schon die Kollegen bei dem Toten standen. Die Schussverletzung war offensichtlich.

An der Treppe stand Pfarrer Braun. Peter ging auf ihn zu.

»Guten Tag. Sie haben den Toten gefunden?«

»Nein, das war Frau Erfurth. Sie hat ihn aus dem Wasser gezogen. Die junge Frau war sehr geschockt. Ich habe Dr. Wenger angerufen, die jetzt mit ihr im Pfarrhaus sitzt und ihr ein leichtes Sedativum gegeben hat.«

Peter nickte. »Gute Entscheidung. Können Sie uns sonst etwas sagen?« Der Pfarrer schüttelte betrübt den Kopf.

Kapitel 26

Neele lag im Bett und überlegte, ob sie es wagen konnte, auf dem Balkon zu frühstücken. Ein sonniger Tag war angesagt. Nicht immer fühlte sie sich wohl an ihrem neuen Dienstort, eins schätzte sie jedoch sehr: die Ruhe, selbst im Bereitschaftsdienst. Diese wurde noch betont durch das Vogelgezwitscher, sie fühlte sich dann in ihre Jugend zurückversetzt und aus der Zeit gefallen.

Irgendwie muss man sich das Leben ja schön machen, dachte sie und malte sich aus, zu Fuß zum Bäcker zu gehen. Dann würde sie den Frühstückstisch hübsch decken und ein Bild davon auf Instagram posten, damit alle sahen, dass es ihr gut ging. Oder es jedenfalls dachten. Sie war gut darin, ihr Privatleben zu schützen. In letzter Zeit jedoch fragte sie sich immer häufiger, ob die Mauern, die sie um sich baute, ihr nicht nur Schutz boten, sondern auch Einsamkeit förderten.

Eine Klaviermelodie schlich sich in ihre Gedanken. Das James Bond-Thema? Klang gut. Aber wo kam das her?

Hektisch stand sie auf und versuchte, den Klang zu orten. Es war ihr Signal, das sie schon seit Monaten nicht mehr gehört hatte, ihr Diensthandy für die Bereitschaft. Aber *Skyfall* verstummte, bevor sie wusste, wo es war. Super-Profi, dachte sie, griff nach ihrer Handtasche und riss alle Verschlüsse auf. Fehlanzeige.

Erneut ertönte *Skyfall*. Sie horchte und ihr Blick fiel auf ihre Sporttasche, die sichtbar neben ihrem Bett lag. Dort drinnen fand sie endlich ihr Telefon. Sie rief zurück, hörte zu, schlüpfte in Jeans und T-Shirt und warf einen kurzen, bedauernden Blick auf ihren Balkon.

Fünf Minuten später war sie am Tatort. Kurz erklärte Gerd ihr die Lage. Auch den Namen des Opfers hatte er parat: Mark Bechtel, Ratsmitglied, Familienvater. Neele wurde schwindelig. Auch das noch. Dann würde bald die Presse anrücken, Druck aus jeder Richtung. Sie atmete durch, einmal, zweimal, schließlich war sie Profi!

Gerd nickte ihr zu. »Sieh dir erst einmal den Toten an. Dann sollten wir die Leute befragen. Vielleicht hat jemand etwas bemerkt.«

Neele beruhigte sich wieder. Sie blickte auf das Opfer, scannte den Mann mit Blicken. Stiernackig, durchtrainiert, soweit sie sehen kann. Ein Gefühl schlich sich ein: Irgendetwas stimmt hier nicht. Doch sofort war der Gedanke wieder verschwunden.

Sie sah erneut auf den Toten hinunter und versuchte, ihren Kopf klar zu bekommen. Flachwasser, leichte Strömung. Idealer Angelplatz. Dann ging sie zurück zur Einsatzleitung, um mit Jana Erfurth zu sprechen.

Kapitel 27

In meinem nächsten Leben werde ich Lehrerin. Mathematik und Sport.

Susanne Fischer-Bolz konnte Sonntagsdienste noch nie leiden. Erst recht nicht nach einem Doppelkopfabend in Düsseldorf. Erst um zwei Uhr nachts war sie zu Hause gewesen und hatte schon wieder jede Menge Geld verloren. Die Augenringe hingen ihr fast bis zur Nase. Eine dreiviertel Stunde brauchte sie zur Redaktion nach Altena.

Um zehn Uhr muss ich beim Empfang der Sportvereine sein. Wieso legen jetzt alle ihre Termine auf den Sonntag?

Susanne grübelte vor sich hin und nahm kaum wahr, was auf der Straße passierte. Doch auf einmal, kurz hinter der Sparkasse, stockte ihr der Atem. Blaulicht überall, Feuerwehr, Krankenwagen. Polizei an der *„Rastatt“*. Absperrband. Und jede Menge Leute.

Das fehlt mir heute noch, dachte sie, setzte den Blinker und fuhr rechts hoch auf den Parkplatz des Jugendzentrums und der Bücherei. Sie schnappte sich die Kamera und sprang aus dem Auto. Dann zupfte sie sich noch das T-Shirt zurecht, zog die Jeans hoch und starrte auf die Straße.

War das die Spusi? In Nachrodt? Langsam lief sie auf die kleine Anhöhe vor dem Jugendzentrum und fotografierte. Klick. Erstes Bild. Klick, klick. Dann überquerte sie die Straße. Flatterband überall, aber Susanne stieg einfach drüber.

»Hier können Sie nicht rein.« Ein Polizist, den Susanne nicht kannte, breitete die Arme aus. »Hier gibt es nichts zu sehen. Bitte gehen Sie zurück.«

»Wissen Sie, ich bin Redakteurin des Altenaer Kreisblatts. Können Sie mich nicht ausnahmsweise durchlassen?«, versuchte sie es mit weiblichem Charme.

Doch der Polizist war nicht zu beeindrucken und stellte auf stur. Also stellte Susanne sich auf Zehenspitzen und versuchte, an dem Polizisten vorbeizugucken, doch der baute sich wie ein Schrank vor ihr auf.

»Lästige Presseleute können wir hier nicht gebrauchen.«

»Ich bin nicht lästig, ich mache nur meinen Job!«

»Keine Chance, junge Frau.“

Idiot!, dachte Susanne und schaute sich um. Am Eingang der *„Rastatt“* stand Annett Alberts. Sie eilte auf die Pächterin zu.

»Annett, ich muss mal in deine Wohnung. Was ist hier passiert?«

»Irgendjemand ist erschossen worden.« Annett war kreidebleich, die Tränen kullerten ihr über die Wangen.

»Wer denn?«

»Ich weiß es nicht.«

Sachte schob Susanne Annett in den Vorraum der *„Rastatt“*. »Wir gehen mal in deine Wohnung. Von oben können wir alles sehen.«

Wie paralysiert nickte Annett, zog die Vorhänge zurück und öffnete das Fenster.

Geht doch, dachte Susanne schmunzelnd. Klick, klick. Offenbar hatte die Polizei den Toten komplett abgeschottet. Irgendwelche grünen Tücher waren gespannt, sodass man selbst von oben nichts erkannte. Aber den Toten wollte Susanne sowieso nicht fotografieren, so ein Anblick war nichts für sie und auch nicht für ihre Leser. Doch das Chaos drum herum, die Leute, die Absperrung, Polizei und Leute in weißen Anzügen, das waren gute Bilder. Wenn irgendetwas in den Nachrichten zog, dann waren es Mord und Totschlag. So waren die Menschen eben.

Susanne machte zusätzlich ein Foto mit dem Handy und schickte es per WhatsApp direkt an die Online-Redaktion. Dazu schrieb sie: *Liebe Kollegen, irgendetwas Schlimmes ist passiert. Ich weiß noch nicht, was. Melde mich.*

Dann rannte sie wieder nach unten und landete erneut an der Absperrung, an der mittlerweile halb Nachrodt stand. Die Geschichte musste sich herumgesprochen haben. Alle redeten wild durcheinander. Sie sah Axel Boshamer und sprach ihn an. Doch er nickte nur kurz und ging.

»Ist Herr Boronowski da?«, fragte Susanne einen Polizisten nach dem Pressesprecher der Kripo.

»Nein«, kam es kurz und knapp zurück.

»Wer kann mir sonst etwas sagen?« Susanne ließ nicht locker.

»Keiner. Rufen Sie die Pressestelle an.“

Aufgeben? Im Leben nicht! Offensichtlich war ein Mord in Nachrodt geschehen, da konnte man schlecht ins Büro fahren.

Plötzlich stand die Bürgermeisterin vor ihr, kreidebleich. Sie kam langsam auf Susanne zu, schien die Redakteurin aber nicht wahrzunehmen.

»Frau Tupat. Was ist passiert?«, fragte Susanne geistesgegenwärtig.

»Mark Bechtel ist erschossen worden«, flüsterte Birgit Tupat.

»Unser Mark Bechtel? Der Ratsherr?«

Die Bürgermeisterin nickte.

Susanne suchte die Zigaretten in ihrer Tasche. Plötzlich zitterte sie am ganzen Körper. Mark Bechtel. Dieser ekelhafte Typ, der ein paar Mal versucht hatte, bei ihr zu landen. Der sie mit seinen Blicken ausgezogen hatte. Susanne mochte ihn nicht. Niemand mochte ihn. Aber ermordet?

Kapitel 28

Scheiße, dachte Neele. Warum ich?

Sie hatte noch nie selbst eine Todesnachricht überbracht, auch wenn sie theoretisch gelernt hat, wie es geht. In Köln hatte es ein spezielles Team dafür gegeben, das Kriseninterventionsteam, kurz KIT. Als sie Gerd darauf ansprach, hatte er nur gelacht. »Mädchen, hier haben wir so etwas nicht, lohnt sich nicht.«

Sie war es also, die zu Steffi Bechtel fahren musste, um ihr zu berichten, dass ihr Mann tot war. Sie haben gelost, sie und Gerd. Sie muss also nicht nur die Todesnachricht überbringen, sondern auch noch Ansprechpartner sein, bis Angehörige da sind, um Trost zu spenden, um quasi ihren Part zu übernehmen. Wie machte sie das am besten? Knallhart oder langsam und sensibel? Sie konnte keinen klaren Gedanken fassen, ihr Herz schlug hart in der Brust, sie zitterte jämmerlich. Wieder einmal wurde ihr bewusst, dass sie die Sache mit Sam noch nicht überwunden hatte. Andererseits hatte sie gelernt, mit negativen Gefühlen umzugehen.

Oder doch nicht? Sie versuchte, sich zu fassen. Eine offene Wunde war da noch immer, nichts war verheilt, geschweige denn, dass sich eine Hornhaut gebildet hätte.

Neele verschränkte ihre Hände im Nacken, beugte mit geschlossenen Augen ihren Kopf nach hinten und ließ ihre Hände über den Hals auf die Schlüsselbeine wandern, eine Übung, die ihr half, sich zu konzentrieren. Wieder schoss ihr der Gedanke durch den Kopf: Hier stimmt etwas nicht …

Sie schüttelte energisch den Kopf und dachte an die Polizeiempfehlungen, wie man sich zu verhalten habe beim Überbringen einer Todesnachricht:

Sie stutzte, als sie las, dass ein Polizist diese Aufgabe keinesfalls allein übernehmen soll. Plötzlich spürte sie eine ungeheure Wut im Bauch, sie hatte ein mulmig ätzendes Gefühl im Magen: Das weiß Gerd doch ganz genau, warum lässt er mich allein gehen? Er lässt mich allein.

Ok, Neele, vermeide es, guten Morgen zu sagen, denn es ist für Steffi Bechtel kein guter Morgen, sage nicht auf Wiedersehen, speichere die Nummer der Rettungsdienststelle in Deinem Funkgerät. Für alle Fälle.

Sie flog über die Zeilen. Fall nicht mit der Tür ins Haus, verbreite keine falsche Hoffnung, sei klar und direkt, spreche das Wort Tod aus.

»Lass den Angehörigen nicht allein, mach dich mit den Regeln der ersten Hilfe noch einmal vertraut. Zum Schluss ein Gedicht.« Was sollte der Mist? Die Regeln kamen von Ludwig Hohl und Sam hatte sich regelmäßig darüber lustig gemacht. Ihr wurde schwarz vor den Augen. Sie schob ihre Daumen unter die Tischkante, drückte sie nach oben. Neele hatte viele solcher Rituale, die sie wieder ins Lot brachten.

Nachdem sie sich im Bad kaltes Wasser ins Gesicht geklatscht hatte, fuhr sie los.

Drei Minuten brauchte sie, bis sie vor dem Haus der Familie Bechtel stand. Drei Minuten, in denen ihr, so fühlte sie sich, die Gedanken eines ganzen Tages durch den Kopf schießen. Weshalb war sie nicht so tough wie die Polizisten in den Kriminalromanen, die sie gern laß? Sie stieg aus, zog sich ihre Jacke glatt und prüfte, ob sie ihren Dienstausweis greifbar hatte. Ihr Herz schlug ihr bis zum Hals, ein Zittern ging durch ihren Körper. Sie konzentrierte sich. Klingelte. Wartete. Klingelte erneut.

Dann eine verschlafene Stimme: »Kannst du nicht einfach mal an deinen Schlüssel denken, Mark? «

»Guten Morgen, hier ist Neele Schreiber, Kriminalpolizei. Können Sie bitte die Tür öffnen?«

»Anastasia, hör auf mit dem Scheiß, mir reichen deine Scherze so langsam!«

Die Antwort verblüffte Neele. Sie biss sich auf die Lippen. Hoffentlich ging das nicht so weiter. Was war das für eine komische Familie?

»Nein, Frau Bechtel, hier ist nicht Anastasia, hier ist Neele Schreiber, Kriminalpolizei Altena.«

»Was? Oh, Entschuldigung. Bitte warten Sie einen Moment, ich ziehe mir nur schnell etwas über.«

Während Neele auf das Öffnen der Tür wartete, scannte sie ihre Umgebung. Ein Mann mit einem Hund, Rasse undefinierbar, zuckte zusammen, als er sie sah. Er blieb stehen, kramte wild in der Tasche seiner Jacke, fand ein Taschentuch, bückte sich mit angewidertem Gesicht und nahm die Hinterlassenschaften seines Tiers auf, die vor einem Hauseingang lag. Neele musste unwillkürlich grinsen. Was eine strenge Miene bei manchen Menschen doch auslöste …

Langsam öffnete sich die Tür. Vor ihr stand eine attraktive Frau, die sie ins Wohnzimmer bat.

»Sind Sie Stefanie Bechtel?«, fragte Neele.

Als die Frau nickte, fuhr sie fort: »Ich muss Ihnen eine traurige Mitteilung machen. Ihr Mann ist heute Morgen beim Angeln Opfer eines Verbrechens geworden.«

Steffi fuhr auf: »Was ist passiert, ist er verprügelt worden? Liegt er im Krankenhaus, konnte er sich wieder einmal nicht beherrschen, dieser Kerl? Ich bin es langsam leid, mir immer diese dummen Geschichten anzuhören! Dass Sie hier auftauchen, zeigt mir, dass er diesmal wirklich was auf die Mütze gekriegt hat. Hoffentlich ist ihm das eine Lehre!«

Neele schluckte. So viel Wut, so viel unterdrückter Hass. Darauf war sie nicht vorbereitet. Sie sammelte sich und blieb freundlich, obwohl sie die gegenübersitzende Frau am liebsten geschüttelt hätte. »Frau Bechtel, Ihr Mann liegt nicht im Krankenhaus, er ist auch nicht verprügelt worden. Er ist tot.« Schonungslos. Offen. Kurz und knapp.

Am liebsten wäre Neele in diesem Augenblick geflüchtet und hätte die Frau ihrer Wut überlassen. Aber das ging natürlich nicht, und so beobachtete sie, wie ihr Gegenüber erst rot und dann blass wurde.

»Nein, das stimmt nicht.« Leise, fast geflüstert, kamen diese Worte aus Steffis Mund.

Neele wartete einen Moment. Sie wusste nicht, was sie tun sollte. »Leider doch«, sagte sie schließlich.

Steffi sprang auf und schrie: »Dieser Mistkerl, ist doch kein Wunder, dass so etwas passiert!«

Ein leises Schluchzen, das sich in heftiges Wehklagen steigerte. »Wie kann er mir das antun, wie kann er mich alleinlassen? Wie soll ich das denn schaffen?«

Auch Neele konnte kaum klar denken und bemühte sich, ruhig zu atmen. Sie schaute Steffi nur an und wartete, bis das Wehklagen in leises Wimmern überging, das von zusammenhanglosen Sätzen unterbrochen wurde.

Schließlich fragte sie: „Frau Bechtel, gibt es jemanden, den ich für Sie anrufen kann, der kommen kann, um Ihnen beizustehen?«

»Bitte, gehen Sie!«

»Nein, Frau Bechtel, es ist wichtig, dass jemand bei Ihnen ist. Möchten Sie jemanden anrufen oder soll ich das tun? Brauchen Sie einen Arzt?«

Hilflos spulte Neele einen gelernten Satz nach dem anderen ab. Mechanisch, emotionslos. Sie wusste, dass ihr Stefanie leidtun sollte, aber es gelang ihr nicht, über die heftige Reaktion hinwegzusehen. Wie konnte es sein, dass die Frau nur an sich dachte, nicht einmal wissen wollte, wie ihr Mann zu Tode gekommen war?

»Ich komme klar, ich brauche keinen Arzt, verdammt nochmal!«

»Frau Bechtel, Sie stehen unter Schock. Gibt es jemanden, der kommen soll?«

Nach langem Zögern gab Steffi endlich nach. »Na gut, rufen Sie eine Freundin an. Ihr Name ist Vanessa.« Ihr Blick ging in Richtung des Telefons. »Ihre Nummer ist eingespeichert.«

Neele suchte in der Adressliste und erstarrte kurz, als sie beim Scrollen die Kennung »Mama« sah, und dahinter ein Icon mit heruntergezogenen Mundwinkeln.

Dann drückte sie den Hörer und hörte die Ansage: »Hallo, hier ist Vanessa Schulze, ich kann gerade nicht ans Telefon gehen, rufe aber gern zurück.«

Sie sprach auf den Anrufbeantworter: »Hier ist Neele Schreiber von der Kriminalpolizei Altena, bitte rufen Sie so schnell wie möglich Ihre Freundin Stefanie Bechtel zurück. Wir warten auf Ihren Anruf.«

Inzwischen hatte sich Steffi wieder gesetzt und starrte wie paralysiert vor sich hin. Neele war diese Reaktion unheimlich, sie wusste nicht, wie sie sich verhalten sollte.

Ein Klingeln übertönte die Stille. Fragend blickte Neele Steffi an, diese nickte und bedeutete ihr, ans Telefon zu gehen. Es war Vanessa. Neele bat sie umstandslos, sofort zu kommen, Steffi brauche ihren Beistand.

»Wissen Sie eigentlich, wie spät es ist?«, antwortete Vanessa pikiert. »Ich hoffe, es ist wichtig. Was will die Kripo von Steffi? Hat sie Parfum geklaut und ist erwischt worden?«

Neele legte den Hörer sanft auf. Das ist alles total krank, dachte sie. Wer solche Freunde hatte, brauchte keine Feinde mehr.

»Ihre Freundin macht sich auf den Weg, sie wird gleich hier sein«, sagte sie laut. In was für ein Wespennest hatte sie hier gestochen?

Steffi schaute sie aus verweinten Augen an. »Möchten Sie einen Kaffee?«

Neele wollte schon ablehnen, als ihr einfiel, dass Steffi besser etwas zu tun haben sollte, um sich zu beruhigen. Also nahm sie das Angebot an.

Steffi erhob sich. Neele hörte das Klirren von Geschirr und eine knallende Schranktür. Dann hörte sie nichts mehr. Sie wartete eine Zeitlang, bis sie langsam in Richtung Küche ging, um zu schauen, ob alles in Ordnung war. Dort sah sie Stefanie Bechtel am Tisch sitzen. Sie las seelenruhig einen Brief, zumindest schien es so.

Neele verstand gar nichts mehr. Leise zog sie sich zurück und fragte sich, in welchem Film sie gelandet war. Sie schüttelte sich und schaute aus der Balkontür des Wohnzimmers in den Garten, den die Sonne in ein warmes Frühlingslicht getaucht hatte.

»Der Kaffee.« Zitternd trug Steffi ihn zum Wohnzimmertisch. »Was ist eigentlich mit Mark passiert?«, fragte sie endlich.

Neele berichtete, dass Mark von einer Joggerin tot aufgefunden worden war und dass es so aussah, als wäre er erschossen worden. »Mehr können wir derzeit noch nicht sagen, wir müssen die kriminaltechnische Untersuchung abwarten.« Leise fügte sie hinzu: »Es tut mir leid.«

»Davon kann ich mir auch nichts kaufen, dass es Ihnen leidtut«, schrie Steffi schrill.

Stille trat ein, Steffi rührte in ihrer Kaffeetasse, dann begann sie, mit sich selbst zu reden: »Stefanie, nun nimm dich zusammen, heulen kannst du später immer noch, wir müssen jetzt sehen, dass wir es Anastasia sagen. Sie wird außer sich sein.«

»Frau Bechtel?«, versuchte es Neele. Keine Reaktion.

»Frau Bechtel, wollen Sie, dass ich einen Arzt rufe?«

Wieder dieser seltsame Tonfall: »Ach, papperlapapp, Sie gehen jetzt besser und sehen zu, dass Sie Ihre Arbeit machen. Ich regel das schon. «

Neele war verunsichert. Die Frau hatte einen Schock, ganz klar. »Sind Sie sicher, dass ich nichts für Sie tun kann, Frau Bechtel?«

Kopfschütteln. »Bitte gehen Sie! Vanessa wird jeden Augenblick hier sein. Ich brauche jetzt einfach ein paar Minuten Ruhe. Das wird mir guttun.« Sie schloss die Augen. »Bitte, Frau Schreiber. Sie brauchen keine Angst zu haben, ich tue mir nichts an. Sie haben Ihre Pflicht getan.«

»Gut, dann gehe ich jetzt. Wenn Sie etwas brauchen, schreibe ich Ihnen meine Telefonnummer auf.«

Sie nahm ihren Notizblock aus der Brusttasche, zog ihr Diensthandy hervor und machte eine Notiz.

»Wenn Ihnen etwas einfällt zu Ihrem Mann, egal was, wenn er etwa in letzter Zeit irgendwelche besonderen Verhaltensweisen an den Tag gelegt hat, rufen Sie mich an. Ich werde in den nächsten Tagen zu Ihnen Kontakt aufnehmen.«

Dann verabschiedete sie sich knapp, wünschte Steffi viel Kraft für die nächsten Tage und fuhr zurück zur Wache.

Kapitel 29

I just called to say I love you … Stevie Wonder war Anastasias absoluter Traumsänger. Sie schaute auf das Displayund drückte die grüne Taste. »Was is, Mama?«

»Nasti, wir müssen uns treffen. Es ist etwas passiert. Können wir uns treffen?«

»Ist jetzt echt schlecht. Ich bin bei Jacquie und wir quatschen gerade.«

»Kannst du bitte nach Hause kommen?«, flehte Steffi, den Tränen nahe.

»Warum? Hast du Sehnsucht nach deiner Tochter? Wäre ja mal was ganz Neues.«

»Bitte Anastasia, ich würde nicht fragen, wenn es nicht wichtig wäre. Es ist was passiert.«

»Haben Papa und du endlich klar Schiff gemacht und trennt euch?«

Steffi war zunächst erschüttert, riss sich aber zusammen. »Nein, Nasti, es ist schlimmer. Aber das kann ich dir nicht am Telefon sagen. Wir treffen uns am Ehrenmal, das ist auf halbem Weg. Frische Luft wird uns guttun. Und bitte, komm. Ich brauche dich.« Damit legte Steffi auf.

Sie konnte es immer noch nicht glauben. Mark war tatsächlich tot. Okay, es war nicht alles bestens zwischen ihnen gelaufen, man hatte sich auseinandergelebt. Aber so etwas? Ihr schossen tausend Gedanken durch den Kopf: Wie regele ich das mit der Beerdigung? Ich muss Bestatter Krause anrufen, der kann mir helfen. Was ist mit den Konten? Die Sparkasse muss das doch auch wissen. Und. Was sagen die Leute?

Das war im Moment ihr größtes Problem. Was sagten die Leute? Ihr graute schon vor dem Getratsche. Nachrodt war ein Dorf, hier kannte jeder jeden, und natürlich wussten alle, wie es um ihre Ehe gestanden hatte.

Ich habe mich ja nicht umsonst mit Toni an den unmöglichsten Ecken getroffen, dachte Steffi, sonst hätte ich unser Verhältnis auch gleich an der Lennehalle oder am Amtshaus anschlagen können.

Mit Entsetzen dachte sie an die Kollegen im Amtshaus. Da gab es einige, die sich das Maul zerreißen würden. Wenn dann noch herauskam, dass Mark an dem Puff beteiligt war…

Schlimm!

Steffi grübelte weiter. Es gab noch so viel zu tun. Aber vordringlich war jetzt erst einmal, Anastasia mitzuteilen, dass ihr Vater tot war.

Sie ging zur Garderobe. Dabei streifte sie kurz Marks Jacke und fing seinen typischen Duft ein. Sie musste die Tränen zurückhalten. Sie musste jetzt stark sein, alles regeln und für ihre Tochter da sein.

Der Wind wehte leicht an der Lenne entlang, als sich Steffi auf den Weg machte. Während sie durch die laue Brise lief, ließ sie ihr Leben Revue passieren. Natürlich war viel falsch gelaufen. Vielleicht hätte sie sich mehr um Anastasia kümmern müssen. So war sie immer Papa-Kind gewesen. Papa hier, Papa da. Steffi erinnerte sich gut an die Situation, als Anastasia mit fünf Jahren gesagt hatte: »Wenn du mal stirbst, dann heirate ich Papa. Steffi seufzte. Das tat einer Mutter natürlich weh.

Doch jetzt musste sie ihrer Tochter erklären, dass der geliebte Papa tot war. Tot! Er würde nicht wiederkommen. Steffi musste weinen. Am liebsten würde sie umkehren, aber das war natürlich keine Alternative.

Nach fünfzehn Minuten erreichte sie das Ehrenmal, wo sie einen Schatten sah, der auf der Mauer saß und in Richtung Dümpel blickte. Der Wald und die Wiesen wurden von der Nachmittagssonne angestrahlt, ein sehr schönes Bild.

Steffi setzte sich neben Anastasia, die mit ihrem Handy spielte. »Wie geht's?«, fragte Steffi vorsichtig.

»Ganz gut«, antwortete sie einsilbig. Dann drehte sich Anastasia ihrer Mutter voll zu. »Und, was willst du mir so Wichtiges sagen?«

Steffi erschrak vor dem Blick, den ihre Tochter ihr zuwarf. In diesem Blick war so viel Wut und vor allem – Verachtung. Sie zuckte zurück.

»Papa ist tot.« Jetzt waren die Worte raus und Steffi merkte, dass sich ihre Augen mit Tränen füllten.

Anastasia sah ihre Mutter an. »Was?«

»Papa ist tot. Er wurde erschossen an der Lenne aufgefunden.«

»War das die Leiche, die heute Morgen gefunden wurde? Wieso? Wer war das?« Anastasia riss entsetzt die Augen auf. »Mama, ist das wirklich wahr?«

Steffi nickte. Sie konnte die Tränen nicht mehr zurückhalten und begann, hemmungslos zu schluchzen.

Da tat Anastasia etwas, was sie lange nicht mehr gemacht hatte, sie nahm ihre Mutter in die Arme und drückte sie fest an sich. »Alles gut, Mama, alles gut.« Ihr Blick ging in die Ferne: »Es wird alles gut.«

Anastasia musste nicht weinen. Sie fixierte einen unbestimmten Punkt und streichelte ihrer Mutter über die Haare, wie diese es früher immer bei ihr gemacht hatte. Dann wiederholte sie: »Alles gut, Mama, alles wird gut. Wir schaffen das. Wir beide …«

Kapitel 30

Als sie von der Ehrenmalstraße zurückkamen, stellte Anastasia den Wasserkocher an. Sie bereitete ihrer Mutter einen Tee zu. »Ich möchte allein sein, ist das okay für dich, Mama? Ich gehe kurz vor die Tür. Mach´ dir keine Sorgen um mich.«

Dankbar nahm Steffi die Tasse. »Geh nur. Ich komme schon zurecht.«

Die Tür fiel hinter Anastasia ins Schloss und prompt fühlte Steffi wieder den Kloß im Hals. Mark erschossen? Was hatte er auch frühmorgens an der „*Rastatt*" zu angeln? Wie sollte es jetzt mit ihr und Nasti weitergehen? Ob er sie mit Toni auf der Party gesehen hatte? Natürlich – Toni hatte ihn umgebracht!

Mit zittrigen Händen tippte sie Tonis Handynummer auf ihr Display ein. Er nahm sofort ab. »Steffi, wo warst du gestern? Plötzlich warst du wie vom Erdboden verschluckt!«

Mit tränenerstickter Stimme presste Steffi hervor: »Es ist etwas Furchtbares passiert. Mark ist tot. Erschossen. Hast du … hast du … steckst du dahinter?«

»Um Gotteswillen, nein! Steffi, glaubst du wirklich, ich bin dazu fähig?«

»Siehst du, du fragst nicht einmal nach Mark. Wie und wo es passiert ist. Wie es mir jetzt geht.« Ihr Leben an Marks Seite zog an ihr vorbei. Vor kurzem waren sie noch so innig gewesen. Nur beim letzten Mal hatten sie unerbittlich gestritten. Harte Wahrheiten waren auf den Tisch gekommen.

Sie hatten sich im Streit getrennt, alles war jetzt kaputt. Sie fühlte sich nur noch halb. Und allein.

Toni rief ins Handy: »Wieso bist du einfach von der Party verschwunden? Hast mich einfach stehengelassen wie einen dummen Jungen. Ich musste mich wegen dir mit dem bornierten Angler herumstreiten. Vielleicht hast du ja deinen Mann erschossen!«

»Wie kannst du nur so etwas sagen! Ich hatte meine Gründe, warum ich plötzlich ging, aber nie die Absicht, meinen Mann zu töten! «

»Steffi, was zerfleischen wir uns gegenseitig? Sieh es doch positiv. Die Bahn ist frei. Ich lasse mich von Babsi scheiden und wir können endlich für immer zusammen sein.«

»Ich zusammen mit dem Mörder meines Mannes? Nein, es ist aus mit uns. Du bist zu weit gegangen.«

Steffi, von Weinkrämpfen geschüttelt, hörte nicht mehr zu, als Toni sagte: »Ich komme jetzt sofort zu dir.« Sie fühlte sich so schäbig ihrem verstorbenen Ehemann gegenüber.

Einen aufsehenerregenden Mord in Nachrodt hatte es doch schon einmal gegeben, blitzte es plötzlich in ihren Gedanken auf. Sie war damals noch recht klein gewesen, und doch hat sie die ganze Aufregung und den Presserummel drum herum mitbekommen. Ein geschiedener Ehemann hatte seine Exfrau mit zahllosen Messerstichen getötet. Damals, in den 1980ern zu den 1. Mai Feierlichkeiten auf dem Märkischen Platz. Die Frau hatte Unterschlupf gefunden bei einem Lehrer und war mehrfach von ihrem Exmann bedroht worden. Das Messer hatte er angeblich bei sich geführt gehabt, um Flieder zu schneiden. Und nun war Mark erschossen worden, kurz nach dem 1. Mai! Wurde er auch bedroht? In welchen Kreisen hatte er bloß verkehrt?

Es klingelte. Wieder die Kommissarin? Pflichtbewusst öffnete Steffi die Tür. Toni stand vor ihr. Sanft schob er sie in die Wohnung und schloss die Tür. Er umarmte sie, küsste ihr die Tränen weg. Über ihre Schultern hinweg sah er ihr rotes Kleid von vorgestern Nacht fein säuberlich aufgehängt an der Garderobe.

»Lass mich. Wie kannst du es wagen hierherzukommen?«, schrie Steffi.

Kapitel 31

Totale Finsternis erfüllte den Raum. Bis auf ein leises, konstantes Surren herrschte Stille. Totenstille. Langsam öffnete sich eine Tür, man hörte das Klacken eines Schalters und eine Reihe von Neonröhren flackerte an der Decke auf. Kaltes, weißes Licht flutete den Raum. In der Mitte standen drei glänzende Edelstahltische, die fest im Boden verankert waren. Neben jedem befand sich ein Sammelsurium medizinischer Instrumente, die zum Teil aus einem Baumarkt stammen könnten. Das surrende Geräusch ließ sich auf die Wand gegenüber der Eingangstür zurückführen, Kühlzellen in drei Reihen mit jeweils sieben viereckige Türen. Zwei Menschen, die äußerlich unterschiedlicher nicht sein konnten, betraten den Raum. Einer jungen Frau, Anfang dreißig, mit südländischem Teint, schwarzen lockigen Haaren, die zu einem Zopf geflochten waren, folgte ein großer, hagerer Mann um die sechzig mit graumeliertem Haar und Schnauzbart.

»Meine liebe Aaliyah, da Sie in einem halben Jahr offiziell meine Stellvertreterin werden, leiten Sie heute die Obduktionen als leitende Ärztin und ich greife Ihnen als Assistent unter die Arme. Sie brauchen keine Bedenken zu haben, ich werde Ihnen mit Rat und Tat zur Seite stehen«, sagte er mit ruhiger Stimme und väterlichem Blick zu seiner jungen Kollegin.

Aaliyah nickte zuversichtlich, nahm die Akte hervor, die sie bereits aus dem Büro mitgebracht hatte, und schlug sie auf.

»Wir haben heute ein siebenjähriges Mädchen, die

Todesursache ist unbekannt. Die Staatsanwaltschaft ermittelt hier gegen die Mutter und ihren Lebensgefährten wegen Kindesmisshandlung mit Todesfolge und einen achtundvierzigjährigen Mann mit Schussverletzung im Thoraxbereich. Polizei ermittelt wegen Mordes. Mit ihm müssen wir heute anfangen, da die Kripo hier um neun Uhr dazu stößt. «

»Dann lassen Sie uns den Guten mal aus dem Kühlschrank holen«, sagte der Professor und rieb sich die Hände, als würde er sich für eine Turnübung aufwärmen.

Sie öffneten die Kühlzelle mit der Nummer 12. Zwei bläuliche, schrumpelige Füße blickten ihnen entgegen. Die beiden kontrollierten das Namenschild, das mit einer Mullbinde am großen Zeh des Toten befestigt war. »Das ist unser Mann«, stellte Aaliyah fest. Gemeinsam zogen sie den Leichnam, der auf einer kargen Edelstahlplatte lag, heraus, brachten ihn mit dem Hubwagen zu einem der Tische in der Mitte des Raumes und platzierten den nackten Körper darauf.

»Ich habe das Gefühl, dass die Leute, die hier reinkommen, immer schwerer werden«, sagte sie witzelnd zu ihrem Kollegen, der ihren Kommentar mit einem humorvollen Glucksen erwiderte. Aaliyah legte den Kopf des Toten auf eine Stütze, während der Professor auf einem separaten Tisch versiegelte Tüten, die mit Kleidungsstücken gefüllt waren, positionierte.

In diesem Moment öffnete sich erneut die Eingangstür und eine abgehetzt wirkende Frau in schwarzen Jeans und einem navyblauen T-Shirt kam herein.

»Guten Morgen, mein Name ist Neele Schreiber. Ich bin von der Kriminalpolizei Altena und ermittle im Fall von Mark Bechtel.«

»Sie kommen genau richtig«, sagte der Rechtsmediziner und reichte ihr zur Begrüßung die Hand. »Mein Name ist Gabriel Schönthau, das ist meine geschätzte Kollegin Doktor Aaliyah Demirci. Sie wird die Obduktion heute leiten. Was haben Sie uns mitgebracht, Frau Kommissarin?«

Neele breitete einige Unterlagen und Fotos auf einem Tisch in der Ecke des Raumes aus. »Die Leiche des Mannes wurde am Ufer der Lenneterrasse in Nachrodt von einer Joggerin entdeckt. Wir gehen davon aus, dass aus unmittelbarer Entfernung auf ihn geschossen wurde, da er auf Brusthöhe eine große Wunde aufweist, die auf einen Angriff mittels Schusswaffe hinweisen könnte. Er trug sein Portemonnaie samt Ausweis bei sich, wodurch wir auf die Identität des Toten schlussfolgern konnten. Eine konkrete Identifikation seitens der Angehörigen steht noch aus. Ich erhoffe mir von Ihnen genauere Informationen über den Tathergang.«

»Gut, dann wollen wir anfangen.« Aaliyah atmete tief durch, wie sie es vor jedem Eingriff tat, um sich innerlich ganz auf ihre Aufgabe zu konzentrieren. Dann nahm sie sich ein Diktiergerät und schaltete es ein. Die anfängliche Lockerheit war verflogen und es herrschte reinste Präzision.

»Beginn der Aufnahme. 3. Mai, 9.07 Uhr, Institut für Rechtsmedizin in Dortmund. Anwesende Personen sind: Dr. Aaliyah Demirci als leitende Pathologin, Prof. Dr. Gabriel

Schönthau, Leiter der Rechtsmedizin als Assistent, und Frau Neele Schreiber von der Kriminalpolizei Altena.

Obduziert wird Mark Bechtel, männlich, muskulöser Körperbau. Pflegezustand: gepflegtes Äußeres, Zustand der Haut: Wachshaut und zum Teil aufgeweicht. Die Totenstarre besteht noch, was darauf hinweist, dass die Tat keine sechsunddreißig Stunden zurückliegt.«

Die Gerichtsmedizinerin umkreiste den kalten Körper wie ein Habicht seine Beute. Nichts schien ihrem Blick zu entgehen.

»Ich beginne mit der äußeren Inspektion des Kopfes. Der Schädel weist eine 2 x 0,3 Zentimeter große Platzwunde auf der linken Stirnseite auf. Zentral am Hinterkopf ist eine weitere Wunde 1 x 1,5 Zentimeter. Das Schädelskelett weist nach Abtastung keine Frakturen oder Deformierungen auf. Keine Auffälligkeiten im Hals und Nackenbereich. Der Thorax weist rechtsseitig, ca. zehn Zentimeter unterhalb der Scapula und vier Zentimeter vom Sternum eine ausgefranste Wunde auf, die wahrscheinlich auf einen Schusswaffengebrauch zurückzuführen ist. Die Wunde ist 3,5 x 2 Zentimeter groß. Sie ist von mehreren kleinen diffusen Verletzungen umringt. Bis auf eine alte Narbe im Bereich des Appendix gibt es keine weiteren sichtbaren Verletzungen im thorakalen- und abdominalen Bereich.«

Stirnrunzelnd legte Aaliyah das Diktiergerät zur Seite. »Irgendwie sieht das nicht wie eine typische Schusswunde aus«, murmelte sie. »Professor, bitte helfen Sie mir, den Toten auf die Seite zu drehen.«

Mit einem kräftigen Ruck wuchteten die beiden den leblosen Körper in die Seitenlage. Ein Schwall faulig stinkendes Wasser schwappte aus dem Mund des Toten, direkt vor die Füße der Kommissarin.

»Pfui, Teufel. Das ist ja ekelhaft«, rief Neele und sprang ein Stück nach hinten.

»Jetzt wissen wir schon mal, dass er mehr als nur ein bisschen im Wasser gelegen hat«, entgegnete Aaliyah. »Der Rücken weist keine Austrittswunde auf. Das Projektil muss sich somit noch im Körper befinden. Des Weiteren befindet sich ein großes Hämatom im Bereich des rechten Schulterblattes, was auf einen Sturz hindeutet. Außerdem gibt es mehrere oberflächliche Schürfwunden am gesamten Rücken.

»Die Kratzspuren auf dem Rücken entstanden vermutlich, als die Joggerin ihn aus dem Wasser zog«, warf Neele ein.

Die Ärztin überprüfte den übrigen Körper und die Extremitäten auf weitere Verletzungen und Besonderheiten, jedoch ohne nennenswerten Befund.

»Na, dann wollen wir ihn mal aufmachen. Am besten, Sie halten ein wenig Abstand, Frau Schreiber«, sagte Aaliyah vorwarnend.

Sie griff nach dem glänzenden Skalpell und setzte es am Hinterkopf des Toten an. Mit einem sauber geführten Schnitt trennte sie behutsam die Kopfhaut samt Kopfschwarte von dem darunter befindlichen Schädelknochen. Nun griff sie mit beiden Händen den Rand der eben abgelösten Haut und begann, sie wie einen Kuchenteig Richtung Gesicht aufzurollen, bis die blanke Schädeldecke frei lag.

Dann nahm sich Aaliyah die Oszillationssäge und setzte das sichelförmige Sägeblatt direkt auf Marks Stirn an. Ein lautes Kreischen hallte durch den Obduktionssaal, als sich das Sägeblatt in den Knochen fraß. Der feine Knochenstaub wirbelte wild durch die Luft. Mit zwanzigtausend Schwingungen in der Sekunde bahnte sich die Säge unaufhaltsam ihren Weg einmal um den Schädel herum. Geschafft.

Als Nächstes setzte Aaliyah einen Meißel in die frisch gezogenen Kerbe auf der Stirn an. In der anderen Hand hält sie einen kleinen glänzenden Hammer. »Als würde man eine Kokosnuss knacken.« Ein kurzer, gezielter Schlag, gefolgt von einem dezenten Knacken, trennte endgültig die Schädeldecke von seinem Besitzer. Aaliyah hatte nun freien Blick auf Marks blankes Gehirn, dunkelrosa, glänzend und völlig ungeschützt. Mit beiden Händen holte sie es behutsam nach draußen. Durch ein paar gezielte Schnitte mit dem Skalpell entfernte sie die Hirnhäute, die das Organ umschlossen. »Das erinnert mich immer an das Entfernen von Frischhaltefolie, die sie immer um den Brokkoli wickeln. Die ist genauso widerspenstig«, sagte Aaliyah zu Neele und kann sich ein Schmunzeln nicht verkneifen. »Na klasse, ab jetzt werde ich nie wieder Brokkoli essen können, ohne hieran zu denken«, erwiderte die Kommissarin sarkastisch und verzog dabei den Mund.

»Ich werde jetzt das Gehirn aufschneiden. Damit überprüfen wir, ob eine der Kopfverletzungen eine unmittelbare Schädigung am Hirngewebe zur Folge hatte«, erklärte Aaliyah und griff sich ein großes, langes Messer. Das Messer glitt wie von selbst durchs Hirngewebe. Dann betrachtete sie die die zwölf circa ein Zentimeter dicken Scheiben, die vor ihr lagen. »Keinerlei Tumorgewebe, Einblutungen oder sonstige krankhafte Veränderungen am zentralen Nervensystem des Toten. Schauen wir weiter.«

Aaliyah griff erneut zum Skalpell und öffnete den Oberkörper. Sie stieß die Spitze zwei Finger breit unterhalb des rechten Schulterblattes in die Haut. Mit einer präzisen Bewegung führte sie die Klinge zum Brustbein. Nun ließ Aaliyah das Messer wie einen Schlitten auf Talfahrt gleiten. Vom Brustbein startend links am Bauchnabel vorbei. Wie zwei Schmetterlingsflügel klappte sie den Brustbereich samt Fettschicht auf. Laut aufkreischend machte sich die Oszillationssäge wieder an die Arbeit und begann, das Brustbein unter Getöse zu spalten.

»Herr Professor, würden Sie mir bitte mit dem Rippenspreizer behilflich sein?«

»Selbstverständlich«, erwiderte Schönthau und griff nach dem gewünschten Instrument. Gemeinsam befestigten sie die breiten Haken entlang des Rippenbogens. Nun begann der Professor die Kurbelvorrichtung der gezahnten Schiene zu drehen, mit der die Haken verbunden sind. Mit einem kontinuierlichen Knacken bäumte sich der Thorax zu beiden Seiten hin auf. Der Geruch von Fäulnis breitete sich im gesamten Obduktionssaal aus. Die Gerichtsmedizinerin entfernte das Herz und zerlegte es.

»Keine Auffälligkeiten. Herr Professor, schöpfen Sie doch

bitte etwas Blut aus dem Herz für das Labor ab.«

Durch gezielte Schnitte mit einer großen Schere öffnete sie die Lunge, aus der eine Übelkeit erregende Flüssigkeit lief. Wie ein aufgeschlagenes Buch lag Marks Lunge nun vor ihr. Sie schimmerte in einem blassen Grauton, durchsetzt mit zahlreichen dunklen Verfärbungen.

»Herr Bechtel scheint ein recht fleißiger Raucher gewesen zu sein«, kommentierte Aaliyah das Bild. Sie zog ihre Handschuhe aus, entfernte den Mundschutz und stoppte das Diktiergerät.

»Unser Mann ist nicht durch ein Projektil gestorben, sondern durch Ertrinken.«

»Wie meinen Sie das? Das auf seiner Brust ist doch eine Schussverletzung, oder?«, fragte Neele irritiert.

»Ja und Nein. Die Verletzungen auf seinem Brustkorb weisen Charakteristika einer Schussverletzung auf. Was auch immer auf ihn abgefeuert wurde, es hat die Oberflächenhaut, die darunterliegende Fettschicht und zum Teil die obere Muskelschicht beschädigt. Außerdem weist der Einschusswinkel auf einen direkten Treffer hin, nicht auf einen Streifschuss. Also stellt sich für uns die Frage: Wo ist das Projektil?«

»Aber es kann sich ja schlecht in Luft aufgelöst haben?«

»Um ehrlich zu sein, kann es das doch«, warf Professor Schönthau mit der ruhigen und wissenden Stimme eines Lehrers ein.

Neele schüttelte resignierend den Kopf. »Wie soll das gehen?«

»Steinsalz. «

Aaliyah sah den Professor bewundernd an. »Das ist genial. Warum habe ich nicht daran gedacht?«

»Na, für irgendetwas muss ich alter Knochen doch auch noch gut sein«, sagte Professor Schönthau zufrieden. »Kann das jemand mal für normal Sterbliche übersetzen?«, fragte Neele genervt.

»Aber natürlich«, begann Aaliyha. »Munition aus Steinsalz zählt zu den nicht tödlichen Munitionsarten. Die Patrone ist hierbei statt mit Bleikugeln mit Steinsalz gefüllt. Die Salzkörner durchdringen die Haut und, wie in unserem Fall, tieferliegendes Gewebe. Das Salz wird jedoch relativ schnell vom Körper resorbiert, was diese Art von Wunden zwar sehr schmerzhaft macht, aber nicht tödlich ist. Anhand der vorliegenden Fakten würde ich sagen, dass unser Herr Bechtel mit dem Rücken zum Fluss stand, als die Steinsalzpatrone auf ihn abgefeuert wurde. Durch die Wucht und den daraus resultierenden Schreck verlor er das Gleichgewicht und stürzte rücklings in den Fluss. Daher die blauen Flecken an Schulter und Steiß. Die Verletzung am Hinterkopf lässt darauf schließen, dass er auf das steinige Flussbett aufschlug, was eine Bewusstlosigkeit zur Folge hatte. Er muss gerade so tief in der Lenne gelegen haben, dass sein Kopf unter Wasser lag. Als die Joggerin Herrn Bechtel aus dem Fluss zog, veränderte sie gleichzeitig den Tatort und die Polizei musste davon ausgehen, dass die Schussverletzung für den Tod verantwortlich war.

«Wir werden noch Abstriche aus der Wunde entnehmen, um die Vermutung mit der Steinsalzmunition zu festigen. Aber

Sie können für ihre Ermittlungen schon einmal festhalten, dass auf Ihr Opfer mit nicht tödlicher Munition geschossen wurde und er durch Bewusstlosigkeit im Fluss ertrank.« »Ich danke ihnen Beiden vielmals«, sagte Neele aufrichtig. »Jedoch wirft das Ganze für mich noch mehr Fragen auf.«

Altenaer Kreisblatt

Ratsherr brutal ermordet

Nachrodt-Wiblingwerde. Es war ein brutaler Mord mitten in der kleinsten Gemeinde des Märkischen Kreises. Der Tod von Mark Bechtel, der in der Nacht zum Sonntag an der Lenne erschossen wurde (das AK berichtete online), wirft viele Fragen auf. Nach AK-Informationen gibt es erste Anhaltspunkte, aber noch vielmehr Unklarheiten im Fall des getöteten Ratsherren aus Nachrodt-Wiblingwerde.

Mit Spürhunden rückte gestern die Polizei in Nachrodt an. Das Ufer der Lenne wurde abgesucht, dabei durchsuchten die Beamten nicht nur an der Gaststätte „Rastatt" jedes Gebüsch, sondern kämpften sich durchs Gelände bis zum Obergraben. Doch vergeblich: Die Waffe – das Gewehr oder die Pistole – wurde nicht gefunden. Viele Schaulustige versuchten, während der großangelegten Aktion einen Blick auf das Geschehen zu erhaschen, sodass es Staus auf der B236 und einen Ansturm von Fußgängern auf der Sparkassenbrücke gab.

Die Ermittler haben angeblich bereits eine Vielzahl von Spuren und Hintergrundinformationen zusammengetragen. Die Fakten sollen sowohl vom Leichnam, von Zeugen als auch vom Fundort stammen, der auch der Tatort sein muss. Ob die DNA des Mörders gesichert werden konnte, ist noch offen. Die Polizei hält sich zu konkreten Ermittlungs- und Obduktionsergebnissen bedeckt. Vor allem werden weitere Zeugen gesucht, die Mark Bechtel in der Nacht zum Sonntag gesehen haben.

Interessant ist in diesem Zusammenhang auch die Frage nach dem Fahrzeug, das in der Nacht auf dem Parkplatz der „Rastatt" *gestanden haben soll. Wem gehört es? Informationen nimmt die Polizeidienststelle in Altena entgegen.*

Kapitel 32

Rita öffnete der Frauengruppe die Tür zum evangelischen Gemeindehaus. Die Stühle waren kreisförmig aufgestellt, die Powermusikanlage startbereit. CDs von Depeche Mode, T. Rex, Marianne Rosenberg und Udo Jürgens lagen daneben.

»Guten Morgen, Mädels«, begrüßte die Übungsleiterin ihre Turnschwestern. »Was habt ihr gestern bei dem Kaiserwetter so getrieben?«

Sofort sprudelte es aus Gisela heraus: »Habt ihr schon die Zeitung gelesen? Dass Mark Bechtel tot in der Lenne aufgefunden worden ist, ist doch kein Wunder. Der war mir schon immer suspekt.«

»Ach, wieso denn?«, fragte Marlene lauernd.

»Na, ich habe oft seinen großen Wagen vor diesem Etablissement in der Grüne parken sehen. Bestimmt kommt sein Mörder aus dem Rotlichtmilieu.«

Rosemarie ergänzte: »Der soll doch als Teilhaber daran beteiligt gewesen sein? Zusammen mit einem Russen aus Hagen. Vielleicht hat er Schulden bei dem gehabt! Mit denen ist nicht zu spaßen.«

»Ich war ja mit Steffis Mutter in der Volksschule«, erzählte Ingeborg. »Wenn ihr mich fragt, steckt die dahinter. Sie denkt doch Wunders, wer sie wär! Mark soll ihr mal KO-Tropfen verabreicht haben, als sie von seinen dunklen Geschäften Wind bekommen hat. Die will auf jeden Fall die Ehre der Familie retten.«

Renate kam auf Steffi zu sprechen. »Die arme Steffi.

Gegen sie kann man wirklich nichts sagen. Sie ist hübsch, fröhlich und hat für jeden ein liebes Wort. Aber immer ist sie allein! Kein Wunder, dass andere Männer ein Auge auf sie werfen. Auf der 1. Mai-Party soll sie ja von einem halbseidenen Italiener begrapscht worden sein.«

Lore wusste auch etwas dazu beizutragen: »Aber der Mark ist auch oft allein unterwegs, angeln oder auf der Hohensyburg im Casino. Neulich sah ich ihn im Cinemaxx in Iserlohn. In dem Film *Shades of Grey*!«

»Ach, und welchen Film hast du dir angeschaut, Lore?«, fragte Renate. Alle lachten und Renate fuhr fort: »Und die Tochter, die mit dem russischen Namen, wie heißt sie noch gleich? Na egal, die habe ich auf jeden Fall mal bei diesem wirklich gutaussehenden Lehrer Mängel im Auto gesehen. Vollkommen aufgebrezelt! Wenn ihr mich fragt, ist sie ein ganz schönes Luder. Die hat es auch nicht nötig, einen zu grüßen. Genau wie ihr Vater!«

Dann wurde es Rita zu viel mit dem Getratsche und sie stellte die Anlage an.

»Bitte hoch von den Stühlen, Knie beugen, Arme kreisen, leicht federn, damit die verklebten Faszien keine Chance bekommen!«

Nachdem die Damen in Schwung gekommen waren, wurden die Therabänder verteilt und angestrengtes Schweigen erfüllte den Raum.

Kapitel 33

Steffi hockte im Wohnzimmer und starrte vor sich hin. Gestern hatte sie mit Harald Krause die Beerdigung besprochen. Er würde sich um alles kümmern. Ständig fragte sie sich, wie alles werden sollte. Sie hatte keine Ahnung! Beim Durchsehen der Papiere hatte sie gesehen, dass Mark vor einigen Wochen seine Lebensversicherung gekündigt hatte. Warum nur? Weshalb hat er nicht mit ihr darüber gesprochen? Wofür hatte er das Geld gebraucht?

Früher hatten sie immer über alles geredet, und wenn es Probleme gab, hatten sie sie gemeinsam gelöst. Steffi verstand ihren Mann inzwischen genauso wenig wie ihre Tochter. Anastasia war so komisch gewesen, als sie ihr gesagt hatte, dass Mark tot war. Immer wieder hatte sie sie in den Arm genommen und gesagt, alles würde gut werden. Anastasia wusste doch gar nicht, vor welchem Trümmerhaufen sie standen.

Seit sie ihrer Tochter von dem Tod berichtet hatte, verkroch sich Anastasia in ihrem Zimmer und kam selbst zum Essen nur sporadisch herunter. Sie hatten kaum miteinander gesprochen. Dabei musste sie ihr noch die Geschichte mit der Teilhaberschaft Marks an dem Puff beichten, bevor sie es von anderen Leuten erfuhr. Doch hatte sie keine Ahnung, wie sie dieses Gespräch anfangen sollte. Es gab bestimmt schon unzählige Gerüchte.

Sie schaute auf die Uhr und erschrak. Gleich würde Gerd Grieser vorbeikommen, weil er noch einige Fragen hatte. Nur gut, dass nicht diese Kommissarin kam. Bei der hatte sie ein ganz komisches Gefühl gehabt. Die war unmöglich gewesen. Gerd kannte sie hingegen schon lange. Manchmal vertrat er den Bezirksbeamten, der für die Gemeinde zuständig war, wenn dieser Urlaub hatte. Dann hielten sie schon mal ein Pläuschchen auf dem Flur des Amtshauses.

Schon klingelte es. Steffi erhob sich müde vom Sofa und ging zur Tür. Langsam öffnete sie und sagt matt: »Hallo Gerd, komm doch rein.«

Sie betraten das Wohnzimmer und setzten sich. Gerd schaute Steffi an und räusperte sich sichtlich unbehaglich.

»Es tut mir leid, dass ich dir diese Fragen stellen muss, aber aufgrund der Todesumstände deines Mannes ist das leider notwendig.«

Steffi nickte nur. Insgeheim fragte sie sich, was die Polizei schon alles herausgefunden hatte, und was die Leute so erzählten.

»Wann hast du deinen Mann das letzte Mal gesehen?«

»Am Freitagnachmittag.«

»Um welche Uhrzeit?«

»Das weiß ich nicht mehr, ich glaube, am frühen Nachmittag.«

»Und danach nicht mehr?«

»Nein.«

»Komisch.«

»Warum komisch? Wir haben uns wegen Anastasia gestritten. Am Samstag war ich den ganzen Tag auf der Mai-Kundgebung. Als ich nach Hause kam, schlief Mark schon.

Am Sonntagmorgen habe ich nur im Halbschlaf mitbekommen, dass er seine Angelsachen zusammengesucht hat.«

»Und was hast du am Freitag gemacht, nachdem Mark gegangen ist?«

»Ich?«, fragte Steffi langgezogen. »Da muss ich mal nachdenken.«

»Steffi, wir kennen uns jetzt schon einige Zeit, was ist los? Wo bist du gewesen? Ich merke doch, dass etwas nicht stimmt. Also raus mit der Sprache!«

Steffi druckste herum. Es war ihr peinlich, dass Gerd von der Affäre mit Toni erfahren könnte, aber vielleicht wusste er ja schon etwas. Im Amtshaus und in Nachrodt wurde doch an jeder Ecke getratscht.

»Ich war noch mal weg. Ich wollte den Abend vor dem 1. Mai nicht alleine verbringen. Da ist mir eingefallen, dass der „*Kultur-Schock*"-Verein in der „*Rastatt*" den Tanz in den Mai veranstaltet. Also habe ich mich fertig gemacht und bin hingegangen.«

»Alleine?«

»Natürlich.«

Gerd schaute sie mit hochgezogenen Augenbrauen an. Er weiß es, dachte Steffi und spürte die aufsteigende Panik.

»Steffi, da habe ich aber etwas anderes gehört«, sagte Gerd endlich.

Steffi schaute verlegen nach unten und gestand leise: »Du hast ja recht. Ich bin zwar alleine hingegangen, wollte mich aber dort mit jemandem treffen.«

»Und, hast du?«

»Ja – nein. Ach, ist jetzt auch egal. Ich habe mich mit Toni dort getroffen.«

»Dann ist dieses Gequatsche also wahr? Steffi, du weißt doch, was das für ein Typ ist. Der gräbt alles an, was nicht bei drei auf dem Baum ist.«

»Ich weiß«, entgegnete Steffi kleinlaut. »Aber du hast keine Ahnung, wie Mark sich in letzter Zeit verändert hat. Er hat kaum noch mit mir geredet, war ständig unterwegs und ich saß hier alleine zu Hause. Und im Büro hat Toni mir schöne Augen gemacht …« Sie ließ den Satz unvollendet im Raum hängen.

»Also, du hast dich mit Toni zum Tanz in den Mai verabredet. Was weiter?«

»Du weißt doch schon alles, wenn du so fragst. Ich habe mich wie eine Idiotin benommen und mit Toni auf der Tanzfläche rumgeknutscht, bis dieser Angelheini Erwin-Hans Zischke gekommen ist und Toni zusammengeschlagen hat. Da habe ich die Feier verlassen, bin nach Hause gelaufen und ins Bett gegangen. Ach ja, und eine Schlaftablette habe ich genommen.«

»Was kannst du mir sonst noch über deinen Mann sagen?«

»Gar nichts«, antwortete sie viel zu hastig.

Gerd musterte sie scharf. »Da ist doch noch mehr?«

In dem Augenblick ging oben die Tür von Anastasias Zimmer. Die Tochter kam langsam die Treppe herunter, schaute ins Wohnzimmer und sagte: »Mama, ich fahre zu Ina, sie hat gerade angerufen und mich gefragt, ob ich vorbeikomme. Ich muss mal hier raus.«

»Tu das, aber komm bitte nicht so spät zurück.«

Mit einem kurzen Okay war Anastasia aus dem Haus.

»Gut, dass sie mal eine Freundin besucht«, sagte Steffi zu Gerd. »Ich mache mir schon Sorgen.«

Gerd sah sie immer noch von der Seite an und sagte: »Wo waren wir stehen geblieben? Ach ja, was kannst du mir noch über Mark sagen? Hatte er Feinde? Hattet ihr Streit? Hat er deine Affäre mitbekommen? Ist dir in letzter Zeit etwas an ihm aufgefallen? Du hattest vorhin so etwas angedeutet.«

Steffi dachte fieberhaft nach. Was konnte sie Gerd erzählen? Alles, was sie wusste?

Also fasste sie sich ein Herz und redete sich alles von der Seele. Sie erzählte die Sache mit den Fotos von Anastasia, vom Streit mit der Tochter, der Sache auf dem Oevenscheider Parkplatz, seiner Teilhaberschaft am Puff, dem Theater im Angelverein, von der Kandidatur zum Bürgermeister und den Querelen im Rat. Einfach alles.

Als sie fertig war, saß vor ihm ein Häufchen Elend. Gerd schaute sie sprachlos an.

»Das wirft natürlich ein anderes Licht auf deinen Mann«, sagte er schließlich. »Aber danke, dass du ehrlich warst.« Steffi erwiderte darauf nichts. »Ich fahre jetzt, du musst aber noch für deine Aussage aufs Revier kommen, ich rufe dich an. Und noch etwas. Wir müssen auch mit deiner Tochter reden.«

Zurück auf dem Revier setzte sich ein sehr nachdenklicher Gerd mit Neele zusammen. Sie mussten alles völlig neu überdenken.

»Wie machen wir weiter, Neele?«

Sie überlegte kurz. »Wir werden alle vorladen. Den Lehrer zuerst. Der hat eine Menge zu verlieren. Aber auch mit der Tochter müssen wir reden. Steffis Liebhaber muss ebenfalls her. Und wer kümmert sich um den Puff? Vielleicht haben wir schon eine Akte. Dann der komplette Rat und die Angler …«

Neele brach ab und atmete durch. Überlegte. Welches Motiv war am stärksten? Das des Lehrers. Den würde sie sich einbestellen. Vielleicht konnte er ihr ein wenig über Anastasia erzählen.

Kapitel 34

Er sah aus wie ein Sportlehrer, groß, schlank, durchtrainiert, markantes Gesicht. Neele fielen zuerst seine Augen auf, sie waren ungewöhnlich blau. Deshalb hielt sie ihn aber noch lange nicht für blauäugig.

»Welche Fächer unterrichten Sie an der Sekundarschule, Herr Mängel?«

Sie hatte sich nicht geirrt. »Sport und Mathematik«, antwortete er mit fester Stimme.

»Da haben Sie bestimmt eine Menge Verehrerinnen unter den Schülerinnen?«

Neele ärgerte sich über ihr unsachliches Verhör. Sie merkte, wie er sie von oben bis unten scannte. Und doch ließ er die Frage offen.

»Sie wissen, warum Sie vorgeladen worden sind?«

»Nein, ehrlich gesagt, weiß ich es nicht.« Seine blauen Augen fixierten sie.

»Sie haben ein Verhältnis mit der Tochter des ermordeten Mark Bechtel.«

»Ein Verhältnis? Sie schwärmt für mich.«

»Und was sagen Sie dann zu diesen Fotos?« Sie legte die Computerausdrucke vor ihm auf den Tisch. »Diese Posen sagen etwas ganz anderes aus, finden Sie nicht?«

Ohne mit der Wimper zu zucken, betrachtete er die Bilder.

»Na ja, sie hat schon etwas von einer Lolita an sich. Mein Gott, ich bin auch nur ein Mann. Ich fühlte mich geschmeichelt und habe mich ein paar Mal mit ihr getroffen.

Verhältnis würde ich es nicht nennen. Ich wäre doch in Teufels Küche gekommen. Unzucht mit Schutzbefohlenen, dann könnte ich Steine klopfen für den Rest meines Lebens. Für so dumm halten Sie mich doch nicht«, kokettierte er.

»Sie hatten eine Auseinandersetzung am Parkplatz Oevenscheid mit dem Mordopfer. Wie ist es dazu gekommen?«

»Herr Bechtel kam wie aus dem Nichts auf mich zu und schlug mich nieder.«

»Haben Sie sich gewehrt?«

»Nein, ich war vollständig perplex. Anastasia fing sofort an, »Papa« zu schreien. Da wusste ich ja, wen ich vor mir hatte, und dass der außer sich vor Wut war. Deshalb hielt ich mich zurück. Ich wollte ihn nicht noch mehr reizen.«

Wie rücksichtsvoll, dachte Neele. »Herr Mängel, wo waren Sie in der Tatnacht vom ersten auf den zweiten Mai zwischen dreiundzwanzig Uhr und vier Uhr morgens?«

»Bei meinen Eltern in Veserde.«

»Können die das bezeugen?«

»Ja, wir haben uns lange Zeit nicht mehr gesehen und haben uns bis tief in die Nacht hinein unterhalten.«

»Sie sind nicht zwischendurch weggegangen oder gefahren?«

»Wohin denn? Mitten auf dem Land, zwischen den hohen Bergen?«, fragte Herr Mängel spitz.

Neele holte ein Papiertaschentuch aus ihrer Tasche und trocknete sich die Stirn. Der hatte was, dieser Kerl, das musste sie leider zugeben. Vor allem ein Alibi.

Kapitel 35

»Ich will nicht, dass die dabei ist.«

Anastasia lehnte am Türrahmen zwischen Flur und Wohnzimmer, die Arme vor dem Bauch verschränkt, ein Bein lässig über das andere geschlagen. Sie hatte nicht guten Tag gesagt, als Neele geklingelt und sie der Kommissarin die Tür geöffnet hatte.

Jetzt stand Neele im Flur und rang nach Worten. »Ich möchte gern mit Ihnen sprechen, und da Sie noch nicht volljährig sind, hat Ihre Mutter das Recht, hier an Ihrer Seite zu sein. Können wir uns irgendwo in Ruhe unterhalten?«

»Worüber?«

»Ich weiß, dass dies jetzt eine furchtbare Zeit für Sie und Ihre Mutter ist. Aber Sie möchten doch sicher, dass die Polizei alles tut, um das Verbrechen aufzuklären. Deshalb möchte ich mit Ihnen sprechen. Haben Sie vielleicht ein Glas Wasser für mich?«

Neele lächelte Anastasia freundlich an. Sie wusste, dass eine kleine Ablenkung die Situation positiv verändern konnte. Doch Anastasia rührte sich nicht von der Stelle und blickte sie weiterhin feindlich an.

Sie versucht, krampfhaft cool zu sein, dachte Neele und wechselt vom Sie zum Du. »Bestimmt klingelt doch bei dir jetzt andauernd das Telefon und alle wollen was wissen.«

Anastasia nickte.

»Und dann komm auch ich noch.« Neele redete einfach weiter. »Ich kann mir vorstellen, wie du dich fühlst. Ich habe auch meinen Vater verloren.« Das war glatt gelogen, verfehlte aber seine Wirkung nicht.

»Wurde er auch erschossen?« Anastasia ließ die Arme sinken. Ihre großen Augen füllten sich mit Tränen. Der feindselige Blick war wie weggezaubert.

»Komm, wir gehen in die Küche«, sagte Neele, ging einen Schritt auf Anastasia zu und berührte sie am Arm. Das Mädchen schluchzte und konnte plötzlich die Tränen nicht mehr zurückhalten. Neele nahm sie sanft in den Arm. Gerade noch die Unberührbare, war Anastasia jetzt nur noch ein Häufchen Elend.

»Mein Papa ist tot«, flüsterte sie und Neele drückte sie noch stärker an sich. Sie sagte nichts. Hielt sie nur. Hoffentlich kommt jetzt die Mutter nicht, dachte Neele, aber von Steffi war weit und breit nichts zu sehen.

Anastasia klammerte sich an Neele.

»Ich bin ja bei dir«, flüsterte die Kommissarin und empfand plötzlich eine große Sympathie für das Mädchen. Ihre ganze Welt war zusammengebrochen. Nichts würde mehr so sein wie früher. Sie lagen sich im Flur in den Armen, die Kommissarin und die Tochter des Ermordeten.

Sehr professionell, dachte Neele und versuchte, sich vorsichtig aus der Umklammerung zu lösen. »Anastasia. Hör mal. Schaffst du es, mit mir zu sprechen?«

Anastasia nickte. Ihr Gesicht war verquollen, die Lippen zitterten. An ein normales Gespräch war nicht zu denken. Macht sie ihr etwas vor? Es war ein Irrglaube, dass man die Lüge selbst erkennen könne. Das Klischee vom

Nasenkribbeln, Ohrläppchen anfassen oder nervös auf dem Stuhl herumrutschen war kein Indikator für eine Lüge. Das waren reine Stresssymptome. Und bitterliches Weinen, konnte man das steuern? Lügen war eine geistige Höchstleistung. Nein, so etwas konnte eine Sechzehnjährige nicht. Sie war wirklich verzweifelt, da war sich Neele sicher.

Und sie wusste, dass dieser emotionale Moment auch ein sehr guter Zeitpunkt für die Wahrheit war. »Kannte dein Vater Leute, die ihn gar nicht mochten?«

Neele warf sämtlich Fragetechniken über Bord und sprach mit Anastasia wie mit einem Kleinkind.

»Nein. Ich war seine Prinzessin«, flüsterte das Mädchen.

»Das denke ich mir, dass du das warst. Und er war doch sicher auch sehr stolz auf dich.«

»Ja, das war er«, kam es leise. Das Mädchen hielt den Kopf gebeugt. Ihre Schultern zuckten, sie wischte sich mit dem Handrücken die Nase.

Neele kramte in ihrer Jacke, fand ein Taschentuch und gab es Anastasia. »Hast du einen Freund oder eine Freundin, die jetzt für dich da sein können?«

Anastasia schüttelte den Kopf.

»Wo ist denn deine Mutter?«

Anastasia zuckte mit den Schultern. »Die hat sich im Schlafzimmer eingeschlossen. Soll sie doch.«

»Bist du böse auf sie?«

Anastasia schnäuzte in das Taschentuch und hob den Kopf. »Sie haben sich gestritten und dann ist Vater weggefahren. Jetzt ist er tot.«

»Und worüber haben sich deine Eltern gestritten?«

Anastasia zuckte wieder mit den Schultern.

Neele überlegte, ob sie an dieser Stelle weiterfragen sollte, entschied sich aber dagegen. Stattdessen sagte sie: »Bist du schon mal mit deinem Vater angeln gewesen?«

Anastasia nickte. »Als ich klein war.«

Sie rutschte mit dem Rücken an der Wand hinab und setzte sich auf den Boden. Neele hockte sich neben das Mädchen, aber der intime Zauber war vorbei.

»Ich muss doch nichts sagen, weil es mein Papa ist, oder?«, fragte Anastasia und sah Neele flehend an.

»Nein, du musst nichts sagen«, erwiderte Neele leise. »Aber wenn du möchtest und dir etwas einfällt, was du mir dringend sagen willst, dann komme ich noch mal. Du kannst mich immer anrufen. Egal wann.« Neele holte eine Karte aus ihrer Jacke. »Das ist meine Nummer. Wirf sie nicht weg«, sagte sie und versuchte, langsam aufzustehen.

Anastasia sagte nichts. Es schien, als sei sie nur noch körperlich anwesend. Ihr Blick war leer. Neele ging langsam zur Tür, drehte sich noch einmal zu dem Mädchen um, das jetzt die Arme fest um die Beine geschlungen hatte und den Kopf verbarg. Armes Kind, dachte sie und öffnete die Tür.

Als sie ihr Auto erreichte, fühlte sie sich um Jahre gealtert. Ich will das nicht, dachte sie weiter, ich will diesen Scheiß-Job nicht.

Kapitel 36

Martin parkte seinen VW Touran vor Erwin-Hans` Garage. Das Tor stand schon auf und Erwin-Hans winkte ihn herein. Gemeinsam packten sie die Angelruten, Koffer und sonstiges Zubehör in Martins Wagen.

»Das ist ein Ding mit Mark«, begann Martin das Gespräch, »gerade für unseren Dämmerungsangeltermin hatte er zugesagt. Und nun können wir nichts mehr für ihn tun. Unglaublich, dass er ermordet worden ist.«

»Findest du?«, erwiderte Erwin-Hans. »Ich glaube, wir konnten ihm auch vorher nicht helfen, er war zu sehr in krumme Dinger verwickelt.«

»Wie meinst du das?«

»Weißt du denn nicht von seinem Streit mit Herbert Müller, den er übers Ohr gehauen hat? Und die Gerüchte über seine Spielsucht? Er steckte doch bis über beide Ohren in Schulden! Die arme Steffi. Was wird nun aus ihr? Er hat bestimmt nicht für sie vorgesorgt.«

Sie fuhren die Helbecke hinunter. Martin fluchte, da die Autos auf der B236 extrem langsam schlichen, seit der neue Blitzer installiert worden war. Unterwegs begegnete ihnen Dr. Kapulka, der konsequent zu jeder Jahreszeit bei Wind und Wetter auf dem Fahrrad zu seiner Praxis in Altena fuhr. Mit den Jahren war er auf ein E-Bike umgestiegen.

»Apropos E-Bike. Wusstest du, dass Mark mit seinem E-Bike zu Bauer Herbert geradelt ist? Dort soll er auf dem Hof herumgeschnüffelt haben.«

»Echt? Na, die beiden haben sich ja auch ordentlich gefetzt dort oben auf Wiblingwerde! Autohaus Hoffmann hat lukrative Aufträge bekommen: Marks BMW und der Wagen von der Bürgermeisterin.«

»Du, ich kann da nicht drüber lachen.«

Kurz hinter dem Nachrodter Hof bog Martin links Richtung Lasbeck ein. Am Kolk parkten sie. Georg, Heinz, Philipp und Rudolf waren schon da.

»Hallo«, rief Rudolf, »schön, dass ihr kommt! Obwohl es ja ein trauriges Angeln wird. Ich meine, den Tod hat ihm doch keiner ernsthaft gewünscht.«

»Warum seid ihr plötzlich alle so handzahm, wenn es um Mark geht? Bei unserem letzten Treffen habt ihr doch ganz schön über ihn hergezogen«, warf Erwin-Hans ein.

»Ja, das stimmt. Aber sag mal, warum hast du dich so echauffiert auf der 1. Mai-Party?«, fragte Georg.

»Ich habe doch bloß dem schmierigen Toni eine gelangt. Der verträgt das schon«, verteidigte sich Erwin-Hans.

»Du gehst doch nie aus. Und jetzt einen Tag vor dem Mord an Mark?«

»Das finde ich auch merkwürdig «, ergänzte Philipp.

»Sagt mal, habt ihr sie noch alle? Verdächtigt ihr jetzt etwa mich?«

»Ein Mörder wird doch immer erst im engsten Umfeld gesucht. Also Steffi, Anastasia oder Helene, die ätzende Schwiegermutter«, versuchte Heinz, die Gesprächsrichtung zu ändern.

Doch Rudolf wandte ein: »Aber erschießen deutet

wiederum auf einen männlichen Täter. Frauen vergiften nachweislich lästige Zeitgenossen.«

Sie stellten ihre Angeln auf, montierten die Bissanzeiger an den Rutenspitzen und begannen mit dem geselligen Teil ihrer Zusammenkunft. Philipp legte die Würstchen auf den Grill, Georg holte den Kasten Krombacher aus dem Auto. Iserlohner gab es ja leider nicht mehr.

»Steffi als Täterin kann ich mir nicht recht vorstellen. Aber wer weiß, stille Wasser sind tief.«

»Aber das Früchtchen Anastasia, das soll nicht so rein und unschuldig sein, wie sie den Anschein gibt.«

»Was willst du damit sagen?«

»Habt ihr nicht gehört, dass sie ein Techtelmechtel mit einem Mann hat, der ihr Vater sein könnte?«

»Also so eine Pietätlosigkeit verbitte ich mir! Mark ist noch nicht unter der Erde und schon schießen Gerüchte wie Unkraut aus dem Boden. Er war unser Angelkamerad, trotz allem. Wir sollten versuchen, Steffi und Anastasia zu helfen oder zumindest zu unterstützen in dieser schweren Zeit«, ereiferte sich Erwin-Hans.

»Wie deine Unterstützung aussieht, können wir uns alle bildhaft vorstellen«, fuhr Georg ihm über den Mund.

Kapitel 37

Als Thorsten Bach die *Schöne Aussicht* betrat, war die Gaststube gerammelt voll. Nicht erstaunlich, denn auch bis hierhin war die Todesnachricht gedrungen.

»Manfred, machst du mir ein Alkoholfreies?«, rief er dem Wirt zu und dieser grinste.

»Was ist dir denn auf den Magen geschlagen? Doch wohl nicht die Leiche am frühen Morgen? Bin gar nicht so traurig darüber. Schade nur, dass es nach der Prügelei war. Hätte mir einiges an Kosten und Aufräumarbeiten erspart. Wolltest du ihn wirklich bei seiner Kandidatur unterstützen?«

Thorsten seufzte. »Von wollen konnte keine Rede sein. Sagen wir mal, Mark hatte so seine Argumente … Allerdings habe ich gestern noch mit ihm telefoniert.«

Michael mischte sich ein: »Dann musst du mit der Polizei reden, unbedingt! Was wollte er denn?«

»Es ging um seine Kandidatur. Macht sich einfach nicht gut, wenn man sich in aller Öffentlichkeit prügelt, oder, Manfred?«

Dieser nickte und besah sich grimmig seine dezimierte Getränkeauswahl. Wenigstens hatte die ortsansässige Autowerkstatt die demolierte Karre abgeholt. Wer ihm aber seine kaputten Möbel bezahlte, war fraglich.

Michael fragte weiter: »Was mir immer noch nicht klar ist, um was hat Mark Herbert eigentlich betrogen? Weißt du Näheres?«

»Das war doch dieser Möchtegernrennfahrer von neulich,

oder?«, mischte sich Bauer Ernst ein. »Der hat Herbert ein Grundstück abgeluchst und dann an jemanden verkauft, der Windräder aufstellt. Es heißt, dass er damit richtig abgesahnt hat. Und Herbert sitzt immer noch auf seinem Misthaufen und weiß nicht, wie er überleben soll. Kein Wunder, dass er ihm eine verpasst hat.«

Michael schüttelte ungläubig den Kopf. »Windräder? Im Ernst? Die verschandeln doch schon überall die Landschaft. Wisst ihr eigentlich, wie viele Vögel von diesen Riesendingern geschreddert werden? Außerdem sind die nicht wirklich günstiger. Bei den ganzen Subventionen zahlen wir alle drauf. Wir und die Natur. So ein verlogener Mistkerl! Mir hat er immer vom Angeln und seiner Naturverbundenheit vorgeschwärmt. War wohl schon auf Stimmenfang.

Mir tut nur seine Familie leid. Meine Tochter ist mit Anastasia befreundet. Steffi wird auch am Boden zerstört sein.«

Thorsten wirkte nachdenklich. »Da wäre ich mir nicht so sicher. Du hättest sie mal auf dem Maifest erleben sollen. Die hat sich diesem Pseudoitaliener ganz schön an den Hals geworfen. Toni irgendwas. Wenn ich es nicht besser wüsste, würde ich eine kleine Affäre vermuten.«

»Ihr Männer seid richtige Klatschweiber!«, schnitt ihm Michaels Frau rigoros das Wort ab. »Lasst Steffi in Ruhe! Außerdem war Mark nun wirklich kein Heiliger. Der hatte doch schon vor Jahren selber eine Affäre. Ist schon ewig her und ich meine sogar, aus dieser Verbindung wäre ein Kind hervorgegangen. Da hat er echt Glück gehabt, dass Steffi ihn nicht schon damals in den Wind geschossen hat. Aber vermutlich hat sie es gar nicht mitbekommen. War sie damals nicht in Frönsberg? Wegen ihrer schrecklichen Mutter oder wegen postnataler Depressionen.

Die Kleine hat sich in letzter Zeit auch verändert. Ich habe sie letztens vor der Schule gesehen. Ziemlich aufreizend für ihr Alter. Ich würde unsere Tochter jedenfalls nicht so herumlaufen lassen.«

Michael war mittlerweile rot angelaufen. »Mensch Marlene, sei nicht so eine Giftspritze. Mach es nicht noch schlimmer, als es ist. Stell dir nur vor, dein Vater wäre tot. Übel genug.«

Er wandte sich an den blassen Mann, der hinten in der Ecke saß: »Thomas, sag doch auch mal was! Habt ihr in der Schule nicht einen Psychologen oder Vertrauenslehrer, der sich um Schüler mit Problemen kümmert? Du müsstest das Mädchen doch aus dem Unterricht kennen. Aber, halt, ich weiß schon. Wichtiger sind die zahllosen Flüchtlingskinder, die integriert werden müssen. War Altena deswegen nicht auch im Fernsehen und wurde hochgelobt? Und seit ein Schuljahr fehlt, habt ihr Lehrer ja so viel zu tun. Keine Zeit mehr für Sorgenkinder.«

»Erzähl keinen Mist«, antwortete Thomas. »Natürlich gibt es unterschiedliche Kinder, um die wir uns kümmern. Du hast Glück mit deiner Tochter. Wenn alle so fleißig wären …«

Thorsten unterbrach ihn. »Dann hätten wir nur noch Einserkandidaten und es wäre stocklangweilig. Hatte ich schon erwähnt, dass Mark nochmal bei Herbert war? Nur leider hat der ihn mit einer Flinte erwartet und ihn vom Hof gejagt.

Vielleicht sollten die Bullen ihn mal überprüfen. Ich traue es dem alten Knaben zwar nicht wirklich zu, aber wer weiß? Ein Mord ist jedenfalls schlecht für den Ruf unserer Gemeinde.«

Manfred schaute sich in der Gaststätte um. »Naja, so voll war es hier schon lange nicht mehr. Aber recht hast du. Hier läuft ein Mörder frei herum und das können und wollen wir nicht tolerieren.«

»Vielleicht hat es der Mörder ja auf Ratsmitglieder abgesehen«, wandte sich Marlene an Thomas. »Wer weiß schon, was da im Amtshaus so gekungelt wird?«

»Ach Marlene, nur weil dein Mann seit Jahren mit der Gemeinde wegen irgendwelchen Ringelnattern und ähnlichem Krauchzeug im Clinch liegt, musst du nicht alle Politiker hassen. Und bevor du uns einen ellenlangen Vortrag hältst: Habt ihr euch nicht wegen der Kormorane mit den Anglern gestritten? Ich habe doch etwas von Drohbriefen gehört.« Marlene erblasste. » Der Stiesel Erwin-Hans hatte es doch verdient gehabt. «

Thorsten ließ die ertappte Marlene stehen und fuhr nach Hause. Sein letzter Gedanke galt noch dem Rat: Hoffentlich hatte niemand seiner Kollegen etwas mit dem Mord zu schaffen. Sonst würde bald die Hölle losbrechen.

Kapitel 38

Neele lief schnell die Ehrenmalstraße hinunter, immer mit einem Blick auf ihre neue Pulsuhr, die sie letzte Woche erstanden hatte. Seit dem Mord an Mark Bechtel war sie richtig motiviert, etwas gegen ihre überzähligen Kilos zu tun. Ein wenig pervers fand sie es schon, dass ausgerechnet ein Mord sie dazu brachte, endlich ihren schon lange bestehenden Vorsatz umzusetzen, aber sie war gestern Abend zum ersten Mal bei den *Weight Watchers* in Altena gewesen und es hatte ihr gefallen.

Mittlerweile war sie am Parkplatz Dümpel rechts neben der Lenne angelangt. Von dort aus wollte sie weiter den Felsen des bekanntesten Selbstmordes Nachrodts erklimmen, Claras Höhe. Die kleine Steigung beschleunigte ihren Puls, sie wollte sich aber erst eine Pause gönnen, wenn sie die Felsspitze erreicht hatte. Eine phänomenale Aussicht habe man von dort, hatten ihr zwei Damen gesagt.

Natürlich war der Mord überall das Thema Nummer eins, auch bei den *Weight Watchers.* Eine Frau hatte es seltsam gefunden, dass Mark Bechtel nachts beim Angeln erschossen worden war. Wer hätte schon wissen können, dass er ausgerechnet um diese Uhrzeit angelte? Der Mörder musste dem Opfer schon lange aufgelauert haben. Angesichts der Tageszeit seltsam oder eine Tat im Affekt.

Eine Blonde mit Pferdeschwanz hatte entgegnet, dass wohl kaum jemand im Affekt am frühen Morgen mit einer Waffe rein zufällig am Angelplatz der Lenne spazieren gehen würde.

Eine dritte hatte die Kerle ins Spiel gebracht, die stets in der Früh bei ihr in der Nachbarschaft rumliefen und sich Jäger schimpften.

Neele keuchte den Berg hinauf. Nachdenken fiel ihr schwer, weil sie sich darauf konzentrierte, nicht über die losen Steine zu stolpern, und doch dachte sie an den Satz: *Niemand konnte wissen, dass Mark um diese Uhrzeit zum Angeln ging.* Sie erinnerte sich an ihr Gefühl, das sie gehabt hatte, als sie den Toten zum ersten Mal gesehen hatte, dieser Gedanke, dass irgendetwas nicht stimmte.

Neeles Puls war auf 146. Ein kleiner Pfad schlängelte sich vom Weg aus zwischen Wurzeln nach oben. Vielleicht führt der ja zum Aussichtspunkt, dachte sie und wunderte sich, dass nirgendwo ein Schild zu sehen war. Sie fand das seltsam, denn in Köln gab es an jeder Ecke irgendwelche Hinweisschilder. Natürlich nicht auf Selbstmorde, aber wenn das so ein bekannter Ort war, der selbst auf der Lenneroute beschrieben wurde, dann hätte sie zumindest einen Hinweis vermutet. Eine Gedenktafel, auf der man nachlesen konnte: Hier stürzte sich Clara aus verschmähter Liebe mit ihrem Pferd Attila vom Felsen in die Tiefe.

Erneute Pulskontrolle: 157. Dann war sie oben. Die Aussicht war tatsächlich unglaublich. Ihr Blick streifte über einen Bauernhof und bunte Felder. Sie betrachtete die Idylle und verstand, warum hier so viele Menschen gerne lebten. Doch dann fiel ihr ein, dass es hinter den Kulissen anders zuging.

Schlagartig wurde ihr bewusst, dass sie genau über dem Tatort stand. Wo ruhig die Lenne floss, war ein Mann umgebracht worden. Wieso wusste jemand von Bechtels Angelausflug? Hatte ihn jemand verfolgt? War es Vorsatz gewesen oder ein tragischer Unfall? Unwahrscheinlich, so nah an der Straße. Außerdem sprach die Art der Munition dagegen. Jemand hatte sein Auto an der Gaststätte „*Rastatt*“ stehen sehen, die Gelegenheit erkannt, die Waffe geholt und war dann zurückgekommen … War da nicht ein Lieferwagen gesehen worden? Neele nahm sich vor, noch einmal die Unterlagen durchzugehen.

Das Überbringen der Todesnachricht an Stefanie Bechtel war eine Begegnung gewesen, die sie so nie erwartet hätte. Wie die Leute hier mauerten … Warum hatte sie nicht gewollt, dass sie ihre Mutter anrief? Die Freundin war ja das Allerletzte. War die Mutter noch schlimmer? Vielleicht lohnte sich ein Gespräch.

Auch die Befragung der Tochter war ihr nahegegangen. Die Kleine war so verletzlich gewesen. Kein Kind mehr, aber noch lange nicht erwachsen. Hoffentlich kam sie damit zurecht.

Dann noch die Vorfälle beim Tanz in den Mai. Zwei Gockel streiten sich um die Ehefrau des Opfers. Zumindest der Angler hätte wissen können, wo und wann Mark Bechtel anzutreffen war. Und ein Liebhaber war als Tatverdächtiger auch nicht zu verachten.

Schließlich verscheuchte Neele alle diese Gedanken und stolperte den Berg hinauf. Anders schaffte sie es nicht, denn sie war kein Klettergenie. So gelangte sie auf einen von Tannennadeln bedeckten Waldweg und fühlte sich auf einmal unglaublich leicht.

Kapitel 39

Die Freiheit der Willensentschließung und Selbstbestimmung des Beschuldigten darf nicht durch Misshandlung, Ermüdung, körperlichen Eingriff, Verabreichung von medikamentösen (bewusstseinstrübenden) Mitteln, Quälerei, Täuschung oder Hypnose beeinträchtigt werden.« Paragraf 136a der Strafprozessordnung. Neele wusste selbst nicht, warum dieser Satz immer wieder durch ihren Kopf ratterte. Wie eine Schreibmaschine, tack, tack, tack. Paragraf 136a. Als hätte ihr täglich Brot mit Quälerei zu tun! Sie quälte sich stattdessen selbst. Starrte auf die Mineralwasserflasche. Schraubte am Verschluss. Nahm einen Schluck. Schloss den Deckel. Paragraf 136 a.

»Neele, Frau Theile ist jetzt da.«

Sie brauchte noch einen Moment. Also dann, los, sagte sie sich schließlich, kann ja nicht so schlimm werden, ist doch nur die Oma.

Neele redete sich Mut zu, sie wusste selbst nicht, warum. Sie war sie Spezialistin. Aber Selbstzweifel bedeuteten Niederlagen, und die wollte sie verhindern.

Langsam erhob sie sich, ging zur Tür und bat Frau Theile hinein.«

»Was fällt Ihnen ein, mich hierher zu bestellen! Das ist ungeheuerlich! Ich möchte Ihren Vorgesetzten sprechen!«

Helene baute sich vor Neele auf. Die alte Dame war größer als die Kommissarin.

Neele wich automatisch einen Schritt zurück, ärgerte sich im gleichen Augenblick und sagte mit fester Stimme: »Bitte nehmen Sie Platz. Das ist eine reine Routineuntersuchung.«

»Routine? Mein Schwiegersohn ist ermordet worden! Und Sie sprechen von Routine?«

»Nicht die Tat, sondern die Befragung. Bitte nehmen Sie jetzt Platz.« Neeles Stimme erlaubte keine Widerrede. »Frau Theile, ich zeichne unser Gespräch auf. Bitte erzählen Sie mir zunächst, wie es Ihnen geht. Darf ich Ihnen etwas zu Trinken anbieten?«

Sie lächelte ihr Kommissarinnen-Lächeln und verfehlte ihre Wirkung nicht. Helene nickte.

Neele schob ihr ein Glas Wasser hin und schaute der alten Frau direkt in die Augen. »Heute ist wirklich ein heißer Tag. Macht Ihnen die Hitze auch so zu schaffen?«

»Nein.« Helene wirkte hellwach, wie jemand, der auf der Hut war.

»Wie war Ihr Schwiegersohn?« Neele sah ein kleines Zucken in den Mundwinkeln, als Helene langsam erwiderte: »Er war ein guter Mann und ein guter Vater.«

»Und ein guter Schwiegersohn?«

»Aber ja«, antwortete Helene.

»Und an Ihrem letzten Geburtstag, was hat er Ihnen da geschenkt?«

»Ja, ach, das weiß ich gar nicht mehr.«

»Aber Ihr Geburtstag ist doch erst eine Woche her, wie ich aus der Akte sehe.«

»Stimmt. Er hat mir einen Blumenstrauß geschenkt.« Sie wirkte konzentriert, starrte auf Neeles Lippen.

»Einen Blumenstrauß? Das ist ja nett. Mit Tulpen?«

»Hm. Ja. Tulpen.«

»Und die ganze Familie hat bestimmt zusammen Kuchen gegessen und gefeiert?«

»Ja, so war es. Warum wollen Sie das wissen?«

»Ich möchte nur wissen, was Mark Bechtel für ein Mensch war. Ein Familienmensch, sagen Sie?«

»Ja. Das war er.« Helene starrte immer noch auf Neeles Lippen.

»Stand er Ihnen nah?«

»Ja, sehr.«

»Manche Männer haben ja Probleme mit ihren Schwiegermüttern.«

»Welche Probleme?« Helenes getuschte Wimpern zuckten im Sekundentakt.

»Dann stimmt es nicht, was ich gehört habe? Dass Sie ihm die Pest an den Hals gewünscht haben?«

»Wer hat das gesagt?« Wimpernschlag, Wimpernschlag.

Doch Neele antwortete nicht. Stattdessen beugte sie sich langsam vor.

»Ich kann mir schon denken, wer so etwas erzählt«, sagte Helene schließlich und ihre Augen funkelten böse. »In Nachrodt zerreißen sich jetzt alle die Mäuler. Ich kann nirgendwo mehr hingehen. Wissen Sie, wie peinlich das ist?«

»Was ist peinlich?«

»Ich habe mir nie etwas zu Schulden kommen lassen. Und jetzt das. Ein Mord in unserer Familie. Da ist man in Nachrodt tot. Mausetot. Verstehen Sie?« Helene schrie jetzt. »Aber wo soll ich hingehen? Ich bin ja ganz alleine. Und nicht mehr die

Jüngste. Wie konnte er mir das nur antun?«

»Wer?«

»Wer? Mark. Der lässt sich einfach erschießen, der Idiot!«

Neele blickte irritiert. »Das wird ihm auch nicht gefallen haben. Wo waren Sie am besagten Sonntagmorgen?«

»Glauben Sie etwa, ich hätte den Kerl erschossen? Im Leben nicht!« Helene sprang vom Stuhl, der mit Wucht nach hinten kippte.

So klapprig ist die gar nicht, dachte Neele und erhob sich ebenfalls.

»Sie haben auf meine Frage nicht geantwortet.«

»Ich war im Bett«, brüllte Helene. »Und wer sind Sie eigentlich? Die Tippse hier? Seit wann dürfen Frauen bei einem Mord ermitteln?«

Neele spürte, wie sich ihr Magen zusammenzog. Doch äußerlich blieb sie gelassen und schaute Helene direkt in die Augen. »Wo ist Ihre Tochter gerade?«, fragte sie ruhig. »Sie braucht Sie doch bestimmt. Ich frage mich nur, warum ich Sie nicht anrufen sollte, als ich ihr die Todesnachricht überbracht habe.«

»Was weiß ich. Sie hatte schon immer ihren eigenen Kopf. Hat sich damals einfach von ihm schwängern lassen und von Liebe gefaselt, dabei hätte sie eine viel bessere Partie machen können. Aber das geht Sie nichts an! Und das nennen Sie eine Befragung? Ich gehe jetzt!« Mit drei Schritten war sie an der Tür, riss sie auf und lief davon.

Neele starrte in Richtung der Tür. Von wegen liebe Familie. Die alte Frau zündete wie eine Rakete in

Lauerstellung. Könnte sie ihren Schwiegersohn erschossen haben? Zuzutrauen wäre es ihr.

Plötzlich musste Neele laut lachen. Nur ein flüchtiger Gedanke: Hatte sich Mark erschießen lassen, weil er die Alte nicht mehr ausgehalten hatte?

Kapitel 40

Neele und Gerd saßen beisammen.

»Also, wenn ich so eine Mutter wie Stefanie Bechtel hätte, dann wäre ich ganz weit weggezogen«, seufzte Neele. »Die Frau ist ein echtes Aas. Die hat weder Anstand noch Mitgefühl. Leider traue ich ihr nicht zu, mit einer Waffe umzugehen. Und den Lehrer können wir wohl auch ausschließen, oder?«

Gerd widersprach: »Meinst du nicht, dass seine Eltern ihm ein Alibi geben würden, auch wenn er nicht bei ihnen gewesen ist? Blut ist dicker als Wasser. Aber wen ich auf jeden Fall noch in die Mangel nehmen möchte, ist Steffis Liebhaber. Und der Angler ist mir auch nicht ganz koscher, mit dem bin ich schon mal aneinandergeraten. Stieselig und uneinsichtig. Wie der schon heißt! Erwin-Hans Zischke, und er besteht auf seinem Bindestrich!«

Neele straffte sich. »Dann nehmen wir uns beide vor und lassen sie auf die Wache bringen. Ich spreche mit Erwin-Hans Zischke, vielleicht ist er ist einer Frau gegenüber umgänglicher.«

Zwei Stunden später wurde es laut auf der Wache. Neele, die gerade Erwin-Hans zum Gespräch holen wollte, platzte mitten in eine Beinahe-Schlägerei zwischen ihm und Toni. *Ach du Schande, wer hat denn die beiden Verdächtigen in einem Raum sitzen lassen?* »Du Ehebrecher! « »Du bist doch nur sauer, weil du abgeblitzt bist!« »Angeber!« »Großmaul!« Neele wurde mulmig. *Ob es eine gute Idee war, den weiblichen Charme spielen zu lassen?*

Sie holte tief Luft. »Herr Zischke? Würden Sie mir bitte folgen?«

Beide Männer drehten sich zu ihr um und starrten sie verblüfft an. Toni Aviko-Marino schaltete als Erster. »Nehmen Sie ihn sich mal richtig vor, Frau Kommissarin. So schnell, wie der handgreiflich wird! Mich hat er auch angegriffen. Da ist ein Mord gar nicht mehr weit.«

Neele schob Erwin-Hans aus der Tür, bevor der seinen Senf hinzugeben konnte.

»So, Herr Zischke, Sie angeln also und kennen Mark Bechtel aus dem Anglerverein.«

Ein grimmiger Blick folgte. Er war noch immer mit Toni beschäftigt, doch langsam beruhigte er sich. »Ich angle schon seit meiner Jugend. Ich habe mich immer für alle anderen ins Zeug gelegt. Der Bechtel, der ist ja nicht von hier, das hat man gleich gemerkt. Und warum sich Steffi ihm an den Hals geworfen hat … Ich verstehe das immer noch nicht. Sie hätte mich haben können! Nicht so ein dahergelaufenes Windei. Sie sind doch auch eine Frau. Was findet ihr an so einem gegelten Italiener? Was ist falsch an einem soliden, deutschen Mann? Mit Hobby und gutbezahltem Job? Was?«

Neele sah ihn wortlos an. Immer reden lassen, dachte sie, soll er sich doch selbst hineinreiten. Besser, als ihm alles aus der Nase ziehen zu müssen.

Erwin-Hans war nun in voller Fahrt. »Mich hat er immer mit so einem überheblichen Grinsen bedacht. Als ob er den Unterschied zwischen Forelle und Äsche kennen würde. Der hat doch fast nie mit uns geangelt, immer nur an einsamen

Stellen. Vielleicht brauchte er ja nur ein Alibi, um nachts aus dem Haus zu kommen. Da munkelt man ja einiges.«

Neele hakte ein. »Was munkelt man denn so?«

»Er soll öfter mal im Puff gewesen sein. Und das bei einer Frau wie Steffi!«

»Woher wissen Sie das?«

Erwin-Hans lief rot an. »Was wollen Sie mir denn jetzt unterstellen? Ich bin ein ehrbarer Bürger! Ich kümmere mich um die Jugend und um den Naturschutz! Alles ehrenamtlich.«

»Wo hatte Mark Bechtel denn seine Lieblingsstellen? Kannten Sie die Plätze? Und wo waren Sie in der Nacht vom ersten auf den zweiten Mai?«

Neeles Stimme wurde auf einmal bestimmt. Schnappatmung bei ihrem Verdächtigen. Nun muss Neele zusehen, dass sie die Angel mit ihrem Köder wieder einzog.

»Ich habe keine Ahnung, wo der sich abends rumgetrieben hat. Ich war zu Hause. Habe geschlafen.«

»Kann das jemand bezeugen?«

»Braucht man jetzt schon Zeugen, wenn man ins Bett geht? Habe ich nicht. Ja, wenn das mit Steffi was geworden wäre … Sind Sie eigentlich verheiratet?«

Neele brauchte dringend eine Pause. »Gut, Herr Zischke, das war es erst einmal. Halten Sie sich bitte zu unserer Verfügung.«

Mit einem lauten Knall rauschte er aus dem Vernehmungszimmer.

Kurze Zeit später kam Gerd herein.

»Na, was macht unser heißblütiger Verehrer?«

»Neele, warum stehen Frauen auf Italiener? Der ist mit einer netten Frau verheiratet, hat einen Sohn. Warum muss der nebenbei noch etwas am Laufen haben? Aber er hat Steffis Aussage bestätigt, sie waren abends noch zusammen. Angeblich nur bis halb elf. Dann ist er Heim zu seinem Sohn. Seine Frau liegt im Krankenhaus. Aber ehrlich gesagt, Eifersucht ist ein gutes Motiv. Neid ebenso. Der hatte Angst, dass Steffi als Bürgermeistergattin für ihn unerreichbar wird. Und für drei Uhr hat er kein richtiges Alibi. Andererseits, ob so ein Bürohengst mit einer Waffe umgehen kann? Wo ist die überhaupt abgeblieben? Ist sie gefunden worden?«

Neele telefonierte. »Noch nichts. Vielleicht im Fluss. Dann können wir die Spuren vergessen. Hoffen wir, dass sie woanders auftaucht, mit einem hübschen Fingerabdruck drauf. Machen wir erst einmal Mittag. Dann fahre ich in den Puff.«

Kapitel 41

Ich habe sie doch nicht mehr alle! Neele war auf den Parkplatz des Etablissements vorgefahren und klappte den Rückspiegel so nach unten, dass sie ihr Gesicht sehen konnte. Eine totenblasse Neele schaute ihr entgegen. Die Augenränder waren nicht zu übersehen, obwohl sie heute Morgen nach dem Walken mit einem Concealer versucht hatte, die tiefen Furchen zu übermalen. *Schnelle Hilfe gegen Pickel und Augenringe*, hatte auf dem Beipackzettel gestanden. Scheiße auch!

Neele roch an ihrem Shirt. In letzter Zeit hatte sie immer wieder den Eindruck, durch die Gegend zu stinken, wechselte ständig das Deo.

Sie riss sich zusammen, stieg aus und ging auf die Tür des Hauses zu. Eine Klingel, kein Schild. Es gongte. Sekunden später sah sie in die braunen Augen einer gut aussehenden Frau in einem blauen Kostüm. Sie hatte ihre blonden Haare geflochten und wie einen Kranz um den Kopf gelegt. Sieht gar nicht aus wie eine Nutte, dachte Neele, fingerte ihren Ausweis aus der Jackentasche und sagte mit fester Stimme: »Guten Tag, mein Name ist Neele Schreiber, Kripo Altena. Darf ich reinkommen?«

»Sicher«, sagte ihr Gegenüber lächelnd. »Ich bin Marina. Bitte kommen Sie.«

Neele betrat einen großen Flur. Alles sah normal aus, eine Garderobe, ein Schirmständer, Schuhe allerorts. Marina öffnete rechts eine Tür und sagte einladend: »Möchten Sie einen Kaffee? Wir können uns hierhin setzen.«

Der Raum sah aus wie eine große Kellerbar. Links der Tresen aus braunem Holz. Davor sechs, sieben Barhocker und am Fenster ein Eichentisch wie bei Muttern. Eine Kerze in der Mitte des Tisches.

Marina hantierte mit der Kaffeemaschine und Neele merkte, dass sie sich entspannte.

»Was kann ich für Sie tun?«, fragte Marina. »Eine Polizistin haben wir selten hier.«

»Das glaube ich«, antwortete Neele schmunzelnd. »Sie sind die Empfangsdame?«

»Ja, so könnte man das nennen.« Marina setzte ihr schönstes Lächeln auf.

»Wann haben Sie Mark Bechtel das letzte Mal gesehen?«, fiel Neele mit der Tür ins Haus und hoffte auf das Überraschungsmoment.

»Mark Bechtel? Wer soll das sein?«

»Nun, er ist Mitinhaber dieses Etablissements«, entgegnete Neele und beobachtete Marina genau.

»Oh, das tut mir leid. Ich arbeite erst seit einer Woche hier.« Marina wirkte gar nicht irritiert.

»Dann würde ich gern Ihre Papiere sehen.«

Marina holte ihre Handtasche hinter dem Tresen hervor und öffnete ihr Portemonnaie. »Hier bitte.«

Marina Schmidt. Deutsche. Geboren am 14. Juni 1986 in Dortmund. Auch die Wohnanschrift war in Dortmund.

»Wo haben Sie vorher gearbeitet?«, fragte Neele.

»In Witten, im Haus Wohlbefinden.«

Haus Wohlbefinden! »Warum haben Sie hierhin gewechselt?«

»Ich brauchte eine kleine Luftveränderung.«

»Bieten Sie auch Ihre Dienste an?«

»Nein. Wie gesagt, ich bin nur der Empfang.«

»Und wer ist nicht nur der Empfang?«

»Heute sind Janka, Zofia und Magdalena hier. Zofia hat Besuch, Janka und Magdalena sind nebenan.«

»Ich möchte sie gerne sprechen.«

Marina nickte, stand auf und öffnete die Tür zum Flur. Neele folgte ihr. Dann klopfte sie an einer Tür und trat ein. Janka und Magdalena lümmelten sich auf dem Sofa, beide in Jogginghosen und T-Shirt. Eine tippte auf einem Handy, die andere starrte in die Flimmerkiste.

»Wir haben Besuch von einer Kommissarin. Sie will euch ein paar Fragen stellen.« Die Frauen schauten Neele gelangweilt an.

Es gongte an der Tür. »Oh, bitte warten Sie«, sagte Marina und verschwand.

Neele stand wie angewurzelt in dem Raum, der wie ein Wohnzimmer aussah. Die beiden Frauen starrten wieder auf den Fernseher, in dem Bugs Bunny lief.

Sie wollte gerade ein Gespräch beginnen, als Marina die Tür einen Spalt öffnete. »Janka. Kundschaft.«

Janka sprang vom Sofa, riss sich das T-Shirt vom Leib, zog die Jogginghose aus und griff nach den Klamotten, die auf dem Boden lagen, einem schwarzen Oberteil aus Spitze, Samt und Satin, goldenen Bordüren und Applikationen in Lacklederoptik, das ihr knapp über den Po reichte. Dann hockte sie sich auf die Sofalehne, streifte schwarze

Netzstrümpfe über, klipste sie mit den Strapsknöpfen ans Oberteil, zog glänzende Overkneestiefel darüber und griff nach einem schwarzen Hut, Handschuhen und Augenmaske. Neele schluckte. Aus der normalen Janka war vor ihren Augen eine Miss Zorro geworden.

»Tschuldigung«, murmelte sie noch, drückte sich an Neele vorbei und war verschwunden.

Neele starrte ihr nach. Dann lachte sie kurz auf und wandte sich an Magdalena: »Was hat denn Ihre Kollegin für Kunden?«

»Ich weiß nicht«, sagte Magdalena in gebrochenem Deutsch.

»Was wollen die Männer für Dienste?«, versuchte Neele es anders.

»Wir machen alles.«

Alles. Aha. »Und wer passt auf Sie auf?« Neele fühlte sich gar nicht wohl. Da war gerade ein Mädchen im Zorro-Kostüm mit irgendjemandem irgendwohin verschwunden und sie stand hilflos in einem Wohnzimmer und wusste nicht, was sie machen sollte. »Marina passt auf«, sagte Magdalena. »Kennen Sie Mark Bechtel?«, fragte Neele schließlich.

Sie zog die Nase kraus. »Kunden sagen ihren Namen nicht.«

Neele kramte ein Bild von Mark Bechtel aus ihrer Jackentasche. »Dieser Mann. War er hier?«

Magdalena schüttelte den Kopf. Neele glaubte, ein leichtes Zucken im Mundwinkel bemerkt zu haben. »Ich möchte einmal Ihre Papiere sehen.«

Offenbar war nicht das erste Mal Polizei im Haus, denn Magdalena verstand sofort, kramte in einer Tasche und zeigte ihren Ausweis.

»Sie sind Russin«, stellte Neele fest. »Seit wann sind Sie in Deutschland?«

»Drei Jahre.«

»Haben Sie eine Arbeitsgenehmigung?«

Magdalena zuckte mit den Schultern. »Ich habe Visum«, sagte sie. »Ich Krankenschwester in Deutschland.«

Das sehe ich, dachte Neele. Krank sind die Typen wirklich, die hierherkommen. Sie kramte einen Zettel aus der Jacke und fragte laut: »Wo sind Hanna Lentovna, Patricia Okelomolo und Yon Pon Hu?«

Magdalena zuckte wieder mit den Schultern. »Keine anderen Frauen hier.«

Jetzt war es Neele, die mit den Schultern zuckte. Ich komme hier nicht weiter, merkte sie und verabschiedete sich.

Langsam ging sie Richtung Ausgang. Die Tür zur Bar war geöffnet. Drinnen stand Marina, die geschäftig Gläser spülte.

»Was war das für ein Kunde gerade?«

»Ach, der wird immer von seiner Frau gebracht. Sie wartet im Wagen auf ihn«, erzählt Marina. »Die Frau wartet im Wagen?«. »Ja, einmal in der Woche.« »Das glaube ich nicht. Welche Frau bringt denn ihren Mann in ein Bordell?« »Nicht wenige«, grinste Marina. »Wenn Sie gleich gehen, werden Sie sie auf dem Parkplatz sehen«. »Magdalena sagte, dass Sie auf die Mädchen aufpassen. Wie können Sie das, wenn sie hier Gläser spülen?« »In jedem Zimmer sind mehrere Notknöpfe«, sagte Marina und schmunzelte. »Na ja. Das ist trotzdem gefährlich«, sagte Neele zog erneut das Bild von Mark Bechtel hervor. »Haben Sie ihn schon einmal hier gesehen?«

»Nein.«

»Kann ich mal das Büro sehen?«

»Das ist gleich gegenüber. Ich habe leider keinen Schlüssel, den hat nur der Chef. Aber ich habe ihn noch nicht kennengelernt.«

Neele reichte Marina ihre Karte. »Wenn er kommt, rufen Sie mich bitte an.«

Marina nickte. Aber sie würde es nicht tun. Neele wusste das.

Kapitel 42

Neele stand an der großen Ständerwand. Nachdenklich überblickte sie die Fotos und die Fäden, die die Verbindungen des Toten darstellten. So viele Verdächtige, so viele Motive. Sie seufzte.

Ihr Handy klingelte. Geistesabwesend drückte sie auf die grüne Taste. »Schreiber.«

»Peter hier. Neele, wir haben die Akten durchgewälzt und kommen auf fünf Ratsmitglieder, die ein Motiv haben, Bechtel umzubringen. Die anderen können wir vernachlässigen.«

»Und was ist mit der Bürgermeisterin?«

Peter zögerte. »Die können wir vermutlich ausschließen. Erstens haben wir mit ihr schon am Tatort gesprochen. Zweitens ist ihre Beliebtheit in der Bevölkerung stabil, Gerd sagte mir, dass sie einen guten Job macht. Drittens wird sie nicht so bescheuert sein, ihren direkten Gegenkandidaten in die Brust zu schießen.«

»Aber ihr Bruder ist Jäger. Sie könnte also an eine Waffe kommen.«

Peter schnaubte. »Natürlich. Aber halb Nachrodt könnte an eine Waffe kommen. Das ist doch kein Argument!«

Neele seufzte erneut. »Also gut. Wen haben wir?«

Sie hörte Papier rascheln. »Konrad Heim, CDU. Ein altgedienter Ratsherr, der sich gerne mit jedem anlegt, dabei aber immer seine Meinung offen vertritt. Da gab es mal eine Sitzung, wo die beiden richtig aneinandergeraten sind und Bechtel gegen ihn eine Anzeige erstattete. Ich glaube, dass

Heim sogar zahlen musste. Dann Sandro Turek, SPD. Bechtel hatte eine heiße Affäre mit seiner Frau. Erna Klemm, SPD. Außerdem Leo Bensberg, UWG. Der Mann ist Landwirt, hier hat es mal Ärger gegeben. Thorsten Bach und schließlich Meike Solbeck von der CDU, die hat …«

»Ich weiß. Die hatte lange vor dieser Steffi eine wirkliche Affäre mit ihm. Man munkelt, dass ihr Sohn von Bechtel sei.« Neele fuhr sich durch die Haare. »Mein Gott, was ist das hier für ein Intrigenhaufen! Okay. Schick Gerd bitte mit der Liste her, dann werden wir die Herrschaften auf die Wache vorladen.«

Sie beendete das Gespräch. Fünf Ratsmitglieder zusätzlich zu den anderen Verdächtigen … Sie ging zum Automaten und zog sich eine Coke Zero. Das kalte Glas drückte sie sich gegen die Stirn. Sollte sie die Bürgermeisterin auch noch befragen?

Der Raum war stickig, obwohl Neele die Fenster geöffnet hatte. Vor ihr saß in gelangweilter Pose Konrad Heim, altgedienter Ratsherr und früherer Vorsitzender der CDU.

»Herr Heim«, sagte Neele, »wie Sie sicherlich wissen, wurde ihr Ratskollege Mark Bechtel tot an der *„Rastatt“* aufgefunden.«

»Natürlich weiß ich das. Ich habe es im Internet gelesen. Aber, was habe ich damit zu tun?«, blaffte er sie an. »Werde ich etwa verdächtigt? Das ist ja interessant.«

»Sie sind nicht nur verdächtig, Sie haben sogar ein Motiv«, gab Neele mir gleicher Münze zurück.

Heim hob erstaunt die Augenbrauen. »Motiv, Frau

Kommissarin? Halb Nachrodt hat ein Motiv, diesen Bechtel umzubringen. Da ist das, was ich gegen den habe, noch das Kleinste davon. Blödsinn, Ihre Theorie!« Er lehnte sich in seinen Stuhl zurück.

Aber Neele ließ sich nicht beirren. »Natürlich haben Sie ein sehr starkes Motiv.« Sie sah in ihre Unterlagen. »Letztes Jahr mussten Sie wegen Beleidigung und Falschaussage gegenüber einem Ratskollegen Schadensersatz in Höhe von 1.500 Euro zahlen.«

»Na und? Das war eine Niederlage. Aber dafür bringt man ja nicht gleich einen Menschen um. Außerdem, woher wissen Sie das?«

»Auch ich kann lesen, Herr Heim. Wo waren Sie am Sonntag zwischen null und sechs Uhr?«

»Da, wo jeder Mensch um diese Zeit ist, in meinem Bett.«

»Haben Sie Zeugen dafür?«

»Jetzt hören Sie mal, Frau Kommissarin, ich brauche keine Zeugen. Wenn ich Ihnen sage, dass ich in meinem Bett war, dann war das so, haben Sie das verstanden? Und jetzt habe ich keine Lust mehr auf diesen Unsinn. Wenn Sie eine konkrete Beschuldigung gegen mich haben, dann sagen Sie es, ansonsten stochern Sie woanders im Nebel. Ich empfehle mich.«

Heim stand auf, verließ den Raum und knallte die Tür zu.

Neele sah ihren Kollegen an. »Hab ich es verbockt?«

Gerd lächelte. »Nein, Neele, hast du nicht. Ich kann mich nicht erinnern, dass jemand Konrad Heim so angegangen ist. Jeder sonst kuscht vor ihm.« Genüsslich holte er aus seiner

Uniformjacke ein Bonbon, wickelte es aus und steckte es in den Mund. »Ich glaube, Mädchen, aus dir wird mal eine richtig gute Polizistin.«

Sandro Turek war ein anderes Kaliber. Eloquent, geschmeidig, in einem feinen Zwirn und mit tadellosen Manieren ausgestattet. Er ging gleich auf Neele zu, gab ihr die Hand und deutete einen Handkuss an. Gerd bediente er mit einem Nicken.

»Wie kann ich Ihnen helfen?« Er setzte sich auf den angebotenen Stuhl.

Gerd stand auf und ging durch den Raum. »Herr Turek, die Kommissarin möchte wissen, wo Sie am Sonntag zwischen null und sechs Uhr gewesen sind.«

»Warum fragt mich das die Kommissarin nicht selber?«

»Weil wir die Aufgaben verteilt haben, deshalb«, antwortete Neele.

Turek drehte sich zu ihr um. »Mit Ihnen rede ich auch gerne unter vier Augen, aber ich wüsste nicht, was der Polizeibeamte hierbei soll.«

Gerd sah sich seine Fingernägel an. »Vier Ohren hören besser als zwei, deshalb«, antwortete er ruhig.

»Na gut«, meinte Turek, »ich war zu Hause. Ich habe bis ein Uhr ferngesehen und war dann im Bett.«

»Alleine?«, fragte Gerd. »Wo war Ihre Frau?«

»Die ist bei ihrer Freundin. Es ist im Moment etwas schwierig.«

»Das haben Sie aber nett ausgedrückt«, sagte Gerd und ging wieder zu seinem Platz. »Hier: Anruf von Frau Turek, häusliche Gewalt durch den Ehemann. Polizei fährt vor, sieht das blaue Auge. Anzeige zurückgenommen. Dann zwei Wochen später, Anruf der Nachbarschaft: Bei Tureks wird rumgebrüllt. Es klirrt Geschirr.«

Turek fuhr auf: »Das reicht! Was hat das mit dem Mord zu tun?«

»Vielleicht nichts«, antwortete Neele ruhig, »vielleicht aber auch alles. Herr Turek, wenn ich das richtig sehe, sind Sie sehr hitzköpfig.«

»Na und? Ich bin eben kein Weichei!« Die mühsam aufgebaute Fassade bröckelte sichtlich.

»Stimmt es, dass Mark Bechtel ein Verhältnis mit Ihrer Frau hatte?«

Turek kochte innerlich und die Halsschlagadern drohten, durch die Haut zu kommen. »Darauf muss ich nicht antworten!«

»Sollten Sie aber«, meinte Gerd, »sonst stehen Sie auf unserer Liste der Verdächtigen ganz weit oben.«

Turek sammelte sich. »Kann ich ein Glas Wasser bekommen?«,

Gerd ging in die angrenzende Küche.

»Sehen Sie, Frau Kommissarin, das ist mir alles sehr peinlich. Hier im Ort kennt mich jeder. Meine Frau und ich, nun ja, wir haben da unsere Probleme. Und als auch noch der Bechtel kam, als ich auf Geschäftsreise war, und sie getröstet hat, da sind mir die Sicherungen durchgebrannt. Ich habe ihn zur Rede gestellt und ihm dann, als er mich höhnisch angrinste, die beiden Schneidezähne rausgeprügelt. Das gefiel meiner Frau nicht so gut. Aber ich würde den doch nicht gleich umbringen! Ich bin doch kein Mörder!«

»Das werden wir sehen«, antwortete Neele und machte sich eine Notiz. »Noch eine Frage: Haben Sie eine Waffe?«

»Ich? Nein, wie kommen Sie darauf?«

Im Hintergrund tauchte Gerd auf mit dem Glas Wasser in der Hand. »Nein? Komisch, wir haben Ihnen doch letztes Jahr, als Sie sturzbesoffen waren, Ihre Walter PPK abgenommen. Vielleicht ist das ja nicht die einzige Waffe die Sie besitzen.«

Er musste unwillkürlich grinsen. Auch Neele sah nach unten und muss sich ein Lachen verkneifen. Gerd war einfach eine Marke!

Turek sprang auf. »Das reicht. Alles Weitere können Sie mit meinem Anwalt besprechen. Guten Tag.« Damit stürmte er aus dem Raum.

»Irgendwie kommen wir nicht weiter«, meinte Neele. »Wir haben so viele Leute mit Motiv. Es kann jeder gewesen sein.«

Gerd biss in ein Hanuta. »Klar, Bechtel hat sich viele Feinde geschaffen. Aber ich glaube nicht, dass es eines der Ratsmitglieder war, die verderben sich nicht freiwillig ihre Karriere. Aber machen wir weiter, draußen warten die anderen Herrschaften.«

Leo Bensberg betrat den Raum, polterig, in Arbeitskleidung und mit Blick auf die Uhr, denn Landwirte hatten es in der Regel eilig. Neele begrüßte ihn freundlich und begann mit der Befragung, die jedoch schnell vorbei war. Natürlich sei er sauer, weil sich Bechtel die Grundstücke in Veserde unter den Nagel gerissen habe. Er habe ihn auch zur

Rechenschaft gezogen. Aber dafür würde man doch keinen Menschen erschießen.

Erna Klemm von der SPD machte keinen Hehl daraus, es zu begrüßen, dass dieser »Abschaum der Menschheit« das Zeitliche gesegnet hatte. Sein ständiges Prahlen, aber nichts auf die Reihe zu bringen. Auch im Rat hatte er versucht, sich anzudienen und einer Partei Mehrheiten gegen Geld zu verschaffen. Und er hatte immer wieder jüngere Frauen begrapscht! Nein, sie weinte ihm keine Träne nach. Eine Waffe hätte sie nicht, stattdessen zog sie einen Ausweis von Greenpeace aus der Tasche. Frau Klemm war überzeugte Pazifistin.

Das war Meike Solbeck nicht. Sie kam wütend in den Raum gestürmt und baute sich vor Neele auf. »Was fällt Ihnen ein, mich vorzuladen? Wissen Sie, wie das für die Bevölkerung aussieht? Als ob ich Mark erschossen hätte!«

Neele blieb ruhig. »Setzen Sie sich bitte, das ist eine reine Routinebefragung.«

Meike blieb stehen und sah Gerd an. »Sag doch auch mal was, du kennst mich doch!«

»Klar kenne ich dich, Meike, aber jeder im Ort weiß, dass du eine, nun ja, spezielle Beziehung zu Mark hattest. Und das ist ein Punkt, den wir als ermittelnde Beamte nicht einfach wegwischen können.«

Meike Solbeck blitzte ihn an: »Wie oft will man mir das noch aufs Butterbrot schmieren? Ja, ich war jung und naiv und Mark sah verdammt gut aus. Ein charmanter Mann. Was ist schlimm daran?«

»Nichts«, sagte Neele leise. »In Köln macht deshalb niemand ein Fass auf.« Sie beugte sich nach vorn. »Aber hier in Nachrodt ticken die Uhren anders. Und jetzt setzen Sie sich und bringen es hinter sich.«

Meike war so überrascht, dass sie auf den Stuhl sank. Neele sah auf ihre Notizen. »Hatten Sie nach Ihrer Affäre noch Kontakt zu Mark Bechtel, außer im Rat?«

»Nun ja, wir haben uns ein bis zweimal im Monat getroffen, auf einen Kaffee. Wissen Sie, Mark brauchte einfach jemanden, dem er auch mal von seinem Kummer erzählen konnte. Mit Steffi redete er schon länger nicht mehr.«

»Waren Sie mit ihm auch mal aus? Auf der Hohensyburg zum Beispiel?«

Sie bemerkte, dass Meike zu schwitzen begann. Sie kannte die Anzeichen, wenn sich jemand in die Enge getrieben fühlte. Besonders bei Frauen spürte sie sofort, wenn jemand innerlich auf Abwehr ging.

»Na ja, für ein, zwei Spielchen, warum fragen Sie?«

»Ach, nur ein Gedanke.«

Gerd zog eine Augenbraue hoch, dann kritzelte er etwas auf seinen Zettel und reichte ihn Neele.

»Wie geht es Ihrem Sohn?«

»Was hat mein Sohn damit zu tun? Den lassen Sie bitte aus dem Spiel, ist das klar?«

Neele war verblüfft, hier hat sie einen weiteren wunden Punkt getroffen. »Frau Solbeck, weiß Ihr Sohn, dass Mark Bechtel sein Vater ist?«

Sie erbleichte und bekam einen stahlharten Blick. »Nein,

und ich hätte alles getan, um das zu verhindern.«

»Alles?«

»Alles, Gerd, einfach alles! Ich will mir mein Leben nicht noch einmal kaputt machen lassen. Das habe ich mir geschworen.«

»Eine letzte Frage noch, Frau Solbeck. Besitzen Sie eine Waffe?«

Meike stand auf. »Sie hören von meinem Anwalt, Frau Schreiber. Ich lasse mich von niemandem vorverurteilen.«

Ehe Neele etwas erwidern konnte, stürzte sie aus der Tür.

»Bühnenreifer Abgang«, schmunzelte Gerd. »Ich weiß nicht, ob du das wusstest, aber Meike Solbeck spielt bei der örtlichen Theatertruppe gerne den Bösewicht. Und ihr Abgang jetzt war genauso wie bei dem letzten Stück *Tod in der Wartehalle*. Glaub mir, Neele, Meike Solbeck sollten wir im Auge behalten.«

Als Letztes war Thorsten Bach an der Reihe. Neele war erleichtert, dass er keinerlei Ausflüchte machte und höflich auf ihre Fragen antwortete.

»Wie war Ihr Verhältnis zu Mark Bechtel?«

»Nun, als Ratskollege verfolgte er hohe Ziele. Er hat sich zum Bürgermeisterkandidaten aufstellen lassen. Allerdings wollte er die Kandidatur zurückziehen.«

Neele horchte auf. »Warum das?«

»Da kam einiges zusammen. Er hat sich in Wiblingwerde oben geprügelt. Es ging um einen Bauern, den er über den Tisch gezogen hat. Den sollten Sie auch einmal unter die Lupe nehmen. Und seine radikalen politischen Ansichten.«

»Sonst noch etwas?«

»Nein. Aber das reichte auch. Ein Bürgermeister darf sich nicht daneben benehmen. Und Mark war unbeliebt.« Er stand auf. »Darf ich jetzt gehen? Ich habe noch einen Termin.«

Als wieder Ruhe eingekehrt war, beschlossen sie, Herbert Müller zu befragen. Dringend!

Kapitel 43

Langsam und vorsichtig pirschte sich der alte, graubraune Opel Astra Schritt für Schritt in Richtung des Bauernhofs von Herbert Müller. »Was für ein Saustall«, sagte Neele und behielt dabei ganz genau ihre Umgebung im Blick.

»Stimmt, Müller hat seinen Hof über die Jahre ganz schön runtergewirtschaftet, « entgegnete Grieser. »Unser Freund ist von Haus aus Choleriker und dem Alkohol nicht abgeneigt. Jedenfalls sagt man sich hier in der Gemeinde, dass er seine Mitarbeiter nicht gerade gut behandelt hat, und es kam, wie es kommen musste. Die Angestellten hatten die Nase voll und haben gekündigt.«

Schwungvoll manövrierte er seinen Wagen unter dem Torbogen der Einfahrt hindurch und brachte ihn neben einem alten Mercedes Benz zum Stillstand.

»Dann packen wir es mal an.« Mit diesen Worten öffnete Neele die Beifahrertür des Wagens und stieg aus. »Pfui Teufel, stinkt das hier!« Sie hielt sich vor Ekel die Hand vor Mund und Nase. »Einfach durch den Mund atmen. Dann ist es nur noch halb so schlimm«, sagte Grieser und wickelte dabei ein Minzbonbon aus und steckte es sich genüsslich in den Mund. »Dagegen war die Obduktion vom Bechtel die reinste Aromatherapie.«

Wachsamen gingen die beiden auf den Eingang des Wohntraktes zu. Neele versuchte, sich einen Überblick zu verschaffen. Rechts neben dem Wohntrakt schien eine Art Scheune angebaut zu sein. Direkt daneben befand sich der

Schweinestall. Er war nach draußen hin eingezäunt und einige Schweine suhlten sich munter grunzend im Matsch. Links neben dem Hauptgebäude musste die Stallung für die Kühe sein. Um den Bauernhof herum war alles verwildert. Büsche und Unkraut umschlossen mannshoch das gesamte Grundstück. Vereinzelt türmten sich riesige Misthaufen.

Als sie an der Tür ankamen, blickte Neele ihren Kollegen aufrichtig an. »Ich wollte dir noch sagen, dass ich erleichtert darüber bin, dass du mich zu der heutigen Befragung begleitest.«

»Keine Ursache. Außerdem ist Bauer Müller kein unbeschriebenes Blatt. Nachdem, was er letztens in Wiblingwerde abgezogen hat, könnte er durchaus handgreiflich werden.«

Neele drückte den Klingelknopf. Ein schrilles Ringen hallte durch das alte Haus.

»Ich komm ja schon«, brüllte eine derbe Männerstimme aus dem Inneren des Hauses. Feste polternde Schritte näherten sich der Eingangstür. »Nicht mal auf dem Scheißhaus hat man seine Ruhe.«

Mit einem festen Ruck öffnete sich die Tür. »Was seid ihr denn für Vögel? Ich kaufe nichts und euren Leuchtturm könnt ihr auch behalten«, grunzte der Hüne den beiden Beamten entgegen.

Na, das kann ja heiter werden, dachte Neele.

Als die Tür sich vollständig geöffnet hatte, stand vor ihr ein großer, bulliger Koloss mit schütterem Haar. Ich glaube, jetzt weiß ich, warum Inka Bause nicht in Nachrodt-

Wiblingwerde nach Kandidaten für ihre Sendung suchte, schoss es ihr durch den Kopf. Seine herbe Erscheinung wurde zusätzlich durch das fleckige Feinripp-Unterhemd, die beschmierte grüne Latzhose und die gelben Gummistiefel abgerundet. Zusammen mit seinem, wie Neele fand, recht intensiven Eigengeruch sowie der Wodkanote im Aufgang, bildete dieser Mensch einen Angriff auf jeglichen guten Geschmack, über den sich in diesem Fall nun wirklich nicht streiten ließ. Alles in allem der Traum aller Schwiegermütter. Sofern man seine Mutter für irgendetwas bestrafen möchte oder enterbt werden wollte.

Komm schon, reiß dich zusammen und konzentrier dich auf deine Aufgabe. Du bist Profi, mahnte sich Neele und schob ihre Gedanken zur Seite. »Guten Tag, ich bin Kommissarin Schreiber von der Kriminalpolizei Altena und das ist mein Kollege Polizeihauptkommissar Grieser.«

»Schön für Sie, Sie wissen, wie Sie heißen und wo Sie herkommen. Ich wüsste nicht, wie ich Ihnen noch helfen könnte. Schönen Tag noch«, entgegnete Herbert Müller und schlug ihnen die Tür vor der Nase zu.

Verdutzt schaute Neele ihren Kollegen an. »Was war das denn gerade?« Dann atmete sie tief durch und drückte erneut auf die Klingel. Eine Reaktion blieb aus. Stille herrschte im Inneren des Hauses.

»Der will uns verscheißern!« Grieser begann, mit geballter Faust gegen die Tür zu klopfen. »Mensch Müller, mir reicht es jetzt mit Ihrem Theater. Machen Sie endlich die verdammte Tür auf, sonst rücken wir mit einer Hundertschaft an und nehmen Ihren Schuppen mal genauer unter die Lupe!«

Plötzlich durchzuckte es Neele. Aus dem Augenwinkel sah sie, wie ein Schatten hinter dem Kuhstall verschwand. Sie legte ihre Hand auf Griesers Schulter. »Ich glaube, der Müller geht stiften. Er ist hinter dem Kuhstall verschwunden und versucht bestimmt, zu seinem Auto zu gelangen.«

»Okay, unser Wagen steht direkt neben seinem Mercedes. Ich werde hinschleichen, um zu verhindern, dass er abhaut. Du näherst dich den Stallungen von vorne und nimmst ihn in Empfang.«

Ohne zu Zögern setzten sie ihren Plan um.

Gerade noch rechtzeitig gelangte Grieser zu den Autos. Im nächsten Moment tauchte Bauer Müller hinter der Stallung auf. Grieser schlug mit flachen Händen auf die Motorhaube und rief: »So, mein Freund, jetzt ist aber Schluss mit den Mätzchen!«

Der Bauer zuckte kurz zusammen, nur um dann Fersengeld zu geben, direkt in Neeles Richtung. Als er sie sah, stoppte er abrupt. Neele und er schauten sich direkt in die Augen.

»Herr Müller, wir wollen Sie nur befragen. Bleiben Sie stehen und kommen endlich zur Vernunft. Bis jetzt ist noch nichts passiert, was strafrechtliche Konsequenzen für Sie hätte«, versuchte Neele beschwichtigend auf den hektisch atmenden Mann einzuwirken. Tatsächlich blieb Herbert Müller stehen. Neele durchfuhr ein Gefühl der Erleichterung. »Sie haben sich richtig entschieden und nun lassen …«

Weiter kam sie nicht. Bauer Müller machte auf der Stelle

kehrt und rannte wie angestochen auf die Stallung zu. Neele nahm sofort die Verfolgung auf. Nur wenige Meter trennten sie von dem Flüchtigen. Mit einem riesigen Satz hechtete er durch das Fenster zum Kuhstall. Die strampelnden Beine verschwanden im Inneren des Gebäudes und die Fensterscheibe schlug direkt vor ihrer Nase zu.

»So ein Mist, verdammter!« Sie blickte zu Grieser hinüber.

»Geh kein Risiko ein, Mädchen, schau nur, dass er nicht entkommt. Ich rufe Verstärkung.«

Neele nickte und rannte an der Gebäudewand entlang Richtung Stallungstor. An dem breiten Tor angekommen hörte sie die Kühe im Inneren laut und unruhig brüllen. Mit einer fließenden Bewegung streifte sie ihre Lederjacke nach hinten, griff ihre Walther P 99, entsicherte sie und nahm sie in den Anschlag. »Müller, es reicht. Kommen Sie da raus!«

Die Schreie der Tiere wurden lauter, das Tor begann zu beben. Neeles Hände schwitzten, doch ihre Waffe hielt sie weiter fest umklammert. Abrupt blieb sie stehen. Ein ohrenbetäubendes Motorengeräusch setzte ein und die Torflügel sprangen nach beiden Seiten auf. Adrenalin durchströmte ihren Körper. Für den Bruchteil einer Sekunde nahm sie ihre Welt wie in Zeitlupe wahr. Nur wenige Meter vor ihr drängte sich eine panische, scheinbar von Todesangst getriebene Horde Kühe durch den Stalleingang. Das Trampeln der Hufe dröhnte wie Donnerhallen und ließ den Boden unter ihr erbeben. Noch drei Meter. Ein wild schnaubender Bulle hielt direkt auf sie zu. Weglaufen? Ausweglos! Das Tier erschießen? Sinnlos.

Noch zwei Meter. Sie konnte bereits den schaumigen Sabber am Maul des Tieres sehen. *Los, Neele, mach was*!

Noch ein Meter. Neele riss ihre Arme auseinander und schwang sich wie ein Torero seitlich zu dem heranstürmenden Stier. Das Horn des Bullen verfehlte sie nur knapp, durchbohrte jedoch ihre Jacke. Die unbändige Kraft des Tieres riss sie von den Füßen. Immer wieder schlug sie durch den Galopp des Tieres auf dem harten Untergrund auf.

»Ich werde nicht auf diesem Drecksbauernhof sterben«, schrie sie der Herde entgegen und spannte jeden Muskel in ihrem Körper an. Ein kräftiger Ruck, das Leder riss und Neele fiel auf den Boden, rollte sich instinktiv zusammen. Sie entkam nur knapp dem nächsten heranstürmenden Tier.

Zusammengekauert lag sie reglos im Dreck. Das Trampeln der Herde entfernte sich, aufgewirbelter Staub umtanzte sie wie ein undurchsichtiger Schleier. Ein wenig unbeholfen, fast wie Kind, rappelte sie sich wieder auf und versuchte, sich zu orientieren. Sie bemerkte einen Schatten und rollte sich blitzschnell zur Seite. Ein alter, klappriger Traktor raste nur knapp an ihr vorbei. Mit beiden Händen stützte sie sich vom Boden auf und blickte dem dröhnenden Gefährt hinterher. Sollte der Mistkerl doch noch entkommen?

Zielstrebig näherte sich der Bauer auf seinem Fluchtfahrzeug dem Hofausgang. Doch plötzlich schoss der graubraune Opel Astra wie ein Pfeil unter den Torbogen hervor und blockierte den Fluchtweg.

»Gerd! Du Teufelskerl!« Neele lachte lauthals. Doch der Fahrer des Traktors drosselte weder das Tempo, noch drehte er ab. In letzter Sekunde gelang es ihrem Kollegen, aus dem Auto zu springen. Mit einem Gewicht von fünf Tonnen walzte sich der Traktor unnachgiebig den Opel Astra hinauf. Die breiten Reifen zermalmten die Karosserie des PKWs und ließen die Scheiben zerbersten.

Dann begann der Traktor zu ächzen und die Räder drehten durch. Er steckte fest. Wutentbrannt sprang Neele auf und rannte auf die stählerne Bestie zu. Herbert Müller legte den Rückwärtsgang ein und rollte den Metallhaufen, der einmal ein stolzer Dienstwagen gewesen war, hinab.

»Du entkommst mir nicht, du Mistkerl«, schrie sie. Ihre Lunge brannte, ihr Herz raste. Aber sie lief weiter. Schwungvoll wendete Herbert Müller den Traktor und gab erneut Vollgas, weg von der Einfahrt. Gerade als er an Neele vorbeipreschte, machte sie einen Satz und schaffte es gerade noch, eine Querstrebe am hinteren Teil des Fahrzeugs zu packen. Ihre Schuhe schleiften im Dreck und sie konnte sich nur mit Mühe festhalten. Unter Schmerzen zog sie sich an der Stange empor und versuchte, in den Haken der Anhängervorrichtung Halt zu finden. Bauer Müller fuhr derweil immer waghalsigere Kurvenmanöver, um die Kommissarin abzuschütteln. Doch Neele hangelte sich seitlich entlang zur Tür des Fahrerhauses und riss sie auf. In dem Moment verriss der ertappte Flüchtige das Lenkrad.

»Nein, nein, nein!«, fluchte Neele laut.

Der Traktor fuhr seitlich über einen großen Misthaufen, dadurch drohte das stählerne Ungetüm umzukippen. Doch mit einem gewaltigen Schlag setzten die Reifen unter ihr wieder auf den Boden auf. Neele konnte sich gerade noch mit einer Hand festhalten, um nicht herunterzustürzen. Der Traktor beschleunigte und hielt zielstrebig auf die Scheune zu.

»Halten Sie das verdammte Ding an!«

Dann sah sie, dass Herbert Müller bewusstlos mit einer Platzwunde am Kopf im Führerhaus hing. Immer näher kam der Traktor dem Gebäude. Sie stieß sich mit beiden Beinen von der Karosserie ab, sprang und stieß den bewusstlosen Bauern mit den Schuhsohlen voran aus dem Fahrerhaus. Keine Sekunde später sprang sie selbst und schlug hart auf dem Boden auf. Ungläubig sah sie, wie der Traktor ungebremst in die riesige Scheune krachte. Die Stützbalken brachen unter der gewaltigen Kraft der Maschine zusammen, der gesamte Dachboden krachte herunter und begrub alles unter sich.

Es wurde still. Trotz starker Schmerzen konnte sie sich ein Lächeln nicht verkneifen. Na, das war mal knapp! Sie blickte zu Herbert Müller hinüber, der einige Meter von ihr entfernt lag. Gott sei Dank war er nicht unter die Räder geraten.

Mit einem Mal bewegte sich der bis eben noch schlaffe Körper des Bauern. Das gibt's doch nicht, dachte Neele, doch sie hat keine Kraft mehr, um aufzustehen. So sah sie tatenlos zu, wie Herbert Müller in Richtung Schweinestall humpelte. Gerade, als der Bauer sich an dem Schweinegatter abstützte, um nach Luft zu ringen, sah sie, wie eine Gestalt ihn packte, über den Zaun schleuderte und ihn direkt in die Gülle beförderte. Sie lachte und drehte sich flach auf den Rücken. Ihr Blick ging Richtung Himmel. Dann wurde ihr schwindlig und langsam schwand ihr Bewusstsein. Neele spürte noch die kräftige Hand ihres Kollegen auf ihrer Schulter, dann versank alles um sie herum in Watte.

Kapitel 44

Neele wachte nur ungern auf. Gerade hatte sie noch geträumt, sie wäre schön und schlank und läge an einem traumhaften Strand. Oder doch in den Alpen? Irgendetwas stimmte nicht. Der Geruch. War sie auf einer Alm? Jemand zerrte an ihr. Mit einem Ruck wachte sie endgültig auf. Gerd. Wie kam der hierher? Dann fiel es ihr wieder ein, der Bauernhof, Herbert Müller mit seinem Traktor. Die Kuhherde, die sie fast zertrampelt hatte. Ihre Einlage als Torero, Oh Gott.

Sie raffte sich auf. »Haben wir ihn erwischt?«

Gerd nickte. »Er riecht noch ein bisschen streng, ist aber hübsch verpackt. Wie ein Rollbraten. Die KTU ist schon unterwegs. Aber rate mal, was wir auf dem Dachboden entdeckt haben? Eine wunderhübsche Cannabiszucht! Wohl sein letzter Versuch, den Bauernhof zu retten. Das wird jetzt eher nichts mehr. Der kommt erst einmal mit uns. Drogenanbau, Beamtenbeleidigung und tätlicher Angriff. Wegen Fluchtgefahr ist ihm ein schönes Plätzchen in der Zelle sicher.«

In dem Moment kamen die Kollegen inklusive Erkennungsdienst, Notarzt und Abschleppwagen. Nach einem Moment des Sondierens fand Peter als erster die Sprache wieder. »War gerade ein Abbruchunternehmen da? Was zum Teufel ist hier passiert?«

Neele und Gerd lächelten erschöpft. Abbruchunternehmen, das passte. Inklusive Stierkampf.

Während die Kollegen von der Streife Herbert auf die

Wache begleiteten, ließ sich Neele verarzten.

»Alles halb so wild, Frau Schreiber. Von meinem Tisch sind Sie weit entfernt. Nur ein paar Schürfwunden und eine leichte Gehirnerschütterung. «

Neele erkannte Professor Schönthau. Der Gerichtsmediziner? Sie wurde blass.

»Na, junge Frau, nun erschrecken Sie mal nicht. War sonst keiner verfügbar. Da musste ich alter Knochen einspringen. Mir sind die Toten zwar lieber, aber mein Handwerk beherrsche ich, auch an lebenden Patienten. Schonen Sie sich ein bisschen, dann sind Sie bald wieder fit.«

Plötzlich ertönte ein Ruf aus der Scheune. Gerd war vorsichtig tiefer hineingegangen und winkte ihr jetzt heftig zu. »Neele, du glaubst es nicht! Da hängt eine Schrotflinte an der Wand!«

Neele überlegte. »Könnte es sich um die Mordwaffe handeln? Das muss sofort abgeklärt werden. Vielleicht haben wir unseren Fall gelöst!«

Ihr fiel ein Stein vom Herzen. Ein schneller Erfolg würde alle beruhigen und Balsam für ihr Selbstvertrauen sein.

Altenaer Kreisblatt

Festnahme im Mordfall Bechtel

Nachrodt-Wiblingwerde. Wie das Altenaer Kreisblatt aus gut unterrichteten Kreisen erfuhr, gab es im Fall der Ermordung von Mark Bechtel eine Verhaftung. Im Rahmen einer Zeugenbefragung zu der Schlägerei mit dem Opfer in Wiblingwerde vergangene Woche kam es auf dem Bauernhof von Herbert M. zu einem Showdown wie im Wilden Westen. Bei der Flucht des Verdächtigen wurde eine Beamtin verletzt, ein Trecker und ein Auto zu Schrott gefahren, die Scheune des Bauernhofes gerammt und dabei eine Cannabiszucht entdeckt. Herbert M. wurde verhaftet und gegen ihn ein Ermittlungsverfahren wegen Drogenanbaus und Mordverdachts eingeleitet.

Kapitel 45

Mit einer großen Brötchentüte betrat Neele die Wache. Als Gerd sie sah, eilte er zur Kaffeemaschine und holte ihr einen Becher Kaffee. »Wie geht es dir nach dem Rodeo gestern? Wir sind der Aufmacher im Altenaer Kreisblatt.«

»Oh nein! Hoffentlich ohne Foto! Mir tut noch immer alles weh. Lass uns erst einmal frühstücken, dann nehmen wir uns Herbert Müller vor. Haben wir schon einen Haftbefehl?«

»Neele, du hast ja richtig Blut geleckt! Der Haftbefehl ist beantragt, schon allein wegen des Drogenanbaus. Die KTU hat noch nichts von sich hören lassen.«

Um zehn Uhr war es soweit.

»Herr Müller«, wandte sich Neele an den Bauern, den noch immer ein dezenter Duft umwehte, »Sie wissen, warum Sie unsere Gastfreundschaft genießen?«

»Nein, warum halten Sie mich fest? Sie hatten auf meinem Hof nichts zu suchen.«

Neele blieb ruhig. »Oh doch! Wir wollten Sie zu dem Tod von Mark Bechtel befragen.«

»Das hätten Sie auch gleich sagen können. Damit habe ich nichts zu tun«, reagierte Herbert gereizt. »Wie kommen Sie eigentlich auf den Gedanken, ich hätte ihn umgebracht?«

»Das möchten wir von Ihnen wissen, schließlich haben sie die Schlägerei vor der Gaststätte *Zur Schönen Aussicht* begonnen.«

»Das war doch gar nichts. Mark Bechtel hat mich betrogen und ich wollte mein Geld zurückhaben, aber deswegen bringt man doch keinen um.«

»Immerhin war es eine handfeste Schlägerei mit Körperverletzung, Sachbeschädigung und Fahrerflucht. Das kann man ja wohl nicht als nichts bezeichnen.«

»Ich habe ihn nicht umgebracht, von einem Toten bekommt man kein Geld mehr. Das macht keinen Sinn.«

Stille.

Dann wieder Neele: »Nach der Nummer, die Sie sich mit dem Trecker geleistet haben, traue ich Ihnen durchaus einen Mord zu. Sie haben zudem eine Kuhherde auf mich gehetzt und unseren Dienstwagen geplättet.«

»Ich wollte nur meinen Hof verteidigen.«

Jetzt griff Gerd in das Verhör ein. »Wir sind hier nicht im Wilden Westen. Allerdings wundert mich Ihre Flucht gar nicht, nachdem wir Ihre Drogenplantage auf dem Dachboden gefunden haben. Und raten Sie mal, was wir noch gefunden haben. Eine Schrotflinte. Haben Sie dafür eine Erklärung?«

Herbert erbleichte. »Die Waffe habe ich nur zur Abschreckung. Die ist nur mit ungefährlicher Munition geladen. Auf dem Hof werden immer wieder Heuballen geklaut und Gatter offengelassen. Vermutlich Jugendliche, die ihren Frust ablassen wollen. Ich brauche jeden Cent und habe keine Zeit, meinen Kühen nachzujagen.«

»Ach ja? Warum kann ich das jetzt nicht glauben? Eine Waffe gehört in einen Waffenschrank und nicht in eine Scheune. Und schon gar nicht geladen. Die Schrotflinte ist bei unseren Technikern, die werden schon feststellen, ob es die Mordwaffe ist.«

»Mordwaffe? Da sind doch nur Salzpatronen drin. Davon stirbt niemand.«

»Das kommt auf die Begleitumstände an. Wann haben Sie das Gewehr zuletzt benutzt?«

»Letzte Woche. Ich habe Mark Bechtel damit vom Hof gejagt. Der hat herumgeschnüffelt.«

»Sie geben also zu, auf Mark Bechtel geschossen zu haben?«

Wieder rastete Herbert aus und schrie die beiden an: »Ich habe nicht auf den elenden Mistkerl geschossen, ich habe ihn nur vom Hof gejagt. So, und jetzt sage ich gar nichts mehr ohne einen Anwalt. Sie wollen mir nur etwas anhängen. Haben Sie keine anderen Verdächtigen? Ich will einen Anwalt. Sofort!«

»Wo waren Sie in der Mordnacht?«, fragte Gerd, erhielt aber keine Antwort. Nur einen bitterbösen Blick.

Neele seufzte. »In Ordnung. Rufen Sie ihren Anwalt an, dann unterhalten wir uns weiter.«

Sie ließen Herbert zurück in die Zelle bringen, dann schaute Neele Gerd fragend an. »Was hältst du davon?«

»Er hat immer eine passende Erklärung parat, aber so, wie der reagiert hat, bleibt er verdächtig. Ich glaube, wir haben unseren Mörder. Warten wir die Untersuchung der Waffe ab.«

»Das zu beweisen wird schwierig. Selbst wenn es die Waffe ist, haben wir nur die Munition. Hoffentlich stellt das Labor fest, dass es sich um dasselbe Steinsalz handelt. Ich habe noch nie von so einer Munition gehört. Ist die eigentlich verbreitet?«

»Keine Ahnung. Bald wissen wir mehr.«

Neele grübelte weiter. »Ging Mark Bechtel regelmäßig um die Uhrzeit angeln? Aber woher wusste Herbert, dass er gerade dort stand? Es war dunkel und normalerweise schlafen alle um die Zeit. Der hat ihn doch sicher nicht beschattet. Ist ja eher ein Poltergeist als jemand, der leise und unerkannt durch die Gegend schleicht.«

»Und wenn er ihn töten wollte, warum benutzte er keine richtige Munition? Oder wollte er Bechtel nur bedrohen, um an sein Geld zu kommen?«

»Sobald sein Anwalt da ist, machen wir mit der Befragung weiter. In der Zwischenzeit lassen wir uns die Handydaten kommen, vielleicht waren ja die Standortdienste aktiviert.«

»Ich kümmere mich darum. Hoffentlich ist Herbert schon im Handyzeitalter angekommen«, erwiderte Gerd und griff zum Hörer, um mit dem zuständigen Richter zu telefonieren.

Kapitel 46

Neele wanderte im Besprechungszimmer auf und ab. In einer halben Stunde fand die tägliche Besprechung mit den Kollegen statt und sie wollte noch einmal alle Fakten durchgehen.

Was haben wir bis jetzt, überlegte sie. Nicht viel, es gibt mehrere Verdächtige und nur eine einzige heiße Spur. Es ist zum Verrücktwerden! Alles, was wir bisher wissen, ist, dass dieser Mark Bechtel ein echter Kotzbrocken war, dem sicher einige ans Leder wollten. Unbeliebt bei seinen Ratskollegen, bei den Anglern. Die Ehe lief auch nicht rund, Stress mit der heranwachsenden Tochter. Eine Schwiegermutter zum aus der Haut fahren. Ein Doppelleben, von dem nur wenige wussten. Motive gibt es mehr als genug, aber nichts bringt uns irgendwie weiter.

Neele starrte auf die Stellwand. »Ich habe etwas übersehen«, murmelt sie leise. »Aber zum Teufel, warum fällt es mir nicht ein?» Die Lösung schien ihr zum Greifen nahe, aber es wollte ihr einfach nicht einfallen! Hatte sie alles richtig zugeordnet? Keine Beobachtungen oder Aussagen aus den zahlreichen Gesprächen vergessen? Verdammt, es war zum Verrücktwerden.

Draußen auf dem Flur hörte sie Schritte und im gleichen Augenblick öffnete sich die Tür und Gerd und Peter betraten den Raum. Die drei setzten sich an den kleinen Tisch.

»Also«, begann Neele nach der Begrüßung, »was haben wir bis jetzt?«

Gerd beugte sich vor, schaute konzentriert auf die Bilder der möglichen Verdächtigen und sagte gedehnt: »Tja, mit Herbert Müller haben wir einen heißen Kandidaten. Er hat ein Motiv und vermutlich die Tatwaffe. Aber so recht traue ich ihm keinen Mord mit Vorsatz zu. Im Affekt schon. Und er hätte die Munition ausgetauscht.«

Neele stimmte ihm zu. »Also, ich war im Puff und habe mich mal umgehört. Mark Bechtel war stiller Teilhaber in dem Laden, hat sich aber nicht oft blicken lassen. Hat alles seinem Geschäftspartner überlassen und nur die Kohle kassiert. Da sehe ich kein Motiv, das können wir abhaken.«

Peter nickte. »Was ist mit Salvatore Lezza? Bei dem wollte Bechtel sich doch Geld leihen und ist abgeblitzt. Das scheint mir ein ganz windiger Bursche zu sein.«

»Ja, ganz koscher ist der nicht und auch ein ziemlicher Schmierlappen.«

»Aber Mark Bechtel hat von ihm gar kein Geld bekommen«, warf Gerd ein, »und ist so auch nicht in Verlegenheit gewesen, die Schulden nicht zurückzahlen zu können. Außerdem hat der Vogel jetzt ganz andere Probleme, seitdem ihm das Ordnungsamt wegen der frisierten Spielgeräte auf den Fersen ist. Der muss zusehen, dass sie ihm den Laden nicht zumachen. Ich denke, ihn können wir von unserer Liste streichen.«

Die beiden anderen nickten zustimmend.

»Dann zu diesem Lehrer, Thomas Mängel, der mit der Tochter des Hauses seinen Spaß hatte«, fuhr Gerd fort.

»Der Kerl hat ein wasserdichtes Alibi«, entgegnet Neele.

»Er war bei seinen Eltern, wie er gesagt hat, das haben wir überprüft. Der ist raus. Und wegen der Affäre mit Anastasia werden die Kollegen von der Sitte noch ein Wörtchen mit ihm wechseln.«

»Wen haben wir noch?«, fragte Peter.

»Da ist der Liebhaber der Ehefrau, dieser aalglatte Italiener Toni Aviko-Marino. Gräbt seine Kollegin an und betrügt seine Ehefrau.«

»Der hat sich das Ganze anders vorgestellt und sah seine Felle davonschwimmen, als er erfahren hat, dass Mark Bechtel für das Bürgermeisteramt kandidieren wollte. Dann wäre Schluss mit lustig gewesen.«

»Trotzdem kann ich mir nicht vorstellen, dass dieser kleine Gigolo etwas mit dem Tod unsers Opfers zu tun hat«, erwiderte Gerd nachdenklich. Dazu ist der gar nicht fähig. Woher hätte er die Waffe haben sollen? Kannte er Herbert Müller? Wusste er von dem Gewehr? Aber noch viel wichtiger: Woher hätte er wissen sollen, dass der Bechtel zum Angeln geht?«

»Das wäre auch zu schön gewesen, Liebhaber erschießt Ehemann, fertig, Schluss, aus und der Fall wird zu den Akten gelegt.«

»Die einzig heißen Spuren, die wir bis jetzt haben, sind ein schlagwütiger, hinterwäldlerischer Bauer und dieser verliebte Angler Erwin-Hans Zischke.«

»Dem Bauern ist alles zuzutrauen«, sagt Peter. »Vielleicht verplappert er sich bei den Kollegen von der Drogenfahndung. Und das Motiv ist stark, denk an die Gewinne, die so ein

Windrad einbringt. Die hätte er gut gebrauchen können. Den müssen wir weiter im Auge behalten.«

»Und dieser bekloppte Angler? Der ist seit ewig und drei Tagen in die Ehefrau verliebt, aber immer abgeblitzt. Ich glaube, der würde alles für sie tun, wenn er das Gefühl hätte, ihr damit zu helfen. Durch den Angelverein hatte er so einige Kontakte und wird vieles gehört haben, was in dem Örtchen so gequatscht wird.«

»Was ist eigentlich mit der Tochter«, fragte Gerd. »Die hatte doch auch allen Grund, ihren Vater zu hassen, nachdem er ihren Lover auf dem Parkplatz verdroschen hat.«

»Die kommt mal gar nicht in Frage«, sagte Neele. »Als ich mit ihr über den Tod ihres Vaters gesprochen habe, ist sie komplett zusammengebrochen. Sie mag zwar für ihre sechzehn Jahre ziemlich taff sein, aber diese Sache hat sie total mitgenommen. Anastasia können wir von der Liste streichen.«

»Wenn du meinst.«

Neele schaute auf die Uhr. »Ich glaube, das war es für den Augenblick. Denkt daran, dass morgen die Beerdigung ist. Wir sollten auf jeden Fall schauen, wer dem Opfer hinterhertrauert…oder auch nicht.«

Kapitel 47

Alle in Schwarz, war das Erste, was Susanne Fischer-Bolz durch den Kopf schoss, als sie den evangelischen Friedhof in Nachrodt betrat. Was für eine Heuchelei.

Die Straße zum Holensiepen war komplett verstopft gewesen, offensichtlich wollte jeder Nachrodter zur Beerdigung von Mark Bechtel. Der Mörder ist bestimmt auch hier, wie in den Krimis, dachte sie und schmunzelte vor sich hin. Für die Redakteurin war die mysteriöse Geschichte um den getöteten Ratsherrn ein gefundenes Fressen. Jeden Tag konnte sie irgendetwas berichten. Die Leute waren so scharf darauf, dass sogar die Abo-Zahlen der Zeitung stiegen. Die Gerüchteküche brodelte.

Pastor Gruber begann mit seiner Trauerrede. So unauffällig wie möglich schob sich Susanne nach vorne, um die Familie zu beobachten. Steffi saß komplett zusammengesunken auf einem hellen Holzstuhl, alles an ihr hing hinab. Sie trug Schwarz und eine riesengroße dunkle Sonnenbrille, die das Gesicht verdeckte. Rechts neben ihr saß Anastasia, ebenfalls in Schwarz, geradeaus starrend. Mutter und Tochter berührten sich nicht. Sie sprachen auch nicht. Tränen konnte Susanne nicht erkennen.

Helene hingegen weinte lautstark und theatralisch. »Ach ist das alles furchtbar«, sagte sie immer wieder laut, sodass es auch der Letzte in der Trauerhalle hören konnte. Als die alte Frau versuchte, die Hand ihrer Tochter zu nehmen, entzog diese sie abrupt. Das verwunderte Susanne und sie nahm sich vor, ein paar Erkundigungen über Helene einzuziehen.

Nach Pastor Gruber sprach die Bürgermeisterin: »Dies ist der schwerste Gang, den ich je in meiner Funktion gehen musste«, begann Birgit Tupat. »Auf tragische Weise haben wir einen Menschen aus unserer Mitte verloren, der sich sehr für die Gemeinde engagiert hat, der seit acht Jahren im Rat war und ein Teil unseres Lebens. Unser Mitgefühl gilt seiner Familie. Mark Bechtel ist ermordet worden. Erschossen. Niemals hätte ich es für möglich gehalten, dass eine so grausame Tat in Nachrodt-Wiblingwerde geschehen könnte. Aber wir wollen uns hier nicht mit den schrecklichen Geschehnissen beschäftigen, sondern daran erinnern, was Mark für ein Mensch war. Er war aufrichtig, er war fröhlich und herzlich und manchmal auch kantig.«

Herzlich? Susanne musste grinsen. Ein Kotzbrocken war er gewesen! Sie hörte nicht weiter zu, sondern schaute durch die Reihen der Trauergemeinde. Meike Solbeck saß neben Thorsten Bach. Beide zeigten keinerlei Regung. Konrad Heim redete leise mit Gerd Grieser. Zu blöd, dass Susanne jetzt nicht Mäuschen spielen konnte.

Sie hatte nicht den blassesten Schimmer, wen Neele Schreiber auf dem Kieker haben könnte. Überhaupt war ihr Neele viel zu reserviert, nichts gab sie inoffiziell preis. Wie sollte sie da ihre Arbeit machen? Ein bisschen mehr Solidarität unter Frauen wäre schön, fand sie. Susanne suchte Steffi Bechtels Blick. Aber die hatte sich immer noch keinen Zentimeter gerührt.

Kapitel 48

Der Kerl auf dem Stuhl wirkte nervös. »Nimm Antwort D«, murmelte Erwin-Hans. Wodurch war der Schriftsteller Ödön von Horváth zu Tode gekommen? A: Er beging Selbstmord. B: Er schlief ein. C: Er aß von einem vergifteten Kuchen. D: Ein Ast fiel auf ihn herab. Günther Jauch las die 16.000 Euro-Frage noch einmal vor. Da klingelte das Telefon.

»Verdammt, wer ruft um diese Zeit an? Sollen mich alle am Arsch lecken, grummelte er.«

Der Kandidat entschied sich für Antwort A.

»Siehste, ich hab´s gewusst. Antwort D war richtig!«

Werbepause. Erwin-Hans stand auf und holte aus dem Keller frisches Bier. Erneut klingelte das Telefon. »Verdorri nochmal. Zischke?«

»Steffi hier. Entschuldige die späte Störung.«

Erwin-Hans wurde es blümerant zumute. »Steffi, was ist los? Kann ich dir helfen?«

»Es tut mir furchtbar leid, Hans, ich kann einfach nicht mehr. Die Beerdigung, die vielen Leute und jetzt, nach dem ganzen Tamtam, bricht alles über mich herein. Die Einsamkeit, der Schock, die Alpträume. Ich weiß nicht mehr ein noch aus! Verzeih, hast du überhaupt Zeit und Lust, mir zuzuhören?«

»Klar, ich freue mich über deinen Anruf. Was bedrückt dich?«

»Ach Hans, weißt du, was das Gute an den schrecklichen Geschehnissen ist? Dass ich endlich gemerkt habe, dass du es bist, den ich will. Du bist der Mann, den ich brauche. Wie du den Lackaffen Toni fertiggemacht hast – so etwas tat Mark niemals. Es fiel mir wie Schuppen von den Augen, dass nur du mich wirklich beschützen kannst. Lass es uns zusammen versuchen. Ich flehe dich an!«

Erwin-Hans traute seinen Ohren kaum. Erhörte Gott seine Gebete? Hans, hatte sie gesagt, niemand nannte ihn Hans. Das klang vertraulich, zärtlich.

»Ist das dein Ernst? Du weißt, was du mir bedeutest!?«

»Ja. Du bist alles, was ich will.«

Erwin-Hans konnte sein Glück kaum fassen. Nervös fuhr er durch sein spärliches Haar.

»Allerdings gibt es da jemand, der uns das absolut nicht gönnt. Meine Mutter«, hörte er Steffis Stimme.

Das war´s. Der Haken an der Sache. Was sollte er machen? Zwanzig Jahre hatte er auf diesen Moment gewartet, und kurz vor dem Ziel macht ihm diese böse, alte Schachtel einen Strich durch die Rechnung?

»Sie macht mir mein Leben so schwer. Die Ehe mit Mark war ihr nicht gut genug. Er war ja bloß ein kleines Licht. Ihre Enkelin Anastasia hasste sie von Geburt an. Sie ergötzt sich an meiner Verzweiflung. Glaubst du, sie steht mir zur Seite in dieser schweren Zeit? Sie wirft mir im Gegenteil vor, selbst die Verursacherin all meines Unglücks zu sein! Wenn ihr zu Ohren kommt, dass wir zusammen sind oder gar heiraten, wird sie nichts unversucht lassen, das zu verhindern.«

Hatte sie von Hochzeit gesprochen? Da durfte Helene nicht im Weg stehen!

»Sie muss verschwinden«, hauchte Steffi in den Hörer.

»Steffi, ich tue alles für dich! Heirate mich! Ich lasse mir was einfallen, wie wir Helene für immer loswerden.«

Kapitel 49

Neele wälzte sich im Bett hin und her, rastlos, ruhelos. Als sie endlich aufstand, wankte sie kurz. Die Erschöpfung der Nacht kroch ihr in die Glieder, schwer fühlte sie sich und ihr war schlecht. Mit steifen Gliedern schleppte sie sich ins Bad. Der Spiegel zeigte ihr rot geränderte Augen, hängende Lider. Dusche, die Müdigkeit und den Schmerz abwaschen und den Dreck. Den Dreck auf ihrer Seele.

Sie stellte das Wasser an, wartete. Heiß, kaum auszuhalten, stieg sie in die Kabine und biss die Zähne zusammen. Der Schmerz fuhr ihr in die Glieder. Sie lehnte sich an die Fliesenwand, nahm den Schwamm, den sie zum Reinigen der Fliesen gekauft hatte und rubbelte mit der harten Seite über ihre Haut.

Ihr wurde schwindelig, sie drehte am Thermostat, bis ein kalter Strahl herauskam. Schnell stellte sie das Wasser ab und nahm sich ein Handtuch von der Stange. Flauschig war es und groß, sodass sie sich darin einwickeln konnte. Der Spiegel war vernebelt.

Passt ja gut, dachte sie. Wie mein Gehirn.

Sie tapste barfuß in die Küche. Tief durchatmen. Augen geschlossen halten. Pause. Sich auf ihr Inneres zentrieren.

Doch es half nichts. Sie schaute an sich herunter und die Tränen begannen zu laufen. Wundgeschrubbte Arme und Beine, knallrot, Striemen des harten Schwammes überall. Sie rannte zurück ins Bad, wischte hektisch den beschlagenen Spiegel mit einem Stück Klopapier frei. Riss das Fenster auf, hielt ihr Gesicht nah an das Spiegelglas. Aufatmen! Ein flaues Gefühl in ihr, sie hielt sich am Waschbeckenrand fest. Dankbarkeit. Ihr Gesicht hatte sie ausgelassen.

Sie atmete, Augen geschlossen, Hände am Beckenrand. *Alles wird gut, Neele.*

Schnell nahm sie eine Tube Creme und drückte den Inhalt auf ihre linke und rechte Brust. Mit kreisenden Bewegungen begann sie, alles auf dem Körper zu verreiben. Jetzt fühlte sie sich wieder wie ein Mensch. Sie schnappte sich ihren Morgenmantel, der an einem Haken an der Badezimmertür hing. Kapuze auf, geborgen fühlen.

Die Küche wirkte hell und freundlich. Mit einem Becher Kaffee in der Hand nahm sie eine Broschüre von *Weight Watchers* in die Hand. *Schön, dass Du da bist* stand auf dem Titel. Sie musste lächeln. Dann fiel ihr ein, dass heute Gruppentreffen war und sie vergessen hatte, sich gesund zu ernähren.

Sie musste lächeln und während sie das Stillleben der Kaffeetasse mit dem Logo GELIEBT und SCHÖN, DAS DU DA BIST betrachtete, spürte sie die Kraft der Sonne. Die Wärme berührte ihren Hals, schien ihr ganzes Wesen zu erfassen und ihrer Seele Kraft zu geben.

Neele öffnete den Kühlschrank. Tomatenketchup, Milch und ein paar Radieschen mit welken Blättern. Eine aufgetaute Pizza, die sie vor ein paar Tagen vergessen hatte, in den Backofen zu schieben. Sie wusste überhaupt nicht, was sie die letzten Tage gegessen hatte.

Während sie schnellen Schrittes an der Grundschule vorbei zum Netto ging, klarten sich ihre düsteren Gedanken auf. Im Kopf erstellte sie eine Liste. Neele schrieb ständig Listen. Sie verschafften ihr Überblick und halfen ihr, nicht zu verzweifeln: Therapeuten suchen. Sport treiben. Haare färben. Endlich diesen Mordfall lösen!

Hatte sie etwas übersehen? Sie war stets gut darin gewesen, Informationen zusammenzufügen. Ihre Intuition half ihr dabei und hatte sie schon oft zum Ziel geführt. .

Plötzlich hielt sie inne und starrte auf den Fluss. Der Gedanke, als sie den Toten zum ersten Mal gesehen hatte, jetzt fiel er ihr wieder ein: Weshalb wurde Mark beim Angeln umgebracht?

Sie konzentrierte sich, aber ihr fiel nichts weiter dazu ein. Also ging sie nachdenklich weiter.

Kaum hatte sie Netto betreten, als sie von einer älteren Dame angesprochen wurde, die ebenfalls bei *Weight Watchers* war. Zunächst unterhielten sie sich über Ernährungsprobleme, dann aber wechselten sie das Thema.

»Ich bin so froh, wenn dieser Kerl gefasst wird, der den Bechtel umgebracht hat. Haben Sie das mitbekommen?«

»Ja, schlimme Geschichte«, murmelte Neele.

»Am meisten weiß Frau Cenzik, die hat Kontakte zur Polizei und ist bestens informiert. Die Nichte ihres Schwagers arbeitet dort und erzählt immer von der Sache. Ist schon gut, wenn man alles so mitbekommt.«

Neele lächelte in sich hinein und fühlte sich an ein Lied von den Ärzten erinnert.

»Frau Cenzik arbeitet bei Edeka an der Fleischtheke, und morgens, wenn nicht so viel zu tun ist, hat sie immer Zeit, mir alles zu berichten. Ich gehe sowieso gleich rüber, Sie können gern mitkommen, wenn Sie möchten.«

Neele hatte keine Chance und musste der Dame wohl oder übel folgen. Dort ging man sofort aufs Ganze. Frau Cenzik beugte sich über die Theke und flüsterte geheimnisvoll: »Die haben keine Ahnung bei der Polizei. Als ich am Montag bei den *Fleißigen Nadeln* war, haben wir uns gefragt, weshalb sich keiner Gedanken darüber gemacht hat, woher jemand weiß, dass der Bechtel mitten in der Nacht angeln geht. Das muss doch einer gewesen sein, der ihn kannte und wusste, was der so treibt.«

Neele erstarrte. Das war genau die richtige Frage. Warum war sie nicht selbst darauf gekommen? Wie blöd war sie eigentlich?

Kapitel 50

»Sie gehört zu mir, wie mein Name an der Tür … Und ich weiß, sie bleibt hieeeeeeer.«

Erwin-Hans hüpfte durchs Wohnzimmer. So hatte er sich noch nie gefühlt, das musste der Himmel sein. Er hatte eine Gänsehaut und eine Erektion. Seine Gedanken überschlugen sich: Was ziehe ich an? Ich muss gut riechen. Ich muss gut aussehen. Ich will sie spüren. Will mit ihr schlafen. Ich nehme sie von allen Seiten. Nein, ich muss behutsam sein. Sie hat viel durchgemacht. Quatsch, sie will Sex. Sie will das alles vergessen. Sie will heiraten. Ich auch. Scheiß auf die Leute, sollen sie sich doch die Mäuler zerreißen. Bin ich dann Anastasias Vater? Klar. Und die alte Schrulle muss weg. Jawohl, sie muss weg. Erst die Olle.

Erwin-Hans rannte in die Abstellkammer und schnappte sich eine Plastiktüte vom Lidl. Er fummelte an den Tragegriffen und hielt sie sich an den Mund. Wenn man in die Tüte atmete, konnte man sich beruhigen. Er hatte das schon oft gemacht, wenn er seine Panikattacken bekommen hatte.

Er hockte in dem kleinen Raum auf dem Boden zwischen einem gelben Sack und dem Staubsauger, der seine besten Zeiten hinter sich hatte. Mit Klebeband waren die undichten Schlauchstellen umwickelt. Aber heute klappte es nicht mit der Tüte. Er spürte, wie sich sein Herz überschlug. Mühsam raffte er sich auf. »Jetzt reiß dich zusammen, du alter Sack«, schrie er sich an, schnappte sich den Autoschlüssel und rannte aus der Haustür. Du wirst der Ollen jetzt sagen, wo der Hammer hängt, dachte er, startete den Wagen und gab Vollgas. Er wusste, wo Helene wohnte, schon oft war er Steffi heimlich gefolgt, wenn sie ihre Mutter nach Hause gebracht hatte. Erst letztens hatte er sie beobachtet, wie die beiden erst zu Frau Dr. Bakker gefahren waren und dann wenig später weiter. Er hatte mit seinem Wagen an dem Mini-Kreisverkehr am Kreckel-Haus gestanden und gewartet. Steffi hatte traurig ausgesehen, als sie an ihm vorbeigefahren war. Gesehen hatte sie ihn nie. Dafür war er viel zu schlau.

Acht Minuten später klingelte er bei der Frau, die ihm und seiner goldenen Zukunft im Weg stand.

»Was soll das?« Helene riss die Tür auf und musterte Erwin-Hans abschätzend. »Hast du dich verirrt?«

Erwin-Hans stand wie vom Donner gerührt auf der Fußmatte und sagte nichts.

»Was willst du?«, fauchte Helene.

»Ich muss Sie sprechen. Es geht um Steffi.«

»Ja, glaubst du, ich lass einfach irgendeinen Kerl in meine Wohnung?«

Helene wollte die Haustür wieder schließen, doch Erwin-Hans stellte einen Fuß in die Tür. Es schmerzte wie Hölle, als die Tür seinen kleinen Zeh mit voller Wucht traf.

»Ich sagte, ich muss Sie sprechen«, flüsterte Erwin-Hans und legte ein leichtes Grollen in seine Stimme. Er quetschte sich an Helene vorbei und ging direkt ins Wohnzimmer. Für einen klitzekleinen Moment war Helene sprachlos.

»Sie hören mir jetzt zu«, nutzte Erwin-Hans seine Chance. »Ich liebe Steffi und Steffi liebt mich. Wir werden heiraten. Wir werden eine glückliche Familie sein. Und wir lassen uns das von Ihnen nicht kaputt machen. Deshalb bin ich hier. Damit Sie das wissen.«

Helene starrte ihn an. Dann ließ sie sich auf den Sessel fallen und lachte. Laut und schrill. »Das ist das Dümmste, was ich je gehört habe, du Nichtsnutz. Meine Tochter wollte dich noch nie, du Trottel. Glaubst du, sie nimmt eine fette Sau? Einen, der seit hundert Jahren hinter ihr herschlabbert und nix auf die Kette kriegt?«

Flink sprang Helene aus dem Sessel und baute sich vor Erwin-Hans auf, der sich sofort von ihr wegdrehte und aus dem Fenster starrte. »Hörst du, was ich sage?«

Doch Erwin-Hans nahm Helenes Worte kaum wahr. Er spürte plötzlich nur noch einen unbändigen, heißen Hass. Ehe er sich besann, griff er nach der Kaffeekanne auf dem Tisch und schlug mit aller Kraft zu. Das Porzellan traf Helene an der linken Schläfe. Sie taumelte nach hinten und fiel hart auf den Boden. Tausende Scherben flogen umher.

»Das hast du davon«, schrie Erwin-Hans und schaute auf die Frau herab, die mit offenen Augen an die Decke starrte. Selbst im Tod sah sie noch gemein aus.

Erwin-Hans wurde mit einem Mal ganz ruhig und klar. Er überlegte, was er angefasst hatte, zog ein gebügeltes Taschentuch aus der Hosentasche, bückte sich vorsichtig und putzte den Griff der Kaffeekanne ab, der direkt neben Helenes Haaren lag. Dann stieg er über die Leiche und ging zur Tür. Er berührte die Klinke mit dem Tuch, öffnete die Haustür und hastete davon.

Kapitel 51

Langsam kam Erwin-Hans zur Besinnung. Was hatte er getan? Hatte er Steffis Mutter wirklich umgebracht? Obwohl, es geschah dem Luder nur recht.

Hoffentlich hatte der eine Schlag ausgereicht, um sie ins Jenseits zu befördern. Aber, seine Fische tötete er auch immer auf den ersten Hieb. Er hielt nichts davon, sie lange leiden zu lassen. Er hatte schließlich Routine.

Zwar sollte man nicht töten, aber wie sie dastand und ihn auslachte, da hatte er nicht anders gekonnt. Und die Aussicht, nun endlich im Himmel angekommen zu sein, mit Steffi an seiner Seite, machte ihm zusätzlich Mut. Davon hatte er immer geträumt. Ihre Hochzeit, sie in schneeweiß, er im schwarzen Anzug. Ein Ständchen vom Nachrodter Männergesangverein. Seine Anglerkollegen, die mit ihren blitzenden Angeln Spalier standen. Die nicht glauben konnten, dass er, Erwin-Hans, es endlich geschafft hatte, seine große Liebe zu erobern. Nun würden sie ihn um sein Glück beneiden. Und er hatte Pläne. Eine abgelegene, romantische Blockhütte in den Weiten Kanadas. Ruhige Seen. Er und seine Angel. Steffi, die liebevoll Gemüse im eigenen Garten zog und seine Fische räucherte. Nur sie beide, umgeben von reinster Natur, liebend vereint. Er würde sie beschützen. Vor Ureinwohnern, Bären und allem Übel der Welt.

Es schnürte ihm vor lauter Rührung die Kehle zusammen. Er würde ihr einen Heiratsantrag machen, jetzt gleich. Sie musste einfach »Ja« sagen. Zu ihm, zu ihrem zukünftigen

Leben. Sein Sparbuch reichte für die Flugtickets, viel würde nicht übrigbleiben. Aber wenn sie Helenes Haus verkauften, könnte der Erlös für die Blockhütte reichen. Sie brauchten ja nicht viel.

Abrupt kam er vor Steffis Haus zum Stehen, atmete tief durch, stieg aus und klingelte, bereit, seiner Herzallerliebsten gegenüberzutreten.

Die Tür öffnete sich. Anastasia beäugte Erwin-Hans, der mit drei angewelkten roten Rosen von der ARAL-Tankstelle in der Tür stand. »Ja?«, fragte sie leicht amüsiert.

»Ich … ich mö… möchte zu Steffi, zu deiner Mutter«, stotterte Erwin-Hans.

Anastasia musterte ihn spöttisch und drehte sich betont langsam um. »Mama? Da ist jemand für dich. Mit Blümchen.«

Steffi stürzte atemlos zur Tür. »Du sollst doch nicht herkommen, To… Erwin-Hans?« Stille. »Anastasia, wolltest du nicht zu einer Freundin gehen? Erwin-Hans, was willst du hier?«

Ihr Blick traf ihn bis ins Mark. »Steffi«, flüsterte er. Mit leisem Kichern suchte Anastasia das Weite.

»Nun komm schon rein, die Nachbarn schauen schon.«

Unsanft schob Steffi Erwin-Hans ins Wohnzimmer. »Also?«

Erwin-Hans fiel auf die Knie und wollte ihr die Rosen überreichen. »Mein Herz! Ich habe getan, was du wolltest. Nichts kann uns mehr trennen. Heirate mich. Ich sehne mich schon so lange nach dir.«

Stille. Warum nur sagte sie nichts?

»Was hast du getan? Himmel. Begreif doch, ich wollte nie etwas von dir!«

Erwin-Hans wurde leichenblass. »Aber Steffi, du hast mich doch angerufen. Du wolltest mich. Nur deine Mutter stand unserer Liebe im Weg. Und nun, nun … Jetzt nicht mehr.«

Steffi wurde ebenfalls blass. »Ich weiß ja nicht, welche Hirngespinste du da ausheckst, aber ich habe nicht mit dir telefoniert.«

Ein zutiefst getroffener Erwin-Hans sah sie an. »Ich habe sie erschlagen. Mit ihrer Porzellankanne. Weil du das wolltest. Und jetzt heirate mich. Sonst gehe ich zur Polizei.«

Zwei Augenpaare trafen sich. Eins hart, das andere verzweifelt. »Ich habe eine kleine Anglerhütte an der Ruhr. Dorthin können wir fliehen, bis wir die Tickets nach Kanada haben.«

Steffi wankte. »Kanada? Was willst du in Kanada?«

»Mit dir leben. Für immer.«

»Glaubst du wirklich, ich könnte mit einem Mann leben, der meine Mutter umgebracht hat?«

Sie eilte zum Telefon und wählte zittrig Helenes Nummer. Nichts. »Ich fahre hin. Sofort. Vielleicht ist sie ja noch am Leben.«

Kleinlaut fragte Erwin-Hans: »Und was ist mit uns?«

Schon fast aus der Tür drehte sie sich noch einmal um und musterte ihn. »Wir reden später.«

Erwin spürte Erleichterung. Er musste sie nicht verraten. Es würde ein Happy End geben.

Im Auto atmete Steffi auf. Ob er Helene wirklich

umgebracht hatte? Sie fuhr zu ihrer Mutter, schloss die Tür auf, tastete sich vorwärts – und sah Helene liegen.

Sie hatte sich mittlerweile in den Flur geschleppt, eine Blutspur zog sich durch die Räume. Viel Blut.

»Mutter?«, Steffi konnte nur stammeln. Sie hörte, wie Helene sich an Worten abmühte und beugte sich hinunter.

»Du hast schon immer die falschen Männer angezogen. Hol einen Arzt. Los! Mach schon!«

Auf einmal war Steffi alles klar. Die ewigen Beleidigungen, die Niedertracht würden ein Ende haben. Sie lächelte. »Nein Mutter«, flüsterte sie leise, aber bestimmt. Sie hatte Zeit. Und viel Blut konnte nicht mehr übrig sein. Es war ihr egal. Sie würde sich nie wieder von jemandem kontrollieren oder gar erpressen lassen. Auch dann nicht, wenn er sie vom Alptraum ihres Lebens befreit hatte. Nie wieder!

Kapitel 52

Sie kommt nach. Sie hat mich nicht verraten. Ich fahre jetzt nicht nach Hause, sondern direkt durch zu meiner Angelhütte.

Die Gedanken rasten Erwin-Hans durch den Kopf. Das Blut im Flur, Helenes offene, starre Augen. Wie sie ihn fixiert hatten. Der Besuch bei Steffi. Anastasia, die ihn abschätzig gemustert hatte. Seine Angebetete, die in der Tür erschien …

An der *„Rastatt"* links hoch verschwand er in dem efeubewachsenen Gebäude der Bücherei.

»Sie sind ja so aufgeregt, Herr Zischke. Ist etwas passiert«, fragte ihn Gaby Beil.

»Nein, nein, ich bin nur in Eile. Meine Frau wartet unten im Wagen. Wollte schnell die Bücher zurückgeben.«

Verheiratet? Das war ihr entgangen, obwohl sie sonst immer viel Persönliches über ihre Leser wusste. Für sie war Erwin-Hans ein eingefleischter Junggeselle.

»Ich will noch zu meiner Angelhütte an der Ruhr für einen Kurzurlaub«, redete der einfach weiter. »Also bis zum nächsten Mal.«

Er grinste. Das hatte sie geschluckt. Aber er würde nicht wiederkommen, niemals. Er und Steffi gingen nach Kanada. Jawohl!

»Dann wünsche ich Ihnen Petri Heil und kommen Sie gesund wieder«, verabschiedete ihn Gaby. Neugierig stellte sie sich an das Fenster und sah, wie sein Autos die steile Auffahrt hochfuhr. Dabei meinte sie, nur eine Person in dem SUV zu erkennen. Aber das sollte nicht ihre Sache sein.

Erwin-Hans bog links auf die B236 ein, um zur A46 zu gelangen. Noch einen Abstecher in ein Feinkostgeschäft, in dem er eine Flasche Bollinger kaufte, um später mit Steffi anzustoßen. Glücklicherweise kannte er den Weg nach Wetter-Wengern im Schlaf. Wie romantisch die Hütte war. Sie würde Steffi gefallen. Alles war gut.

Kapitel 53

Ein Polizeifahrzeug und der Bestattungswagen der Firma Krause standen vor der Opperhusener Str. 8. Neele sprach mit Steffi. Wieder einmal. Steffi machte einen vollkommen erstarrten Eindruck. Mechanisch wiederholte sie ihre Aussage. Herr Zischke habe sie in ihrer Wohnung aufgesucht. Er habe ihr den Mord an ihrer Mutter gestanden. Sie sei sofort hergefahren, um zu schauen, ob er die Wahrheit gesagt habe. Außer sich vor Sorge sei sie gewesen.

»Warum riefen Sie nicht sofort nach Herrn Zischkes Aussage die Polizei und den Rettungswagen?«

»Warum sollte ich ihm glauben? Meine Mutter umbringen? Aus welchem Grund?«

»Trotzdem glaubten Sie, es könne etwas Wahres an der Geschichte sein. Oder wieso fuhren Sie zu Ihrer Mutter?«

»Ich bekam Angst um sie. Er blickte so irre.«

»Frau Bechtel, ist Herr Zischke Ihnen gegenüber gewalttätig geworden?«

»Das hätte er nicht gewagt. Ich weiß mich zu wehren! Er redete wirres Zeug von Kanada und einer Anglerhütte an der Ruhr. Der spinnt komplett. Außerdem hätte meine Tochter mir sicherlich geholfen. Oh Gott, Anastasia. Ich muss ihr sagen, dass Oma tot ist.«

Neele blickte auf, als ihr jemand auf die Schulter tippte.

»Na, das ist eine Überraschung, Frau Schreiber. Was machen Ihre Blessuren? Sie sehen ja schon wieder fit aus«, ertönte die joviale Stimme von Dr. Schönthau. »Bei dem Opfer kann ich leider nicht mehr viel machen. Hat sich lange gequält. Wäre ich etwas eher gekommen, hätte ich sie vielleicht retten können.«

Neele schaut ihn erstaunt an. »Wie viel eher?«

»Nun, der Tod dürfte vor einer halben Stunde eingetreten sein. Natürlich kann ich das nicht auf die Minute sagen.«

In dem Moment kam Gerd und winkte sie zu sich. »Ich habe gerade mit der Nachbarin gesprochen. Sie sagt aus, dass Frau Bechtel schon seit zwei Stunden hier ist. Davor kam ein Mann aus der Tür, auf den die Beschreibung von Erwin-Hans Zischke passt.«

»Dann hätte sie ihre Mutter noch retten können«, erwiderte Neele. »Ich habe sie nur einmal getroffen, sicherlich keine nette Frau. Aber einfach zusehen, wie sie stirbt? Oder Steffi Bechtel hat es gleich selbst getan und sucht nun einen Schuldigen. Wir nehmen sie erst einmal mit, stecken sie in Untersuchungshaft und sehen dann weiter.«

Neele wandte sich an Steffi: »Frau Bechtel, Sie kommen mit uns aufs Revier. Wir haben den begründeten Verdacht auf mindestens unterlassene Hilfeleistung bei Ihrer Mutter.«

Steffi schrie auf. »Wie können Sie es wagen? Ich habe gar nichts getan!«

»Das trifft es genau«, antwortete Gerd trocken und brachte sie zu seinem Dienstwagen. Dann führte er ein paar Telefonate. Schließlich erklärte er Neele: »Ich weiß, wo diese Anglerhütte ist. Ein alter Freund hat es mir beschrieben. Lass uns direkt losfahren, ohne Blaulicht und Getöse. Wir wollen das Fischchen ja nicht verschrecken.«

Kapitel 54

Erwin-Hans fühlte sich gut. Er hatte alle Brücken hinter sich abgebrochen, sein Sparbuch geplündert, Geliehenes zurückgebracht. Nun dämmerte es, und um sich die Wartezeit zu verkürzen, holte er seine Angel heraus. Wann würde Steffi wohl eintreffen? So richtig begeistert hatte sie nicht geklungen. Dabei hatte er alles getan, was sie wollte. Frauen waren schon komisch.

Er sah auf die Uhr. Ganz schön spät schon.

Dann ein Geräusch, mitten in seine rosaroten Gedanken. Ein Fisch hatte angebissen und seine Angelschnur surrte die Ruhr herunter. Schnell griff er zur Angel und zog den Fisch vorsichtig an Land. Eine Regenbogenforelle, ein Riesenexemplar, das musste ein gutes Zeichen sein. So ein Fang war selten. Er griff zu seiner Bierflasche und tötete den Fisch vorschriftsmäßig.

Auf einmal beschlich ihn ein mulmiges Gefühl. Da war doch jemand im Gebüsch. War Steffi gekommen? Oder waren das die Kühe, die friedlich vor sich hin grasten? Langsam drehte er sich herum, in der einen Hand den Fisch, in der anderen die Flasche.

Vor ihm stand Kommissarin Neele Schreiber und sagte auffordernd: » Erwin-Hans Zischke, ich nehme Sie vorläufig fest. Es besteht der begründete Verdacht, dass Sie Helene Theile getötet haben. Legen Sie die Flasche und den Fisch auf den Boden und heben Sie die Hände!«

Erwin-Hans ließ völlig überrascht beides fallen. Ungläubig

sah er einen Beamten auf sich zukommen, die Handschellen glitzerten im Mondlicht. Wie zum Teufel hatten sie sich so lautlos anschleichen können? Hatte Steffi ihn verraten? Es konnte nicht anders sein. Woher sonst wussten die Bullen von seiner Hütte?

Die Erkenntnis, dass er für einen Mord in den Knast gehen sollte, sickerte schlagartig in sein Hirn. Für seine Angebetete. Die ihn verraten hatte. Plötzlich rannte er los, direkt auf das Wasser zu. Vielleicht konnte er sich an das andere Ufer retten und entkommen. Oder halt ertrinken. Alles ging den Bach runter, da konnte er gleich mitgehen.

Er sprang in den Fluss und schwamm um sein Leben. Da knallte ein Schuss. Panisch schwamm er weiter. Er spürte einen Schlag gegen seinen Kopf, dann wurde alles schwarz.

Als Erwin-Hans aufwachte, lag er auf einer Wiese, an den Händen mit Handschellen gefesselt. Eine junge Beamtin stand vor ihm, völlig durchnässt, und schimpfte in Richtung Neele: »Blödmann. Hat der geglaubt, er könnte uns entkommen?«

Neele dachte an ihren Stunt auf dem Bauernhof. »Die Sauerländer Dickköpfe lassen sich nicht kampflos festnehmen, das habe ich auch schon festgestellt. Frau Röhrschwengel, fahren Sie mit Ihrem Kollegen nach Hause und ziehen Sie sich trockene Sachen an. Danke für Ihren Einsatz, wir haben alles unter Kontrolle.«

Erwin-Hans versuchte, sich aufzurichten. »Ich habe das nur getan, weil Steffi mich dazu angestiftet hat. Ihre Mutter stand unserer Liebe im Weg. Ich wollte ja nur mit ihr reden!

Aber diese böswillige Kreatur hat mich so beleidigt, dass ich einfach nicht mehr konnte – und die Kaffeekanne stand da.« Hilflos zuckte er mit den Schultern.

Zwei Sanitäter halfen Erwin-Hans in den Krankenwagen. Neele fragte: »Ist Herr Zischke vernehmungsfähig?«

»Das muss ein Arzt entscheiden, aber die Platzwunde sieht nicht gut aus. Vermutlich hat er eine Gehirnerschütterung. Wir nehmen ihn erst einmal mit«, erwiderte ein Sanitäter.

Gerd und ein weiterer Polizeibeamter begleiteten den Krankenwagen. Neele lief den dunklen Feldweg allein entlang zu ihrem Dienstwagen. Auf dem Weg Richtung Wetter überholte sie der Krankenwagen. Ein Polizeiwagen folgte ihm.

Haben wir nun den Täter, überlegte sie, oder hat Steffi nachgeholfen? Ein Motiv hatten beide. Jahrelange Unterdrückung konnte so einiges auslösen. Aber verschmähte Liebe ebenfalls. Sie würden es herausfinden.

Altenaer Kreisblatt

Seniorin verblutet im eigenen Haus

Nachrodt-Wiblingwerde. Am Samstag wurde in Opperhusen die Leiche der siebzigjährigen Helene H. aufgefunden. Wie die Polizei berichtet, ging der Notruf mittags ein. Der Notarzt konnte nur noch den Tod feststellen. Es besteht ein begründeter Verdacht auf ein Tötungsdelikt. Wer hat etwas gesehen? Die Polizei bittet um Hinweise unter der Telefonnumer 40999.

Dicker Fisch an der Angel

Nachrodt-Wiblingwerde. Im Zusammenhang mit der weiblichen Leiche in Opperhusen wurde gestern Abend ein Verdächtiger in Wetter festgenommen. Der Versuch, schwimmend über die Ruhr zu entkommen, wurde vereitelt. Eine Verbindung mit dem Tod von Mark B. kann nicht ausgeschlossen werden. Hauptkommissarin Neele Schreiber hält sich dazu aus ermittlungstaktischen Gründen bedeckt. Das AK berichtet weiter.

Kapitel 55

Neele und Gerd waren erschöpft. Das Verhör mit Erwin-Hans Zischke war nervenaufreibend gewesen. Der Mann war völlig gebrochen. Er hatte alles verloren, seine große Liebe, seinen Traum von Kanada … Und Angeln war im Knast auch tabu. Er hatte gesungen wie eine Nachtigall. Es war wirklich erbärmlich. Kein Wunder, dass Steffi ihn hatte links liegen lassen.

Allerdings war es schon merkwürdig, dass er partout nicht davon abweichen wollte, sie hätte ihn zu der Tat angestiftet. Seine Aussage klang durchaus glaubwürdig, doch Steffi stritt dieses Telefonat kategorisch ab. Das verwirrte Neele. Sie traute dem Angler ein eigenständiges Handeln nicht zu.

Und Stefanie Bechtel? Sie hatte ihren Mann und ihre Mutter verloren. War sie so kaltblütig, auf die eigene Mutter einen Mörder anzusetzen? Hatte sie vielleicht auch ihren Mann auf dem Gewissen?

Neele ließ ihren Gedanken freien Lauf. Sie sah Gerd an. »Meinst du, wir haben unsere Tatverdächtigen? Aber wie hängen die Morde zusammen? Ist Erwin-Hans ein Bauernopfer oder mehrfacher Mörder? Wollte Stefanie Bechtel mit ihrem italienischen Liebhaber durchbrennen? Hat sie erst ihren Mann ermordet und danach die Mutter? Das passt nicht. Ihr Mann wollte Bürgermeister werden, diese Vorstellung hat ihr bestimmt gefallen. Und einen Liebhaber muss man nicht heiraten. Ihr Mann betrog sie ebenfalls. Und woher sollte sie von der Schrotflinte wissen? Zu viele offene Fragen.

Ich schlage vor, wir fahren noch einmal in die JVA und befragen sie erneut. Ihr italienischer Freund scheint es immerhin ernst mit ihr zu meinen. Er hat sich bei uns gemeldet, als er aus der Gerüchteküche von Steffis Verhaftung gehört hat und um eine Besuchsgenehmigung gebeten. Ich habe ihn dort angemeldet. Vielleicht kann er seine Geliebte zu einer Aussage überreden. Auch Anastasia darf sie besuchen. Das arme Mädchen hält sich tapfer.«

Kapitel 56

Toni fuhr Richtung Gelsenkirchen und dachte an Steffi. Er wollte sich gar nicht ausmalen, wie es ihr ging. Wie war die Polizei nur auf die aberwitzige Idee gekommen, Steffi solle diesen Angelheini angestiftet haben, ihre Mutter zu ermorden? So etwas Hirnrissiges, dazu war sie doch gar nicht fähig! Wie sie sich wohl gerade fühlte? Sie war doch psychisch sowieso schon angeschlagen durch das ganze Theater in den letzten Tagen. Und dann auch noch die Verhaftung. Hoffentlich erlaubten sie ihm in dem Laden wenigstens eine Umarmung.

Er schaute auf die Uhr, ja, er war gut in der Zeit. Mittags waren die Staus im Ruhrgebiet noch einigermaßen gering.

Bevor er Steffi sehen durfte, musste er Brieftasche und Handy abgeben.

»Sonst nichts dabei?«, fragt der Beamte.

Toni verneinte und hoffte, dass seine Stimme ihn nicht verriet, denn voller Nervosität dachte er an den Gegenstand in der rechten vorderen Hosentasche.

»Gehen Sie bitte durch den Körperscanner.« Beim Durchgehen leuchtete der Scanner rot auf und gab ein Warnsignal ab. Daraufhin wurde Toni noch einmal gründlich von einem Beamten abgetastet.

»In Ordnung, folgen Sie mir bitte, ich bringe Sie zum Besucherraum.«

Erleichtert folgte Toni ihm zur Tür und dann durch einen grell ausgeleuchteten Flur. Vor einer weiteren Tür blieb der Beamte stehen und fragte: »Sie kennen die Regeln? «

Toni schüttelte den Kopf.

»Keine Berührungen mit dem Häftling. Keine Mitbringsel.«

Toni nickte zustimmend.

Der Beamte öffnete die Tür und Toni betrat einen tristen Raum mit drei Tischen und jeweils zwei Stühlen. An zweien der Tische saßen Personen und unterhielten sich mit flüsternden Stimmen. Es herrschte eine gedrückte Stimmung. Dann sah er Steffi, die mit hängendem Kopf an einem der Tische saß.

»Steffi«, sprach Toni sie leise an. Sie hob den Kopf, ihre Gesichtszüge veränderten sich und Tränen traten in ihre Augen, die voller Hoffnungslosigkeit waren.

»Toni«, sagte sie mit brüchiger Stimme und sah ihn verzweifelt an. Er ging zum Tisch und wollte sie umarmen, doch hinter sich hörte er die Anweisung des Beamten, der neben der Tür stand: »Keinen Körperkontakt!«

»Verzeihung«, sagte Toni und setzte sich Steffi gegenüber an den Tisch.

»Wie geht es dir?« Aber er musste sie nur ansehen, um zu wissen, dass sie völlig fertig war.

Steffi schaute ihn an und brach in Tränen aus. »Ich habe meine Mutter nicht verbluten lassen. Wie kann das nur irgendjemand glauben? Die Polizei irrt sich! «

Toni sah sie traurig an und entgegnete: »Ich liebe dich und du fehlst mir. Wirst du gut behandelt? Kann ich dir irgendetwas besorgen? War Anastasia schon hier? Hast du einen guten Anwalt? Ich kenne einen, der soll ein ganz scharfer

Hund bei solchen Fällen sein.«

Aber Steffi hörte nicht zu und stammelte hilflos: »Ich weiß nicht, wie Erwin-Hans das behaupten kann. Ich hab nicht mit ihm telefoniert und schon gar nicht, um ihn anzustiften, meine Mutter zu töten!« Sie war völlig aufgelöst.

Toni redete beschwichtigend auf sie ein: »Steffi, Schatz, beruhige dich, kein Mensch, der ein bisschen Verstand hat und dich kennt, kann dich verdächtigen. Die werden feststellen, dass sie sich irren. Obwohl, bei der bösartigen Helene könnte ich es dir nicht einmal verdenken!«

Steffi sprang auf, beugte sich über den Tisch und starrte Toni wild an: »Wie kannst du das nur denken? Ich stifte niemanden zu einem Mord an!«

Wieder kam von hinten die Stimme: »Sofort hinsetzen, oder der Besuch ist beendet!«

Niedergeschlagen ließ Steffi sich auf den Stuhl sinken.

Toni beugte sich vor. »Reg dich bitte nicht auf, es wird sich alles aufklären und bald kommst du hier raus! Dann werde ich mich um dich kümmern. Mit Babsi spreche ich, sobald ich zu Hause bin. Ich trenne mich von ihr, unsere Ehe ist schon lange kaputt und ich will mit dir zusammen sein.«

Doch Steffi starrte nur vor sich hin und blickte nicht einmal auf. Daraufhin kramte Toni in seiner rechten Hosentasche, zog sein Taschentuch heraus, weil Steffi weinte, und sagte eindringlich: »Schatz, sieh mich an!«

Sie hob verzweifelt den Kopf. Toni drehte sich mit fragendem Blick nach dem Beamten um und deutete auf das Taschentuch, dieser nickte widerwillig und Toni reichte es ihr.

Sie nahm es fest in die Hand, jedoch ohne sich die Tränen abzuwischen.

Im Hintergrund räusperte sich der Beamte: »Die Besuchszeit ist gleich rum! Verabschieden Sie sich bitte jetzt.«

Toni blickte verwirrt auf seine Uhr. Tatsächlich, die Zeit war wie im Flug vergangen. Er erhob sich langsam, beugte sich über den Tisch, nahm Steffis Hände und flüsterte: »Denk immer daran, ich liebe dich und versuche schnellstens, wieder eine Besuchserlaubnis zu bekommen.«

Steffi schaute ihn dankbar an. Zum ersten Mal war so etwas wie Erleichterung in ihren Augen zu sehen.

Nachdem Toni die JVA verlassen hatte und wieder in seinem Auto saß, ließ er den Kopf auf das Lenkrad sinken und begann lautlos zu weinen. Schmerzlich wurde ihm bewusst, dass er nichts für sie tun konnte.

Kapitel 57

Anastasia saß im Zug nach Gelsenkirchen. Sie tat es tatsächlich, sie besuchte ihre Mutter in der U-Haft. Diese beteuerte noch immer ihre Unschuld. Im Beteuern war sie immer schon gut gewesen. Natürlich würde ihr niemand glauben, denn die Beweislast war erdrückend. Sie jedenfalls glaubte ihrer Mutter kein Wort. Und dass sie eine Affäre hatte, sah doch ein Blinder mit dem Krückstock. Überhaupt waren ihre Eltern irgendwie krass. Jeder hatte immer sein Ding gemacht und nie Rücksicht dabei genommen. Okay, manchmal hatten sie auch Sex gehabt, sie wusste es, weil ihre Mutter dann so laut schrie, dass die halbe Nachbarschaft wach wurde. Als sie noch kleiner war, hatte sie auch schon so geschrien, wenn ihr Vater auf Fortbildung war. Sie habe Alpträume, hatte es dann geheißen. Ganz sicher, dreimal die Woche …

»Ey, rutsch rüber!«

Sie sah auf. Vor ihr stand ein Typ mit Piercing in der Nase. Sie kniff die Augen zusammen. »Du willst dich nicht neben mich setzen, glaub mir.«

Der Typ sah sie mit großen Augen an und sagte dann: »Okay, schlechtes Karma, verstehe.« Er tippte sich an seine Baseball-Kappe und zog Leine.

Anastasia atmete langsam aus. Das hatte bisher immer geklappt. Sie war diejenige, die bestimmte, wer neben ihr saß, kein anderer sonst. Innerlich musste sie grinsen. Der Typ sah ja ganz nett aus, aber jetzt hatte sie andere Sorgen.

In Gelsenkirchen nieselte es leicht. Anastasie zog ihre

Jacke etwas höher, dann ging sie den langen Weg zur JVA und klingelte. Nach einer Weile hörte man ein Summen und die Tür öffnete sich. Wie auch Toni musste sie alle ihre Gegenstände beim Pförtner abgeben und dann den Körperscanner betreten. Das Gerät piepte laut und eindringlich.

»Was haben Sie noch am Körper?«, wurde sie gefragt.

»Nichts«, antwortet Anastasia zögerlich, bis ihr einfiel, dass ihr Oberschenkelknochen genagelt worden war. »Ach ja, ich habe Nägel im Oberschenkel. Darüber habe ich eine Bescheinigung, die habe ich aber zu Hause.«

»Das ist schlecht«, sagte der Beamte. »So darf ich Sie nicht reinlassen.«

Anastasia sah ihn an. Tränen standen in ihren Augen. »Bitte, ich muss zu meiner Mutter! Sie ist keine Mörderin. Alle denken, sie war es, aber das glaube ich nicht.«

»Nun bleiben Sie mal ganz ruhig«, sagte der Beamte und griff zum Telefon. Keine zwei Minuten später kam eine Frau mit einem Handscanner und kümmerte sich um sie. Am rechten Oberschenkel piepte der Scanner wie erwartet.

»Alles klar«, sagte die Beamtin und und ließ sie durch.

»Danke«, flüsterte Anastasia, »Sie wissen nicht, was das für mich bedeutet.«

Im Besucherzimmer fielen sich Mutter und Tochter in die Arme. Doch ein strenges Räuspern ließ sie wieder auseinanderfahren.

»Mama«, sagte Anastasia laut und vernehmlich und legte für die Beamtin, die an der Tür stand, noch einen kräftigen

Schluchzer nach, »Wie geht es dir?«

Steffi sah sie an: »Nasti, mir tut das alles so leid.« Sie fing an zu weinen.

Anastasia sah sie an. »Ist schon gut, Mama. Ich wollte dich nur sehen.« Sie bückte sich und nestelte an ihren Schuhen herum. Dann richtete sie sich wieder auf. »Gibt es hier Kameras in der Zelle?«

»Nein. Obwohl: Es gibt Gefängniszellen für Selbstmörder oder Gefährdete, die rund um die Uhr überwacht werden.«

Die Tochter nickte. »Aber du machst keinen Quatsch, oder?«

Steffi lachte auf. »Nein, Nasti. Auch wenn mir manchmal danach ist. Aber dann denke ich an dich und dass ich für dich da sein muss. Ich werde meine Unschuld beweisen!« Sie nahm Anastasia wieder in den Arm und trotzte dem Verbot. »Sei unbesorgt, niemand stellt sich zwischen uns.« Sie fing wie eine Irre an zu lachen. »Niemand, hörst du, Niemand!«

Dann brach sie zusammen. Wie eine Marionette, der die Schnüre durchgeschnitten werden, sank sie zu Boden und schluchzte hemmungslos: »Ich habe Oma nicht getötet, Nasti. Hör nicht auf die Leute. Ich fühle mich hier so allein. Ich vermisse Papa und dich.«

Anastasia nahm sie in den Arm, zunächst zögernd, dann immer fester. »Ist gut, Mama, ist gut.« Sie streichelte ihr mit der linken Hand über das Gesicht. Die Rechte war zur Faust geballt. »Du weißt ja am besten, was du tun musst, um hier endgültig rauszukommen.« Sie nahm Steffis Hände in ihre. »Beim nächsten Besuch sieht alles schon wieder anders aus.«

Dann drehte sie sich abrupt um und ging zum Ausgang.

Draußen vor dem Tor wartete sie auf ein Taxi. Es dämmerte schon. Sie hatte ihre Aufgabe erfüllt, sie hatte ihre Mutter besucht. Und sie hatte alles richtig gemacht. Ihre Mutter würde wissen, was zu tun war.

Kapitel 58

In was für einen Fall bin ich da nur hineingeraten? dachte Neele und starrte aus dem Beifahrerfenster. Am Anfang hatten wir lediglich einen toten Angler. Aber je mehr wir ermitteln, desto tiefere Abgründe tun sich auf. Ein spielsüchtiger Bürgermeister-Anwärter, der nebenbei ein Bordell betreibt. Ein Lehrer, der ein Verhältnis mit einer Schülerin hat. Ein irrer Bauer, der eine Hanfplantage auf seinem Dachboden unterhält, und eine Frau, die ihren liebesblinden Verehrer dazu anhält, ihre eigene Mutter umzubringen. Es ist wie ein Schleier aus Mord, Korruption, Gier und Affären. Immer, wenn ich glaube, diesem verworrenen Puzzle ein Teil hinzufügen zu können, taucht überraschend ein neuer Mitspieler auf und wirft mir den Tisch um. Mal schauen, was die heutige Befragung bringt.

»Ein feiner Zug von der Zentrale, mir einen neuen Dienstwagen zu spendieren«, unterbrach Gerd ihre Gedanken. »Nach unserem kleinen Abenteuer auf dem Bauernhof war er nicht mehr fahrtauglich.«

»Ist ja auch kein Wunder«, warf Neele schmunzelnd ein, »schließlich hatte ein Traktor auf deinem Opel geparkt. Ich bin heilfroh, dass du es rechtzeitig aus dem Auto rausgeschafft hast.«

»Ich finde es ja rührend, Mädchen, dass du dir Sorgen um mich machst, aber du darfst nicht vergessen, dass ich über die Reflexe eines Wiesels verfüge.«

»Okay, ab heute nenne ich dich nur noch Gerd, das Wiesel.«

Der neue BMW bahnte sich weiter zielstrebig seinen Weg zur JVA Gelsenkirchen.

»Da vorne ist es ja.« Vor ihnen reckten sich fast sechs Meter hohe Betonmauern empor, die keinen Zweifel daran ließen, dass die Inhaftierten nicht vor dem Ende ihrer Haftzeit diese Anstalt verlassen würden.

Der Dienstwagen kam auf dem Parkplatz vor dem Haupteingang zum Stehen. Während Neele dem schnittigen Wagen schwungvoll entstieg, hatte ihr Partner seine Schwierigkeiten. »Diese verdammt niedrigen Sitze. Ich frage mich, welcher Menschenschinder die erfunden hat«, grummelte Gerd vor sich hin.

Nachdem er sich mit einer Kombination aus Fluchen und ruckartigen Bewegungen aus dem Dienstwagen befreit hatte, begaben sich beide zum Eingang. Neele betätigte die Klingel unterhalb einer auf Gesichtshöhe angebrachten Überwachungskamera neben der Eingangstür. Mit einem durchgehenden Summen öffnete sich die Eingangstür. Beide zückten ihre Dienstausweise.

»Kriminalpolizei Altena. Wir ermitteln in einem Mordfall und müssen zu einer Ihrer Insassinnen, Stefanie Bechtel«, erklärte Gerd.

Der Beamte nickte. »Ich rufe Ihnen eine Kollegin, die sie hinbringt.«

Eine zierliche Frau mit Prinz Eisenherz-Frisur betrat den Empfangsbereich.

»Tach Matze, sind dat die beiden, die zur Bechteln wolln?«, polterte es aus ihr heraus.

Neele und Gerd mussten grinsen. Die Beamtin führte sie entlang einer tunnelartigen Überdachung, die von hellblauen Streben gestützt den gesamten Gebäudekomplex umgab. Sie passierten eine rote, mit schmalen Gläsern versehene Eingangstür und schon hörte man aus der Ferne ein reges Murmeln, das mit jedem Schritt lauter wurde. Die rot umrahmten grauen Zellentüren links und rechts waren alle verschlossen. Bis auf eine, vor der zwei Menschen standen. Neele versuchte, die Szene zu erfassen. Ein großer, hagerer Mann mit buschigen Augenbrauen und silbrigem Haarkranz fuhr sich unentwegt mit der Hand über den Mund. Eine junge Frau mit einer Spiegelreflexkamera, die vor der offenen Tür die abstrusesten Posen einnahm, schoss Fotos vom Zelleninneren.

Gerds Stirn legte sich in Falten. »Mädchen, das gefällt mir gar nicht.«

Ein rundlicher Mann im weißen Kittel trat aus der Tür. Neeles Herz begann laut zu pochen. Sie spürte das Pulsieren bis in die Schläfen. Im Hintergrund hörte sie die Beamtin, die sie herbegleitet hatte, etwas murmeln, verstand sie aber nicht. Der hagere Mann sprach sie an. »Ich bin Wilfried Moser, der Leiter der JVA.«

Neele ergriff seine Hand, um den Gruß zu erwidern.

»Wir sind von der Kriminalpolizei und möchten Stefanie Bechtel verhören.«.

Verwundert schaute der JVA-Leiter die beiden an. »Dafür sind Sie zu spät.«

»Ich kann nicht ganz folgen«, sagte Grieser.

»Nun ja, sehen Sie selbst.«

Neele und Gerd schauten in das Innere der Zelle. Vor den beiden Ermittlern entfaltete sich ein Bild wie aus einem Horrorfilm. Der hellblaue Boden war fast vollständig mit Blut bedeckt. In der Mitte dieser unwirklichen Szenerie lag der leblose Körper Steffi Bechtels. Ihre Pose erinnerte Neele an einen Schneeengel. Sie lag rücklings auf dem Boden, die Beine angewinkelt auf dem Bett, die Arme nach links und rechts vom Körper ausgestreckt. Sie war nur mit ihrer Unterwäsche bekleidet. Auf den ausgestreckten Armen konnte Neele tiefe Einschnitte erkennen, die vom Handgelenk bis in die Ellenbeuge verliefen. Ihre Haut war blass, was den Eindruck eines Engels noch verstärkte. Die Augen der Toten waren weit aufgerissen und starrten ins Leere. Die schwarze Mascara war verlaufen und umrahmte die toten Augen wie mit einer Maske. An der Wand stand in großen Buchstaben mit Blut geschrieben *MONSTER*. Steffi Bechtels letztes Wort.

DRITTER TEIL

Kapitel 59

Zurück aus der JVA standen die beiden Ermittler noch immer unter Schock. Während Neele wachsbleich war, hatte Gerd vor Zorn einen hochroten Kopf bekommen.

»Wie konnten diese Hornochsen die Rasierklinge übersehen? Das muss einfach aufgefallen sein!«

Neele hatte ganz andere Gedanken. »Wie bringen wir das nur dem armen Mädchen bei? Erst der Vater, dann die Oma und nun ihre Mutter. Alle tot. Keine liebenswerte Familie, aber trotzdem. Ich fahre zu Anastasia.«

Gerd sah zu ihr herüber. »Schaffst du das alleine? Einer muss sich die Videobänder ansehen. Immerhin haben sie die Aufnahmen herausgerückt. Ich hoffe, es ist etwas Verwertbares dabei.«

Neele nickte nur und machte sich auf den Weg.

Seufzend legte Gerd das erste Video ein. Zwei Besucher hatte Stefanie Bechtel gehabt, erst diesen italienischen Windbeutel und dann Anastasia. Konnte einer von ihnen die Klinge hineingeschmuggelt haben? Aber wie hätte das gehen sollen? Jeder Besucher musste sich durchsuchen lassen, Berührungen waren verboten. Es musste zum Kontakt gekommen sein.

Aber warum zum Teufel hatte sich Stefanie Bechtel umgebracht? Es gehörte schon viel Mut oder auch Verzweiflung dazu, den Tod so zu inszenieren. Und was sollte dieses blutige Wort bedeuten? Dass sie selbst das Monster war? Oder jemand anderes? Irgendetwas passte hier nicht.

Ganz und gar nicht.

Gerd konzentrierte sich auf die Aufnahmen, Tonis Besuch bei Steffi. Da, er hatte ihr ein Taschentuch gereicht. Konnte darin eine Klinge versteckt sein? Aber Gerd sah kein Motiv bei ihm. Ja, er konnte ihn nicht leiden, aber Toni hatte jetzt freie Bahn und allein der Besuch zeigte, dass er seiner Geliebten auch in schwierigen Zeiten beistehen wollte.

Immer wieder spulte er die Aufnahmen zurück. Da musste doch etwas zu sehen sein. Aber er entdeckte nichts, außer dem Taschentuch. Und dieses landete auch noch nach dem Besuch im Papierkorb.

Dann kam Anastasia. Ein seltsames Mädchen, halb Kind, halb Frau. Mal ruppig und auf Krawall gebürstet, dann verzweifelt und schutzbedürftig. Wenn sie wusste, was ihre Eltern so trieben, konnte sie deshalb einen Mord begehen?

Er verfolgte die Besuchsszene, sah die Umarmung. Und was war das? Sie flüsterte ihrer Mutter etwas ins Ohr, die sie ungläubig ansah und wie gebrochen den Besuchsraum verließ. Anastasia ging zur Tür. Er erhaschte auf dem Video ihren Blick und sah – ein kurzes, triumphierendes Lächeln.

Bei Gerd schrillten die Alarmglocken. Verdammt! Dieses Mädchen hatte die ganze Zeit ein falsches Spiel gespielt. Jede Menge Tränen und am Ende ein intrigantes Biest. Hatte sie ihrer Mutter die letzte Hoffnung genommen und ihr den Tod gewünscht?

Er musste sofort Neele informieren. Also griff er zum Telefon. Ließ es klingeln. Warum nahm sie nicht ab? Mach schon…

Kapitel 60

Neele umklammerte das Lenkrad und starrte auf die Straße. *Ich hasse meinen Job!* Tränen liefen ihr über die Wangen, doch sie merkte es nicht. Warum konnte ich nicht einen ganz normalen Job haben? Bei Edeka oder in der Bäckerei?

Sie setzte den Warnblinker und fuhr rechts ran. Ihre Gedanken fuhren Karussell. Das war doch alles nicht normal! Wie konnte eine ganze Familie plötzlich tot sein? Nur weil sie neu in der Stadt war? Hatte das alles etwas mit ihr zu tun?

Sie kramte im Handschuhfach, irgendwo mussten noch Kippen liegen. *Jetzt reiß dich zusammen!* Wer hattte das immer gesagt? Sam? Du kannst mich mal, Sam, dachte sie. Deinetwegen bin ich hier.

»Ich fahre da jetzt hin. Ich gehe rein, nehme Anastasia in den Arm und dann werden wir eine Lösung finden. Ich lasse die Kleine nicht allein. Ich bin auch nur ein Mensch«, murmelte sie wie ein Mantra vor sich hin.

Neele startete den Wagen, fuhr nach Nachrodt, stieg aus und ging langsam zur Tür. Sie klingelte.

Nichts. Doch dann öffnete Anastasia.

»Ich war im Bad. Tschuldigung«, sagte sie.

»Kann ich reinkommen? Ich muss mit dir sprechen.«

Ohne eine Antwort abzuwarten drückte Neele sich an Anastasia vorbei ins Haus und ging ins Wohnzimmer.

»Was ist jetzt schon wieder?« Anastasia war ihr gefolgt. Ihre Stimme klang klar und fest, ein wenig genervt.

»Anastasia«, flüsterte Neele. »Anastasia. Deine Mama.«

»Was?«

Neele schluckte. »Deine Mama ist tot. Es tut mir so leid.«

Stille. Anastasia starrte Neele an. Neele schaute zu Boden. Sie traute sich nicht, das Mädchen anzusehen, das jetzt niemanden mehr hatte.

»Anastasia«, flüsterte sie, »ich wollte, es wäre nicht wahr.«

Das Mädchen sackte zusammen, vergrub ihr Gesicht in den Händen und sagte nichts. Nicht einmal ein Atmen war zu hören. Neele legte schützend ihre Arme um die Jugendliche.

»Weißt du was«, sagte Neele nach ein paar Minuten der totalen Stille, »wir packen jetzt ein paar Sachen und dann kommst du erst einmal mit zu mir.«

»Nein!«

Ein klares Nein. Kein Zögern, kein Zaudern.

»Wenn das alles ist, dann auf Wiedersehen«. Anastasia ließ Neele im Flur zurück.

Doch Neele blieb beharrlich. »Anastasia«, rief sie.

Das Mädchen stand in der Küche und drehte ihr den Rücken zu.

»Anastasia?«, versuchte es Neele noch einmal. »Bitte. Sprich mit mir. Du kannst hier nicht alleine bleiben. Du brauchst jetzt Hilfe.«

Anastasia schnellte herum. Ihre Augen waren weit aufgerissen und sie schrie zornig: »Du bist die Letzte, die weiß, was ich brauche!«

Neele ging auf sie zu, doch Anastasia streckte die Arme weit nach vorn. Eine Drohgebärde, bis hierhin und nicht weiter. Ihre Augen funkelten.

»Anastasia. Bitte«.

Neeles Handy klingelte, aber sie ignorierte den Ton. Nichts war jetzt wichtig. Doch wieder dieser durchdringende Ton. »Scheiße«, schrie Neele, fingerte in ihrer Tasche und schaute auf das Display. Es war Grieser.

»Das ist jetzt echt schlecht, Gerd«, murmelte sie.

Neele fühlte einen betäubenden Schmerz, ging zu Boden und wurde ohnmächtig. Sie hatte den Schlag gegen ihren Kopf nicht kommen sehen.

Als sie Minuten später wiedererwachte, saß sie gefesselt und hilflos auf einem Stuhl. Ihre Handgelenke scheuerten an der Stuhllehne. Wie hatte das passieren können? Ihr war schlecht, sie atmete durch die Nase und versuchte, sich nicht von ihrer Panik überwältigen zu lassen. Alles tat ihr weh, übermächtig nahm sie den metallischen Geruch von Blut wahr, sie roch ihren Schweiß und ein herbes Deo, vermischt mit einem Hauch von Urin. Ihre Augen konnte sie nicht öffnen und ihr fehlte die Erinnerung.

Zerschunden und zerschlagen fühlte sie sich. Erbärmlich ausgetrickst.

Ihre Augen begannen zu flimmern. Gleißendes Licht fiel wie durch schmale Schlitze auf Neeles Netzhaut und blendete sie. Eine zarte, weit entfernt klingende Stimme drang an ihr Ohr.

»Aufwachen!«

Sie blinzelte. Zwei große blaue Augen sahen sie feurig an.

»Wach endlich auf!«, hallte es ihr nun entgegen, gefolgt von einer donnernden Ohrfeige.

Der Schlag traf sie wie ein Blitz. Adrenalin strömte in ihre Adern und durchflutete sie vom Kopf bis zu den Zehenspitzen. Neele öffnete die Augen und war wieder bei vollem Bewusstsein.

Etwa eine Handbreit vor ihrem Gesicht stand eine breit grinsende Anastasia. Sie riss ihr einen dicken Streifen Klebeband vom Mund. Der Schmerz war unerträglich.

»Hey, du Schlafmütze. Ich hatte schon befürchtet, dass du die ganze Vorstellung verpasst.«

Blitzschnell erfasste Neele ihre Lage. Sie war mit Paketklebeband an einen Bürostuhl gefesselt. Keine Chance zu entkommen. Der Raum, in dem sie sich befand, war karg und grau. Wir müssen im Keller sein, hier unten wird mich niemand hören, dachte Neele. Aber vielleicht wird Gerd ja stutzig, weil ich mich nicht melde, und sucht nach mir.

»Ich hab schon befürchtet, dass du gar nicht mehr aufwachst«, sagte Anastasia in einem sehr ruhigen und sanftem Ton.

»Der Dicke hat ganz schön hart zugeschlagen.« Mit der rechten Hand packte Anastasia sie fest am Kiefer. Neele stieg der unangenehme Geruch von Gummi in die Nase. Das Mädchen hatte sich blaue OP-Handschuhe übergestreift.

»Es blutet schon gar nicht mehr«, sagte Anastasia und drehte dabei begutachtend den Kopf ihrer Gefangenen. »Wäre der Schlag fester gewesen, hätten wir hier eine ganz schöne Sauerei gehabt. Aber wenn es dich beruhigt, ich hab den Dicken schon dafür bestraft. «

In einer Ecke des Raumes sah Neele eine füllige, in sich

zusammengesunkene Gestalt kauern, die sich schützend die linke Hand hielt.

»Wer ist das?«, fragte Neele mit zittriger Stimme.

»Zerbrich dir über den mal nicht den Kopf, du hast im Moment ganz andere Probleme.«

Anastasia löste den Griff um Neeles Gesicht, lächelte und gab ihr zwei leichte Klapse auf die Wange.

»Fragen, Fragen, so viele Fragen. Hast du damit in letzter Zeit nicht schon genug Staub aufgewirbelt?«

Das Mädchen entfernte sich und drehte ihr den Rücken zu. Neele erblickte ihre Dienstwaffe in Anastasias Hosenbund. Na toll, jetzt hatte sie auch noch ihre Waffe! Sie musste versuchen, Zeit zu schinden, und auf Gerd hoffen. Also beobachtete sie, wie Anastasia auf ihre Armbanduhr schaute. »Ich will das Ganze einfach nur verstehen«, rief Neele ihr hinterher.

»Du willst es verstehen?« Anastasia hielt einen Moment inne. »Na schön.« Sie drehte sich zu Neele um und blickte ihr in die Augen. »Der dicke Haufen Scheiße da in der Ecke heißt Ernst und ist mein Halbbruder.«

Die Gestalt in der Ecke wurde unruhig, wohl aus dem Grund, weil Anastasia seinen Namen erwähnt hatte.

»Halt deine fette Klappe«, blaffte Anastasia die armselige Gestalt an, die sofort wieder in ihrer Ecke versank. Neele beobachtete auf dem Gesicht des Mädchens einen Ausdruck blanken Zorns und Dominanz.

»Huhh. Sorry, aber manchmal bringt der Penner mich echt auf die Palme.«

Neeles Magen verkrampfte sich. Ich muss höllisch aufpassen, dieses Mädchen ist unberechenbar und gefährlich, schoss es ihr durch den Kopf.

»Wo waren wir? Ach ja, Ernst ist mein Halbbruder. Väterlicherseits wohl gemerkt. Mein Alter hat gerne in der Gegend rumgevögelt und Dicki ist das Resultat. Das Witzige ist, dass ich bis vor einer Woche noch gar nicht wusste, dass ich einen Halbbruder habe.«

Anastasia bewegte sich langsam auf Ernst zu. »Mein Vater hatte seine Affäre über Jahre am Laufen gehalten, aber als dieses Jahr der Wahlkampf begann, beschloss er wohl, hinter sich aufzuräumen. Er bot der Schlampe Geld, damit sie den Mund hält. Das bekam der Dicke irgendwie mit. Eines Nachts schlich er sich zu uns ins Haus, als ich allein war.«

Sie stand nun bedrohlich vor ihrem Halbbruder. Neele ahnte, dass das nichts Gutes bedeuten konnte.

»Sich an meinem Vater zu vergreifen, hat das feige Schwein sich nicht getraut. Also wollte er mich dafür bestrafen, dass seine Mutter so unglücklich ist. Er lauerte mir auf. Ich hatte Angst, Todesangst.«

Aus dem Nichts heraus begann Anastasia wie wild auf die armselige Gestalt einzutreten.

»Doch ich erkannte, dass ich nicht wehrlos bin«, spie sie die Worte heraus, während sie weiter auf ihren Halbbruder eintrat. Ernst hielt sich schützend die Hände über den Kopf. Er stöhnte und wimmerte unter Anastasias heftigen Tritten.

Neele versuchte, ihre Fesseln zu zerreißen, doch die scharfen Kanten des Klebebandes schnitten bei jeder

Bewegung in ihre weiche Haut.

»Anastasia, hör auf damit, das bist doch nicht du!«, schrie sie das Mädchen an.

Schlagartig unterbrach Anastasia die Attacke und wandte sich Neele zu.

»Das bin nicht ich?« In Anastasias Augen lag eine eisige Kälte. »Woher willst du wissen, wer ich wirklich bin? Alle Menschen um mich herum haben immer versucht, mich klein zu halten. Mein Vater, meine Mutter, meine Oma, dieses dicke Stück Dreck da in der Ecke. Sogar Tom. Alle wollten mich verbiegen, wie sie mich am liebsten sahen. Als Prinzessin, liebevolles Töchterlein oder Enkelin. Aber immer als Opfer. «

Anastasias Augen füllten sich mit Tränen. Neele hatte einen wunden Punkt getroffen. Anastasia blinzelte schnell nacheinander und zog ein paar Mal die Nase hoch, um die aufsteigenden Gefühle zu unterdrücken.

»Ich dachte, dass Tom mich aus dieser Scheiße hier rausholen würde.«

»Meinst du deinen Lehrer Thomas Mängel?«

»Ja. Er war viel mehr als ein Lehrer für mich. Tom gab mir das Gefühl, etwas Besonderes zu sein« Anastasias Gesicht begann zu strahlen. »Er sagte immer, dass ich unheimlich viel Potenzial hätte und alles erreichen könnte. Ich erzählte ihm von den Problemen, die ich zu Hause mit meinen Eltern hatte, und er verstand mich. Wir kamen uns langsam näher.«

Die Kommissarin unterbrach Anastasias Redefluss. »Bei der Befragung gab er aber an, dass die ganze Sache nur von dir ausging.«

»Was sollte er auch anderes sagen! Es ist ja alles aufgeflogen, bevor wir abhauen konnten. Den Abend, als wir uns auf dem Parkplatz in Oevenscheid getroffen haben, schrieb ich ihm vorher eine Nachricht, dass ich es hier nicht mehr aushalten würde und dringend mit ihm reden müsse. Ich weiß, dass er mich immer als Mädchen gesehen hat. Aber an diesem Abend wollte ich ihm beweisen, dass ich mehr bin als ein Mädchen. Nämlich eine Frau, eine gleichwertige Partnerin. Er hatte Bedenken, weil ich so jung bin, und als ich ihm an diesem Abend näherkam, platzte plötzlich mein dämlicher Alter dazwischen.« Verzweiflung spiegelte sich in ihrem Gesicht wider. »Ich hab den ganzen Abend versucht, Tom zu erreichen, aber er ging nicht an sein Handy. Mitten in der Nacht bekam ich eine Nachricht. Tom schrieb mir, die Sache mit uns hätte sich erledigt und ich solle in der Schule auf Abstand zu ihm gehen.«

Erneut sah Neele Tränen über Anastasias Wange laufen. Sie sah ihre Chance, eine Brücke zu dem Mädchen aufzubauen, und hakte nach. »Und daraufhin hast du beschlossen, deinen Vater umzubringen. Aus Rache, weil er dir dein Liebesglück zerstört hat? «

Anastasia warf Neele einen enttäuschten Blick zu.

»Du machst es dir ganz schön leicht, Frau Kommissarin. Gehst du in deinem Kopf gerade die Verhaltensregeln für solche Situationen durch? Wiege die Täterin in Sicherheit, gewinne ihr Vertrauen? Ich hätte mehr von dir erwartet. Da sieht man mal, dass du keine Ahnung von mir hast und mich überhaupt nicht verstehst. Na klar, Tom hat mir viel bedeutet und ich hätte mir eine Zukunft mit ihm vorstellen können, aber unterm Strich ist er auch nur ein Typ. Das habe ich daraus gelernt.«

»Und was war dann der Grund für alles?«, ließ Neele nicht locker.

»Na, ich war der Grund. «

»Wie meinst du das?«

»Ich habe es alles für mich getan. Um mich von diesen ganzen Wichsern und Heuchlern zu befreien. In der Nacht, als der Dicke mich überfallen wollte, ich den Spieß aber umgedreht habe, wurde mir klar, dass ich nicht länger das Opfer sein musste. Zum ersten Mal spürte ich das Gefühl von Kontrolle und von Macht. Es fühlte sich echt gut an. Also habe ich einen Plan gemacht.«

Anastasias Augen blitzten fiebrig auf. »Dem Dicken habe ich schnell klargemacht, wenn er nicht nach meiner Pfeife tanzt, würde ich ihm schon zeigen, was man mit so einem Küchenmesser alles anstellen kann. Scheinbar steht er auch auf die dominante Tour, und schon waren wir zu zweit.«

Sie atmete tief ein und setzte ihre Erläuterung fort: »Meine Familie war das Problem, also musste ich sie endlich loswerden. Ich wusste, welche krummen Touren mein Vater so drehte. So kam ich auf diesen versifften Bauern. Als Kind war ich öfters dort zum Reiten gewesen. Einmal hab ich mich verlaufen und bin in der Scheune gelandet. Dort habe ich auch die Schrotflinte entdeckt.«

»Wie konntest du nach all der Zeit wissen, dass sie immer noch da liegt?«

Amüsiert zog das Mädchen sich einen weiteren Stuhl heran, positionierte ihn genau vor Neele und setzte sich.

»Es ist kein Geheimnis, dass der Müller nur zu gerne seine Gläubiger mit dem Ding vom Grundstück verjagt. Außerdem hat er kurz vorher noch meinen Vater damit bedroht. Ich schlich mich also auf den Hof und klaute das Gewehr. Jetzt musste ich nur noch Geduld haben. Mitten in der Nacht hörte ich, wie mein Vater seine Angelsachen packte. Das machte er immer, wenn er gestresst war, und es gab nur eine Stelle an der Lenne, an die er dann ging.«

Anastasia schlug ihre Beine übereinander.

»Jetzt musste alles schnell gehen. Der Dicke und ich hatten vereinbart, dass er für mich jeder Zeit auf Abruf stehen müsse. Also rief ich ihn an. Er sprang in seinen VW Bus, gabelte mich unterwegs auf und dann ging es ab zur Lenneterrasse. Vom Parkplatz aus schlich ich mich langsam ins Gebüsch und pirschte mich an meinen Vater heran. Er stand mit dem Rücken zu mir und hielt gerade seine Angel in den Händen. Ich legte die Schrotflinte an, zielte und schlich mich weiter an. Dabei bin ich wohl versehentlich auf einen Ast getreten. Mein Alter hat das natürlich mitbekommen und drehte sich zu mir um. Er sah mir in die Augen, dann auf das Gewehr. Sein Gesicht war so fassungslos und voller Hilflosigkeit.«

Sie machte eine Pause.

»Dann drückte ich ab. Der Rückstoß war ganz schön heftig und hat mich richtig aus den Latschen gehauen. Ich hab vorher nur einmal mit einem Luftgewehr geschossen. Ich konnte gerade noch beobachten, wie er zusammensackte und nach hinten in die Lenne fiel.«

Neele bemerkte, wie die Körperspannung des Mädchens nachließ, als wäre eine Last von ihr gefallen.

»Als ich meinen Vater so liegen sah, fühlte ich mich glücklich. Richtig befreit. Die Waffe haben der Dicke und ich dann wieder dem Bauern untergeschoben, um euch auf eine falsche Fährte zu locken.«

Neele blickte Anastasia streng an. »Ich habe ein paar neue Infos für dich. Dein Vater ist nicht durch die Schusswunde gestorben.«

»Was?«, erwiderte Anastasia irritiert.

»Die Schrotflinte des Bauern war mit Steinsalzpatronen geladen. Die Obduktion hat ergeben, dass die Verletzung durch den Schuss nur oberflächlich und damit nicht tödlich gewesen wäre.«

Das Mädchen saß reglos auf seinem Stuhl und starrte Neele ausdruckslos an. In Neele keimte ein Schimmer von Hoffnung auf. Jetzt hab ich dich. So gewissenlos kannst du nicht sein!

»Als dein Vater in der Lenne aufschlug, hat er sich den Kopf an einem Stein verletzt, er war somit kurzzeitig bewusstlos. Da sein Kopf aber unter Wasser lag, strömte es in seinen Mund und gelangte somit in die Lunge. Er ist jämmerlich ertrunken.«

Ausdruckslos starrte das Mädchen Neele an.

»Da habe ich ja noch mal Glück gehabt. Tot ist tot. Das ändert für mich gar nichts.«

Neele sackte innerlich zusammen und überlegte fieberhaft.

Anastasia zückte ein großes Küchenmesser und bewegte sich auf die Kommissarin zu.

»Nachdem ich meinen Vater aus dem Weg geschafft hatte, fühlte ich mich zwar schon freier, aber ich hatte noch längst nicht alle Ketten gesprengt. Ich rief bei diesem komischen Vogel Erwin-Hans an und gab mich als meine Mutter aus.«

Sie begann zu kichern.

»Ich musste mich so zusammenreißen, nicht laut loszulachen. Dieser Einfaltspinsel. Ein bisschen Schluchzen, ein bisschen Süßholz und schon war er bereit, meine Oma aus dem Weg zu räumen. Jetzt blieb nur noch meine Mutter.« Die Augen des Mädchens verengten sich. »Bei meinem Besuch im Knast bemühte ich mich, hilflos zu wirken. Alle Beamten waren so zuvorkommend. Als ich dann sah, wie fertig meine Mutter war, wusste ich, dass es nicht so schwer werden würde. Zum Abschied drückte ich ihr eine Rasierklinge in die Hand, mit ein paar Abschiedsworten, die ihr den Stoß in die richtige Richtung verpassen sollten. Jetzt musste ich nur noch warten.«

»Was… was hast du deiner Mutter gesagt?«, fragte Neele stockend.

»Das bleibt ein Geheimnis zwischen Mutter und Tochter.«

»Wie willst du überhaupt klarkommen, so ganz allein?«

»Ich bin nicht allein. Ich habe über das Internet Menschen kennengelernt, die ähnliche Geschichten erlebt haben. Und das nötige Kleingeld«, sie zeigte mit der Messerspitze auf einen geöffneten Safe in der Wand, »hat mir mein Vater überlassen. Das Geld, das er über die Jahre von anderen Leuten erpresst hat. Die Kombination für den Safe war übrigens mein Geburtstag. Nett von ihm, oder?«

Dieses kleine, raffinierte Miststück. Sie hat uns alle an der Nase herumgeführt, vor allem mich, dachte Neele fassungslos.

»Du bist das Monster. Das hat deine Mutter mit der Botschaft in ihrer Zelle gemeint«, sagte sie laut.

„Ich bin ganz gerührt.«

„Hast du denn gar kein Gewissen? All diese unschuldigen Menschen, deren Leben du zerstört hast.«

Anastasias Augen verfinsterten sich.

»Keiner von ihnen war unschuldig. Jeder von ihnen hatte Dreck am Stecken. Nur du nicht. Weißt du, Neele, ich kann dich gut leiden. Aber leider stehst du meiner Zukunft im Weg.«

Anastasia setzte sich wieder in Bewegung. Das Messer in ihrer Hand blitzte auf.

»Und jetzt kommen wir zum Ende unserer Geschichte.«

Neele stemmte sich gegen die Armlehnen, um das Klebeband zu lösen.

»Auch wenn du mich tötest, damit wirst du niemals durchkommen. «

Wieder lachte das Mädchen. »Doch, das werde ich. Ich muss nur etwas aufräumen, dann werde ich einfach verschwinden.«

»Du bist verrückt«, rief Neele.

Anastasia legte ihr das Messer quer in den Mund. »Halt mal.«

Neeles Puls raste. Dicke Schweißperlen liefen ihr übers Gesicht. Anastasia zog die Dienstwaffe der Kommissarin aus ihrem Hosenbund, richtete sie auf Ernst und drückte eiskalt ab. Die Waffe bellte auf, einmal, dann ein zweites Mal. Der massige, verschwitzte Körper sackte blutig in sich zusammen. Anastasia senkte die Waffe und atmete erleichtert aus.

»Danke fürs Halten.« Sie umfasste den Messergriff und nahm die Klinge aus Neeles Mund. »Ich muss mich jetzt leider von dir verabschieden. Meine neuen Freunde warten schon. Ich will nicht zu spät kommen.«

Sie hob das Messer und setzte die Spitze zwischen Neeles Rippen.

»Anastasia, du musst das nicht tun!«

»Doch, ich muss, sonst werde ich niemals frei sein.«

Das Mädchen legte beide Hände um den Messergriff. Sie lehnte sich leicht zurück, um Schwung für den Stoß zu holen. Neele schloss die Augen und atmete ein letztes Mal tief ein.

Kapitel 61

Gerd sah noch immer ungläubig auf seinen Bildschirm. Standbild. Anastasias triumphierendes Lächeln. Er wählte Neeles Nummer erneut. Nichts, nur die Mailbox. Er versuchte es wieder. Endlich ging sie ran.

»Ja?«

»Weshalb dauerte das solange? Sei vorsichtig, ich glaube, Anastasia hat ihre Mutter umgebracht.«

»Das brauchst du nicht glauben, ich habe meine Mutter umgebracht«, antwortete eine kalte Stimme.

»Anastasia?« Grieser starrte das Telefon an. Das durfte nicht …

Ein dumpfer Aufschlag beendete seinen Gedanken. Genauso hörte es sich an, wenn ein Körper zu Boden ging. Er presste den Hörer fest an sein Ohr. Ein Schweißtropfen kitzelte die Schläfe hinab. Ein Rascheln drang aus dem Handy. War da nicht ein Atmen?

»Neele?«, flüsterte er.

»Fick dich, Alter.«

Das musste Anastasia sein.

»Was hast du mit Neele gemacht?«

»Du meinst, dieses elende, blutüberströmte Häufchen zu meinen Füßen?« Anastasia kicherte. »Noch nichts, naja, jedenfalls nicht viel.«

»Lass sie in Ruhe!« Griesers Stirnader pochte. »Wenn du Neele …«

»Was dann?«, unterbrach sie ihn. »Willst du mir drohen?

Nicht gut, gar nicht gut!«

Grieser wollte losbrüllen. Mit der Faust gegen die Wand schlagen. Er wollte … Aber das brachte alles nichts. Ihm wurde klar, dass er Neele damit nicht helfen konnte.

»Was willst du?«, presste er hervor.

»So ist es brav, mein kleines Hündchen. Machst du fein Männchen?« Sie kicherte wieder. »Oder wedelst du mit deinem Schwänzchen?«

Die ist komplett irre, dachte er. »Lebt Neele noch?«

»Gerade windet sie sich am Boden. Sie versucht wohl wegzukriechen. Warte, ich muss einen Wurm zertreten.«

Aus der Lautsprechermuschel drang wieder ein Rascheln, dann ein Schrei, der in Wimmern und Schluchzen überging. Gerd hörte Anastasias gedämpfte Stimme. »Wenn du dich noch einen Zentimeter bewegst, dann trete ich dir das letzte Leben aus deinem Balg. Hast du das verstanden, Fotze?«

Dann hörte er Neeles Stimme. Gott sei Dank. Ihr Flüstern war brüchig wie Herbstlaub.

»Ist sie schwer verletzt? Brauchen wir einen Rettungswagen?« Seine Stimme überschlug sich. Er wartete. Keine Antwort. »Anastasia. Sag bitte etwas!«

»Jetzt bin ich wieder für dich da«, trällerte Anastasia fröhlich. »Hast du was gesagt?«

»Brauchen wir einen Rettungswagen für Neele?«

»Wenn du nicht das tust, was ich will, brauchst du eine Leichenkarre. Komm sofort her. Nur du. Und ich will hören, was du sagst. Wenn du auflegst, stirbt sie.«

»Was willst du von mir?«

»Das wirst du dann erfahren.« Ein Schlag, Neele schrie. »In zehn Minuten bist du hier, sonst ist sie tot.«

Gerd griff sich den Schlüsselbund, schrieb dem Wachhabenden einen Zettel: *Neele, Gefahr, bei Bechtels*, und rannte los, das Handy immer am Ohr. Im Hintergrund stöhnte Neele. Er befestigte das Blaulicht auf dem Dach und holte aus seinem Wagen heraus, was möglich war.

Acht Minuten später erreichte er das Haus der Bechtels. Ein Blick in den Spiegel beruhigte ihn, die Kavallerie war ihm gefolgt. Jetzt hieß es, Ruhe zu bewahren.

»Anastasia? Ich bin da. Komm mit Neele raus.«

Höhnisches Gelächter am Telefon. »Damit du mich erledigen kannst? Für wie blöd hältst du mich? Außerdem …« ein Kichern. »Sie ist nicht allzugut zu Fuß. Und so wehleidig. Steh auf, du Miststück!«

Dumpfes Stöhnen drang an Gerds Ohr. Leise öffnete er die Autotür. »Wo seid ihr? Ich kann euch helfen!«

»Beeil dich lieber. Ganz schön blutig hier.«

Gerd entsicherte seine Waffe und atmete tief durch. Im Haus war keine Bewegung zu sehen. Er späht um die Ecke. Wo waren die beiden bloß?

Vor ihm ein Fenster. Er schaute hinein und die Knie wurden ihm weich. Ein lebloser, blutüberströmter Körper lag dort. Neele? Nein, das konnte nicht sein! Wo war dieses verdammte Mädchen?

Ein Geräusch ließ ihn erstarren. An der Terrassentür stand Anastasia, Neele vor sich, ein Messer an der Kehle. Immerhin, Neele lebte! Doch zu spät registrierte er die Pistole in der anderen Hand. Ein wilder Angstschrei übertönte das Geräusch des Schusses. Es war das Letzte, was Gerd Grieser in seinem Leben hörte.

Kapitel 62

Neele bäumte sich auf. Gerd! Wie in Zeitlupe ging er zu Boden, sein Kopf war nur noch eine blutige Masse. Tränen verschleierten ihre Sicht. Laute Stimmen. Anastasia zerrte sie durch die Tür zurück in die Wohnung.

»Dieser Idiot hat Verstärkung mitgebracht! Los, beweg dich! Wir müssen ins Haus zurück.«

Sie schleifte die zappelnde Kommissarin die Treppe hoch. Neele fühlte kalte Wut in sich aufsteigen. Unten wurde es hektisch, Blaulicht, Funksprüche, Martinshorn. Mit letzter Kraft stieß sie das Mädchen von sich und ließ sich fallen. Beide stürzten zu Boden. Die Waffe schlitterte Richtung Neele.

Anastasia berappelte sich zuerst, rannte die Treppe hoch, Neele griff nach der Waffe, schoss. Der Schuss streifte die Flüchtende an der rechten Schulter, hielt sie aber nicht auf. Neele richtete sich stöhnend auf und humpelte hinterher. Höher, immer höher. Wo wollte sie nur hin?

»Anastasia! Verdammt, gib endlich auf!« Keuchend erreichte sie den ausgebauten Dachboden. Neele hörte eine Tür. Da! Auf dem Balkon sah sie das Mädchen, wie sie sich über die Brüstung schwang. Wo wollte sie hin? Den Efeu hinunter?

Ein Knacken ließ das höhnische Grinsen in Anastasias Gesicht gefrieren. Doch ehe das morsche Geländer nachgab, gelang es Neele, sie zu fassen. »Halt dich fest. Ich hab dich!«

Ein Bersten. Das Mädchen griff nach Neeles Hand und versuchte, sich daran hochzuziehen. Doch Neele rutschte dem

Abgrund entgegen. Sie sah das gemeine Lächeln im Gesicht der Mörderin. »Wenn ich falle, dann nicht allein!«

Sie dachte an Gerd, an all die Toten und krallte sich am Geländerrest fest, das Holz krachte und barst. Sie rang nach Luft. Anastasia versuchte noch immer, sie mit in die Tiefe zu reißen. Mit letzter Kraft griff Neele nach einer Latte die aus dem Geländer gebrochen war und schlug damit Anastasia gegen die verletzte Schulter. Endlich lockerte sich der Griff.

Neele konnte sich gerade noch festhalten, während Anastasia schreiend in die Tiefe stürzte und mit dem Kopf auf die steinerne Terrassenumrandung schlug. Die Betonplatten färbten sich rot. Neele sah auf den Körper des jungen Mädchens, aus dem mit ein paar letzten schnappenden Atemzügen das Leben entwich.

Das Team der Krimiwerkstatt für das Projekt „Der Tote in der Lenne“

Gabriele Beil

Axel Boshamer

Claudia Fehling

Susanne Fischer-Bolz

Rita Joergens

Christine Rubel

Ronny Sachse

Andreas Schlennstedt

Frank Stuwe

Birgit Tupat